육영수의
사랑
그리고 또
사랑

육영수의 사랑 그리고 또 사랑

초판 1쇄 발행 2012년 7월 20일

지 은 이 이영호 · 문무일
감　　수 권지섭
발 행 인 권선복
편　　집 김정웅 · 오성용
디 자 인 김소영 · 최새롬
사　　진 류성현 · 한연식
전 자 책 박소은
마 케 팅 서선교
발 행 처 도서출판 행복에너지
출판등록 제315-2011-000035호
주　　소 서울특별시 강서구 화곡동 24-322
전　　화 0505-666-5555
팩　　스 0303-0799-1560
홈페이지 www.happybook.or.kr
이 메 일 ksb6133@naver.com

값 15,000원
ISBN 978-89-97580-22-4   03810

Copyright ⓒ 이영호 · 문무일, 2012

육영수의 사랑 그리고 또 사랑

이영호 · 문무일 지음

도서출판 행복에너지

1974년 8월 15일, 박정희 대통령 영부인 육영수 여사가 떠난 날이다. 이날 밤은 눈물처럼 비가 온누리를 적셨다.

필자는 흉탄과의 사투 9시간 만에 비운에 간 육영수 여사의 추모방송에 투입된 MBC 아나운서였다. 텔레비전과 라디오에서는 정규방송이 전면중단되고 장엄한 음악과 함께 연일 추모방송이 이어졌다. 방송 사상 전무후무한 일이었다.

남산 어린이회관의 육 여사 추모식 사회를 담당했던 필자는 생전에 육 여사가 남긴 흔적을 헤아리며 "한국 어머니의 참 모습을 잃었다."고 소개했다. 따뜻한 어머니의 정으로 사랑을 남기고 간 고인을 추모한 것이다.

박정희 대통령이 1954년 6월에 쓴 일기에 이런 대목이 나온다. "아내 영수는 내 마음의 어머니"라고 적었다. 대통령은 육 여사를 인仁과 자慈와 선善의 세 가닥 실로 엮어진 한 폭의 위대한 예술로 표현했다.

38년이란 세월이 흘렀다.

필자가 육 여사의 49년 생애를 '어머니의 사랑'으로 지칭한 것은 그가 국민에게 조건 없는 사랑으로 일관했기 때문이다.

아직도 육영수 여사가 남긴 생전의 모습을 기억하는 국민들이 상당할 줄로 믿는다.

1964년 독일 언론이 육 여사를 표제에 실었다. "한국의 대통령 부인을 감싸고 있는 매력"이라고, 서독에 나가 있던 광부와 간호사를 만난 육 여사는 한국의 어머니 모습을 보여주었다. 육 여사가 어느 간호사에게 말을 건넸다. "고향이 어디……." 말이 이어지기도 전에 간호사가 눈물을 터뜨리고 말았다. 곁에 있던 간호사들이 따라 울고, 광부들은 손등으로 눈물을 훔치고, 육 여사도 울었다. 박 대통령도, 수행원들도, 단상 옆에 있던 뤼브케 서독 대통령도 울었다. 이날 강당에 모인 사람들이 다 울었다.

1967년 전라도 지방에 닥친 60년 만의 한해로 영산강이 바닥을 드러냈는데 육 여사가 현지를 찾았다. 육 여사는 말라 타버린 양수기 장대에 올라 양수기를 밟기 시작했다. 메마른 양수기가 조금씩 소리를 내며 돌기 시작했는데 이때 육 여사는 눈물을 흘렸다.

서울 변두리에 사는 가난한 모녀가 국수 한 그릇을 가운데 두고 울고 있었다. 서울사대부중 졸업반인 오영숙(당시 17세) 양이 아끼던 교과서를 30원에 팔아 어머니와 함께 끼니를 잇고 있다는 신문기사였다. 육 여사는 이들을 찾아 나섰다. 모녀와 함께 손을 맞잡고 함께 울었다. 인정 많고 눈물 많은 퍼스트레이디였다.

육 여사가 나환자들을 찾아 그들의 손을 잡고 성심껏 돌보아준 손길은 온돌방의 온기처럼 아직도 따뜻한 인정이 남아있을 것이다. 무엇이든 내어줄 수 있는 그의 따뜻한 인품은 이 땅의 자상한 어머니의 모습이기도 했다.

생전의 육 여사는 가슴으로 서민들 곁으로 다가갔다. 언제나 자상하고 조용하며 우아했다. 육 여사의 잔잔한 미소와 함박웃음은 수많은 국민들을 위로하기에 넉넉했다. 마음으로 마음을 산 고귀한 인품을 사람들은 학鶴으로 비유하기도 했다.

군인의 아내로 셋방살이를 전전했던 젊은 날의 육영수 여사는 눈물 젖은 빵을 먹고 사는 서민의 곁에 서 있기를 주저하지 않았다. 사랑과 섬김의 세월로 점철된 그의 삶은 현대 한국사에 '봉사정신'의 원형으로 각인될 만큼 그의 진솔한 국민 사랑이 아직도 감동으로 남아있다.

가정주부를 지칭할 때 설득력 있는 수식어가 바로 '가정의 파수꾼'이다. 가정을 지켜내는 희생정신과 가족을 섬기는 봉사정신이 어머니의 몫이라도 되는 것처럼……. 연약한 여인이지만 역사의 주인공들 뒤에는 어김없이 이들의 손길이 빛이 되고 소금이 되어주었다.

우리의 조국 대한민국이 역사의 질곡을 딛고, 가파른 분수령을 넘어설 때, 육영수 여사는 역사의 제단위에 던져진 한국의 어머니였다. 이 책을 엮어낸 동기와 목적이 여기에 있음을 밝혀둔다.

– 2012년 7월 문무일

본래 대한민국은 찢어지게 가난하고 궁핍한 나라였다. 세월이 흘러 그 시간을 기억하는 사람들은 점점 줄어들고, 대한민국이 원래부터 부유하고 강력했다 생각하는 세대들만 늘어가고 있다. 어쩌면 가장 중요한 것을 망각하고 있는 것은 아닌가 하는 우려가 든다.

가난은 우리 대한민국의 근본이다. 우리들은 그 어떤 나라보다 가난했었고, 희망이 없었다. 하지만 역설적으로 그 가난이 있었기에 가난에 대한 공포를 알았고, 그로부터 벗어나야 한다는 간절함이 원동력이 되어 끝내 일어설 수 있었다.

가난한 나라에서 부유한 나라가 되기까지 흘려야 했던 피와 땀과 눈물, 그 기적의 시간을 이끌었던 위대한 영웅의 신화를 다시 되짚어볼 때가 되었다. 지금의 세대들이 당연하게 생각하는 강성한 나라 대한민국의 탄생에 과연 어떤 노력들이 있었는지 일러줘야 할 필요를 느낀다. 필자는 그런 생각에서 이렇게 펜을 들었다.

우리들이 살고 있는 이 작은 나라는 지난 5,000년 동안 줄곧 가난한 나라였다. 5,000년이라는 긴 시간 동안 배불리 먹고 제대로 입어본 적이 없는 궁벽한 땅의 백성 그리고 국민이었다. 그런 나라가 전란에 휩싸여 더욱더 가난해지고 말았다. 당장 총을 들고 적과 맞서 싸워야하는 군인들마저 하루 한 끼를 먹지 못하는 비참한 사정은 지금의 세대들에게는 아무리 설명해도 믿기 힘들 것이다.

휴전상태로 돌입한 대한민국을 놓고 세계의 유수한 석학들은 '회생 불능의 나라'라는 사망선고를 내렸다. 벗어날 수 없는 가난, 단기간에 회복할 수 없는 인구의 공백, 자급자족이 불가능하여 필연적으로 원조를 받아야하는 그저 이름뿐인 나라. 이것이 당시 대한민국의 현실이었다.

나라를 일으켜 세운 것은 다름 아닌 '기적'이었다. 박정희 대통령과 육영수 여사님이라는 기적이 서서히 죽은 대한민국에 활력을 불어넣은 것이다. 결과적으로 박정희 대통령께서는 무수한 역경과 난관, 굴욕과 고난을 이겨내고 지난 5,000년의 기나긴 가난을 걷어냈다.

박정희 대통령의 취임 이전에는 그 누구도 나라를 사랑하지 않았다고 생각한다. 이런 나라에서 태어난 것을 저주하고 한탄했을 것이다. 그만큼 가난은 무서웠고 가까이에 있었다. 하지만 박정희 대통령의 통치 속에서, 그리고 인자한 육영수 여사님의 진심 속에서 모든 것이 달라져갔다. 나라의 모든 것을 손수 다시 일궈내는 과정에서 우리 모두의 가슴속에 애국심이 싹튼 것이다.

박정희 대통령께서 길을 만들고, 실무자들은 초인적인 노력으로 그 뜻을 이어받았다. 그리고 고된 여정을 걷는 국민들을 육영수 여사께서 어머니의 자애로움으로 보듬었다. 두 분은 국민들에게 나라를 사랑하는 법을 알려주셨고, 국민 하나하나를 자식처럼 생각하는 어버이의 마음을 느낀 전국민은 한마음 한뜻으로 움직여, 마침내 세계가 깜짝 놀란 '한강의 기적'을 이룩해냈다.

감자 한 알조차 제대로 먹지 못했던 강촌 시골 마을에 배불리 먹을 수 있는 식량이 들어오고, 평생 기대하지 않았던 전기가 들어왔다. 배움이 뭔지 몰랐던 어린이들의 손에 연필과 책이 들려졌다. 국민과 함께 울고, 웃는 진정한 지도자의 보살핌이 없었다면 이뤄지지 않았을 일이다. 절대 이뤄지지 않을 것이라 생각했던 일이 현실이 되었기에 '기적'이라 말하게 된 것이리라.

필자는 청와대에서 근무할 때 어린 시절의 박근혜 대표의 경호를 담당했었다. 그 덕분에 가까이에서 기적의 주역인 육영수 여사님을 자주 뵙기도 했다. 참으로 인자하고 자애로운 분이셨다. 종이 한 장, 연필 한 자루, 식사 한 끼니 사소한 것 하나도 빠트리는 일 없이 오직 나라를 위하며, 헐벗고 굶주린 서민들 걱정에 한 순간도 마음 편히 쉬는 일이 없으셨다. 국민 모두가 그런 육영수 여사님의 마음을 알고 있었다. 좌익이건 우익이건, 심지어는 이북의 선전단체들도 그 고마운 마음을 모르지 않았을 정도다.

　이런 연유로 1974년의 비극을 더욱 잊지 못하는 것일지도 모른다. 경험해보지 않은 세대는 그날의 슬픔과 안타까움을 이해하지 못한다. 온 나라가 통곡했다. 그것은 TV, 라디오에 나오는 유명인사의 죽음이 아니었다. 우리 모두는 실제로 가족을 잃은 듯한, 한없이 나를 사랑해준 누군가가 사라져버린 것 같은 허전함과 애통함을 느꼈기 때문이다.

　언제나 가난한 이들, 병든 이들, 힘없는 이들을 더욱 따뜻한 눈으로 보듬어주시던 자애로운 어머니, 육영수 여사님. 너무나 뜻밖의 이별에 우리 모두 이 한마디 말을 전하지 못했습니다. 이 책을 통하여 오랜 세월이 흘러도 결코 희석되지 않는 그 거대한 마음을 담아봅니다.

　어머니, 감사합니다!

– 2012년 7월 이영호

뛰놀지
그리고
하늘을 보며
생각하고
는
내일의 꿈을
키우지
육영수어서화호탑

웃고
뛰놀자
그리고
하늘을 보며
생각하고
푸른
내일의 꿈을
키우자

1994. 9. 5.
육영수

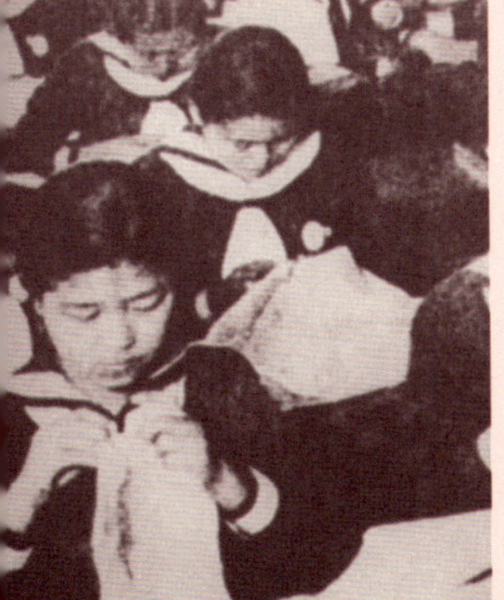

제1장

옥천,
푸르른 날에

교동집 작은 아씨

배화의 꽃봉오리

옥천여학교, 가사 선생님

6 · 25, 부산으로 피난을

교동집
작은 아씨

육영수는 1925년 11월 29일(음력 10월 14일), 충청북도 옥천의 지역 유지인 아버지 육종관과 어머니 이경령 사이에서 1남3녀 중 셋째로 태어났다. 육영수의 형제로는 오빠인 육인수와 언니 육인순, 여동생 육예수가 있다.

육영수의 고향은 조선시대 국립학교인 향교가 있어 교동리라고 불렸다. 그리고 육영수가 태어난 집은 향교의 바로 동쪽에 있어 흔히 '교동집'이라 불렸다. 이 집은 풍수에 관심이 많았던 아버지 육종관이 재산의 절반을 주고 구입한 양반가의 대저택으로, 옥천군의 주산인 마성산 아래 옥녀단장형의 남향받이 양지바른 곳에 위치하고 있었다. 조선시대 상류층의 건축구조를 갖춘 대저택인 만큼 구입 당시 10여 동의 건물이 있었다.

지금은 육영수의 생가로 충청북도 기념물 123호 문화재로 지정되었는데, 특히 1600년대부터 김 정승, 송 정승, 민 정승으로 이어지는 세 정승이 차례로 살았다 하여, 마을 사람들은 이 댁을 '삼정승 집'이라 부르기도 했다.

육영수는 바로 이곳 충청북도 옥천군 옥천읍 교동리 313번지, 덕유산 기슭에서 나고 자랐다.

육영수의 본관은 관성(옥천)이며, 시조는 팔학사의 한 사람인 육보陸普이다. 당나라 명종이 문학전례지신文學典禮之臣을 뽑을 때 육보의 공적이 가장 뛰어나, 신라 경순왕은 그를 부마(駙馬 : 임금의 사위)로 봉했다.

육영수의 아버지 육종관은 충청북도 옥천군 능월리의 대지주 육용필의 5남매 중 막내이다. 그는 형들이 출향하여 출세하자 고향에 남아 집안의 재산을 관리했는데, 고향에서 농장경영과 미곡도매상, 금광개발, 인삼가공업을 하며 큰 부자가 되었다. 여성의 교육에 대해서는 부정적이었으나, 근대문명에 대한 흥미가 높았으며 과학적인 사고방식에도 관심이 많았다. 또한 직접 자가용을 운전할 만큼 기계 다루는 솜씨가 능숙했다.

어머니 이경령은 고려 말기 유명한 학자였던 이제현의 후손으로 많은 식솔을 거느리며 큰살림을 맡아왔다. 후덕한 마음으로 인자함을 갖춤과 동시에 꼼꼼하게 살림을 꾸려갔다. 그녀는 안채에서 집안 살림을 하고 자식들을 키우고 가르쳤다. 육영수 역시 안채에서 태어나 생활하며 어머니께 요리와 바느질을 배웠다.

조선시대 유교 교육을 받았던 이경령은 남편의 여성 편력에도 불구하고 늘 참으며 지냈다. 그녀는 지아비 섬김에 있어 투기하지 않음을 으

육영수 생가

뜸으로 여기며, 첩을 아무리 사랑하더라도 노하지 말고 더욱 공경하라 일렀다. 이경령의 수기를 보면 이런 글이 나온다.

내가 어릴 때 부모님 슬하에서 배운 그대로 딸에게 지도한 것뿐이지요. 가정은 여자가 반 이상을 맡은 거예요. 내가 클 때 노상 부모님께서 하시는 말씀이, 여자는 부덕이 제일이고 아무리 속이 상하고 분한 일이 있어도 참고, 화난 얼굴로 남편과 시부모님을 대해서는 안 된다고 하셨어요. 시댁에 와서 갖은 곤경을 다 겪었지만 나는 부모님의 이 교훈을 잊은 일이 없어요. 자녀의 교육도 내가 배운 대로 가르친 것뿐이지요.

육영수의 태몽은 집 마당의 맑은 연못에서 큼직한 자라가 나와 이경영의 품에 덥석 안기자, 엉겁결에 두 팔로 자라를 품에 안고 안방으로 들어온 것이라고 한다. 생명과 부귀의 상징인 자라가 품 안에 안기던 충만감과 함께 육영수가 잉태된 것이다.

육영수의 생가에는 다양한 꽃과 나무가 자랐다. 덕분에 육영수는 진흙 속에서 자라면서도 청결하고 고귀한 연꽃을 비롯해, 백년이 넘은 아름드리 은행나무와 감나무와 함께 소녀 시절을 보냈다. 생가의 연당 사랑채는 여름철 육영수의 가족들이 즐겨 찾던 장소였다. 연당에는 홍련, 백련이 자라고 있었으며, 주변 정원에는 온갖 꽃나무들이 가득했다. 겨울이 되면 육영수와 오빠 인수, 여동생 예수는 연당 사랑 연못에서 스케이트를 타기도 했다.

그녀는 자신의 성장기를 이렇게 말했다.

> 소녀 시절 나에게 아름다운 꿈과 정서를 심어주던 우리 집은 옛날 집 치고 그리 작지도, 흔하지도 않은 전통적인 구옥이었다. 아버지께서 꽃을 좋아했기 때문에 화단이나 집 둘레에는 계절 따라 피고 지는 꽃들이 많이 있었다. 12월 마지막 달에는 월계화가 피었다.
>
> — 「동아일보」 1974년 8월 16일

육영수는 늘 얌전하고 예의 바른 몸가짐을 유지했고 언제나 은은한 미소가 떠나지 않는 온화한 인상이었다. 그녀는 어릴 적부터 '마음씨 고운 교동집 작은 아씨'로 불렸는데, 그만큼 따뜻하고 섬세한 품성을 지니고 있었던 것이다.

10살 전후부터 육영수는 수판을 자유자재로 다루며 아버지의 장부정리를 도맡아 하곤 했다. 이때 그녀가 했던 장부정리는 소작인이 내는 도지와 여러 사업과 관련해 지출이 얼마인지, 수입은 얼마나 되는지를 빠짐없이 기록하는 일이었다. 이를 통해 금전의 흐름이 어떻게 되는지를 확인할 수 있었다.

그리고 소녀 시절부터 바느질 솜씨가 뛰어났다. 직접 바느질을 해 동생의 옷을 지어줄 정도로 꼼꼼하고, 작은 일도 세심하게 진행하는 정성을 보이곤 했다.

그녀는 성격상 일을 대충대충 하지 않았다. 어떤 일이든 시작을 했으면 끝을 보는 성격이었고, 절대 그 일을 미루지 않았다. 또한 앞뒤가 꼭 맞아야 했다. 아버지 역시 둘째 딸이 어떤 일이든 인내를 가지고, 끝까지 해내는 것을 보아왔기 때문에 장부정리를 믿고 맡길 수 있었다.

육영수는 여덟 살이 되던 해에 옥천읍 죽향초등학교에 입학했다. 함께 공부하던 급우들은 모두 그녀보다 나이가 많았다. 적게는 한두 살부터 많게는 대여섯 살까지도 많았다. 그녀는 학급에서 가장 어렸고, 어린 만큼 키도 작아서 늘 앞자리에 앉았다.

부잣집 작은 아씨였지만 그것을 자랑삼지 않는 아이였다. 당시엔 연필 한 자루도 귀했는데, 그녀는 가난한 집 아이들이 연필이 없어 필기를 못하면 거의 새것과 같은 자신의 연필을 주곤 했다. 나보다 어려운 친구들을 위해 서슴없이 내 것을 나누는 그녀는 친구들 사이에서 항상 인기가 많았다. 학급 참여도 역시 높아서 청소시간엔 그 누구보다 열심히 했다. 청소를 한 뒤 책상은 반듯하게 정돈했으며, 유리창도 꼼꼼하게 닦은 후에야 집에 갔다.

　학업도 소홀하지 않았다. 45명의 학생 가운데 그녀는 항상 5등 이내의 성적을 유지했다. 특별히 어느 과목을 잘하거나 못하지 않았기에 전 과목에 걸쳐 골고루 성적이 좋았다. 그녀는 우수한 성적으로 학업을 이어갔으며, 죽향초등학교를 졸업할 무렵엔 친구들에게 '장차 선생님이 되겠다'는 장래희망을 말하기도 했다.

　죽향초등학교에는 1900년대 교사가 그대로 보존되어 있는 '옥천 교육 역사관'이 있어 당시의 교육 환경을 살펴볼 수 있다. 또한 학교 교정에는 육영수 휘호탑이 있는데, 탑에는 '웃고 뛰놀자 그리고 하늘을 보며 생각하고 푸른 내일의 꿈을 키우자'라는 글귀가 새겨져 있다.

죽향초등학교 육영수 휘호탑

배화의 꽃봉오리

1938년 죽향초등학교를 졸업하고, 서울로 올라가 배화고등여학교에 입학했다. 당시 배화고등여학교에 입학하기 위해서는 6대1의 높은 경쟁을 거쳐야 했는데, 육영수는 105명의 합격자 중 6위라는 좋은 성적을 거두었다. 무엇보다 그녀는 시골 초등학교를 졸업한 유일한 충청도 학생이었다.

서울에서 고등여학교를 다니게 된 그녀는 입학 전 보름을 고향에서 지냈다. 고향을 떠나 새로운 환경에서 공부한다는 설렘과 기대를 품고 고향에 있는 자신의 소지품을 하나씩 정리해 나갔다.

죽향초등학교를 다니며 사용했던 교과서는 따로 모아 집에서 일하는 동갑내기 소녀, 샛별이에게 주었다. 동갑이었던 샛별이는 항상 그녀를 '작은 아씨'라고 부르며 온갖 심부름을 다 해주었는데, 고등여학교에 들어갈 무렵이 되자 초등학교도 다니지 못한 샛별이가 안쓰럽게 여겨졌다. 그래서 그녀는 이 기간 동안 시간을 내어 샛별이에게 한글과 수판 놓는 법, 덧셈과 뺄셈 같은 것들을 가르쳐 주었고 샛별이는 그 덕분에 글을 읽고, 셈도 거뜬히 할 수 있게 되었다.

1938년 4월 1일, 입학식이 있는 날이었다. 그녀는 이날 처음으로 서양 여성을 보았다. 배화고등여학교의 교장인 헬리부이는 선교사로 우리나라에 온 사람이었다.

입학식을 마치고 신입생들은 매梅반과 국菊반으로 나뉘었는데 육영수는 매반에 속했다. 여학생들은 담임선생님의 지시에 따라 키가 작은 순으로 자리배치를 받았다. 당시 육영수는 키가 작은 편이어서 4번이 되었다.

1938년 4월 수예 시간

고등여학교 1학년 때부터 그녀는 공부 잘하는 학생으로 선생님들의 관심과 귀여움을 받았다. 학기 중에도 근면 성실한 모습을 보여줬지만, 육영수는 방학기간에도 일정한 생활 시간표를 정해놓고 그것을 꼭 지키는 성실한 학생이었다. 아침에 일어나서 잠자리에 들기까지 계획대로 행동했기 때문에 생활은 언제나 안정적이었고, 항상 몸가짐을 단정히 했다. 당시 배화고등여학교의 학생들은 주름치마를 입었는데, 그녀의 치마 주름은 늘 빳빳했다.

이 무렵 육영수의 취미는 방과 후 수예점에 들러 색실을 고르는 것이

었다. 차분한 성격과 뛰어난 수예
솜씨로 선생님과 친구들의 칭찬을
한 몸에 받았다. 전 학년 중에서
으뜸가는 솜씨였기에 선생님들이
곧잘 "시집가서 잘 살겠다."는 말
을 하시기도 했다.

수예와 함께 재봉 솜씨도 좋았는
데, 그 실력은 고향에 있을 때부터
쌓아왔었다. 이미 재봉틀로 치마저

고리를 만들어 보았기 때문에 어떻게 재봉을 해야 예쁜 치마저고리를
만들 수 있는지 잘 알고 있었다. 하지만 식민지 교육이 강화되면서, 재
봉 시간에 치마저고리 대신 작업복을 주로 만들어야 했다.

차분한 성격의 그녀는 얌전한 학생으로 자신을 내세우는 일이 없었
다. 늘 남을 위하고, 겸손한 자세와 검소한 생활 태도를 보였기 때문에
학교 친구들은 그녀가 옥천의 부잣집 딸이라는 사실을 졸업할 때까지
도 몰랐을 정도라고 한다. 주위에는 항상 친구들이 많았고 다투는 경우
도 없었다. 많은 친구들과 어울리는 반면, 소풍에 가서 노래라도 시키
면 숨어버리는 순진한 모습을 보이기도 했다.

충북 옥천의 고향집이 넉넉했던 것처럼 서울에서 머물던 체부동의 집
역시 그 일대에서 가장 대문이 큰 집이었다. 대궐처럼 넓은 전통 한옥
으로 집안일을 위해 고용된 사람도 있어 생활하는 데 어려움이 없었다.

하지만 그녀는 누군가에게 의지하지 않았다.

새롭게 시작한 학교생활을 스스로의 힘으로 열심히 해야 한다고 마음먹은 것처럼 가정생활도 마찬가지였다. 일하는 사람의 손을 빌리지 않고 간단한 옷들은 자신이 직접 빨고, 방청소도 알아서 했다. 일하는 사람에게 맡길 수 있었지만, 자립심이 강한 성격과 그들에게 귀찮은 존재가 되고 싶지 않다는 생각 때문이었다.

체부동 집은 아버지가 작은댁을 위해 마련해준 집이었기에 집안의 안주인은 육영수의 어머니 이경령이 아닌 다른 여자였다. 어머니는 여전히 고향인 교동집에 계셨다. 그녀는 사춘기 무렵 느낀 외로움을 어머니께 쓰는 편지로 해소했다. 편지에는 주로 학급 친구들과 있었던 일, 선생님에 관한 이야기 등 많은 내용이 담겨 있었다. 게다가 그녀는 자신이 보내는 편지 속에 항상 서울 체부동 주소가 적히고 우표가 붙여진 빈 봉투를 동봉하곤 했다. 이는 어머니를 위한 극진한 배려였다.

저녁을 먹고 방으로 들어오면 항상 숙제부터 먼저 했다. 자신이 해야 할 일을 결코 미루지 않았다. 숙제를 마친 뒤에는 예습복습을 하고, 다음 날 시간표에 맞춰 가방을 쌌다. 가방을 싸면서도 꼼꼼하게 빠진 것이 없는지 챙기곤 했다.

그녀는 서울에서 학교를 다녔지만 충북 옥천의 고향을 한시도 잊지 않았다. 그래서 아버지께 여름방학이 되면 고향에 내려가겠다는 뜻을 전했고, 아버지는 이 뜻을 받아들여 방학하는 날짜에 맞춰 고향으로 가는 기차표를 미리 사주었다. 그리고 딸을 위해 서울역까지 배웅하고,

딸이 앉을 자리를 찾아주고, 짐을 선반 위에 얹어준 뒤 조심히 다녀오라는 당부도 잊지 않았다. 둘째 딸에 대한 아버지의 애정은 각별했다.

그녀는 산나물이나 도라지, 더덕과 같은 산채를 좋아했다. 그런 반면 고기는 좋아하지 않아서 많이 먹지 않았다. 그런 그녀를 위해 어머니는 백숙을 준비하고 기다렸다. 객지에서 고생하다 온 딸에게 약을 먹이듯 고기를 준비해 먹였던 것이다.

시간이 흘러 4학년 졸업반에 이르렀다. 이 무렵 학생들의 관심사는 졸업여행과 앞으로의 진로였다. 배화고등여학교 역시 졸업여행을 갔는데, 국내가 아닌 일본으로 떠나게 되었다. 하지만 아버지가 다 큰 딸을 일본에 혼자 보낼 수 없다는 이유로 반대하였다. 학우들이 모두 가는 수학여행을 함께하지 못한다는 것이 못내 원망스러웠지만, 결국 단념할 수밖에 없었다. 아버지는 한 번 마음먹은 것은 결코 바꾸지 않는 고집이 있는 성격이었기 때문이다.

18살이 된 그녀는 고등학교를 졸업했다. 졸업할 무렵엔 전문학교에 진학하고 싶었지만, 이 역시 아버지의 허락이 떨어지지 않아 마음을 접어야 했다. 아버지의 교육철칙이 있다면, 아들은 대학교까지 가르치지만 딸들은 고등학교까지만 가르치면 된다는 것이었다. 딸의 뜻이 받아들여지지 않아 어머니도 같이 마음 아파했지만, 마땅한 방도가 없었기에 딸을 위로할 수밖에 없었다.

그녀는 4년간의 학창시절을 끝으로, 어머니가 계시는 고향 옥천으로 내려왔다.

옥천여학교,
가사 선생님

육영수는 1942년 고향으로 내려와 옥천 교동집에서 얌전한 규수 생활을 했다.

고향으로 돌아온 그녀는 금고 열쇠를 맡았다. 자신의 재물에 대해 인색하고, 상대를 잘 믿지 않는 아버지의 성격을 봤을 때 금고 열쇠를 맡긴다는 것은 대단히 의미 있는 일이었다. 게다가 그녀의 나이는 고작 열여덟에 불과했다. 육종관은 그만큼 둘째 딸을 믿었다. 꼼꼼한 그녀의 능력을 아버지가 제일 먼저 인정한 셈이다. 더불어 서울로 올라가기 전에 그랬던 것처럼 아버지의 장부를 정리했고, 아버지께서 불러주는 편지를 대신 받아 적기도 했다.

아버지의 일을 돕는 틈틈이 수실을 한 올, 한 올 뽑아서 수를 놓았다. 수본에 맞는 실을 골라서 매화와 난초, 소나무, 부엉이를 수놓았다. 이 무렵 교동집에 다른 형제들은 없었다. 그래서 그녀는 책을 읽고, 붓글

씨를 쓰며 몸과 마음을 단정하
게 하는 날들을 보냈다.

육영수는 아랫사람을 대할 때
도 정성으로 대했다. 상대에게
호의를 베풀 때도 부족하거나
넘치지 않았다. 교동집에는 일
하는 사람이 많았는데, 그들을
대할 때도 늘 적당한 정도의 마
음을 보였다. 자신의 기분이나,
상대가 누구인지에 따라 도움을
더 주거나 덜 주는 일이 없었다.

결혼 전에 수놓은 대한민국 전도

날이 무덥던 여름이었다. 식사를 하고 있는데 한 여인이 아이를 업은
채 교동집을 찾아왔다. 부엌에서 일하기로 한 여인이었다. 행색이 초라
한 여인을 본 육영수는 밥을 먹다 말고 내려와 여인에게서 아이를 받았
다. 그리고 아이 얼굴에 눈물 자국과 몸에 난 땀띠를 발견했다. 그녀는
아이를 샘으로 데려가 직접 얼굴과 몸을 깨끗하게 씻기고 왔다. 그 자
리에 있던 사람들이 모두 놀랐지만, 그녀는 아무렇지 않은 얼굴로 아이
가 밥을 먹을 수 있으면 밥을 먹이라고 했을 뿐이다.

1945년 8월 15일, 일본이 백기를 들었다. 전국 방방곡곡에 태극기
물결이 일었고, 충청북도 옥천에도 해방의 함성이 울려 퍼졌다. 태극기
대신 일장기가 걸린 교실에서 공부해야 하는 시간을 보냈기에 그녀에

게도 해방은 감격의 순간으로 다가왔다.

　육영수는 옥천여학교에서 선생님으로 활동하기 전까지 교동집을 크게 벗어난 일이 없었다. 그러던 중 멀리 나들이를 할 수 있는 기회가 생겼으니, 만주에 살고 있는 언니 육인순의 집에 찾아간 일이었다. 만주로 떠날 때 오빠 육인수와 동행하였는데, 이 여행이 그녀에게는 평생 처음으로 서울 이북 땅을 밟는 장거리 여행이었다.

　만주에 다녀온 뒤, 1945년 10월의 어느 날이었다. 옥천여학교 송재만 서무과장이 육영수에게 가사 선생으로 나와 달라고 부탁을 해왔다. 그녀는 청을 받고 '어떻게 가르칠 수 있을까' '어떤 결정을 내려야 할까' 망설였다. 부모님과 의논을 해보려 해도 아버지는 스스로 잘 생각해보라는 말을 건넸을 뿐이다.

　신중했던 그녀의 성품을 생각하면 단번에 결정을 내리지 않고 고민한 것이 당연하게 여겨진다. 고민하고 있는 사이에도 학교에서는 계속해서 선생으로 와줄 것을 청했고, 그녀는 결국 옥천여학교에 나가 학생들을 가르치게 됐다.

　옥천여학교는 4개의 교실에 교사는 13명, 학생 수는 모두 130여 명인 한옥 구조의 작은 학교였다. 그녀는 옥천여학교에서 이미 교사로 활동하고 있는 한상희 선생님을 만나는데, 한상희 선생님은 배화고등여학교의 한 학년 위 선배였다.

　이때 해방 후의 혼란스러운 사회 분위기는 학교에까지 스며 들었다.

면학 분위기는 조성되지 않았고, 학생들은 사상적 혼동을 느꼈다. 물론 해방 전에도 사상적인 갈등은 있었지만, 그때는 일본이라는 공동의 적이 있었기 때문에 해방 후처럼 갈등이 깊지 않았다. 한반도 안에서 서로가 서로를 향해 총과 칼을 겨누고 있는 상황이었다.

옥천여학교에도 이런 분위기가 자리하고 있었다. 육영수는 분주하게 움직이며 학생들을 바로잡기 위해 애썼다. 방과 후에도 학생들을 붙들어 놓고 수예나 서예 등을 알려주며 특별활동을 했다. 그녀는 수를 놓기 전에 학생들에게 꼭 손을 씻게 했다. 몇 번의 수업이 지나자 수예 시간을 앞둔 모든 학생들은 자발적으로 손을 씻었다.

그녀는 학생들에게 다정하고 친절한 선생님이었다. 큰소리로 학생을 나무라는 일도 없었고, 만약 학생을 야단쳐야 할 상황이 생겨도 결코 많은 사람들이 보는 곳에서 야단치지 않았다. 꼭 조용한 강당이나 운동장 구석으로 학생을 불러서 잘못을 깨우쳐주었다.

겨울방학을 마치고 개학을 한 뒤였다. 2학년 마지막 가사 시간에는 카레라이스 만들기 실습을 하였다. 실습 음식은 다른 선생님께도 드리는 것이 예의였다. 그런데 이때 카레를 드시던 남자 선생님들이 짓궂은 농담을 했다. 그녀는 그 무례함을 받아들일 수도, 용서할 수도 없었다. 결국 그녀는 학교를 그만두기로 마음먹었고, 주변의 만류에도 불구하고 결단은 흔들리지 않았다. 교장 선생님은 두 달 동안 사표를 수리하지 않았으나, 새 학기가 되어도 교정에서 그녀의 모습을 찾아볼 수 없었다.

온화하고 인자한 성품이었지만, 단호한 면도 가지고 있었다. 그녀의 교사생활은 1년 3개월밖에 되지 않았지만, 그 기간 동안 자상한 선생님이자 존경스런 선생님으로서 자신의 역할을 다했다.

당시 옥천여학교 황의창 교감선생님은 교사로 생활했던 육영수에 대해 이렇게 말했다.

"학교는 해방 직후 좌·우익의 대립으로 학생들이 동요하고 들뜨는 것을 우려했다. 그럴 징조가 보였기 때문이다. 그래서 학생들의 정신적인 불안과 동요를 해소하고, 그들을 면학 분위기에 집중시키고 안정시키려 학교에서도 무척 고심을 했다. 고민 끝에 음악, 서예, 수예 등의 과목에 힘을 기울이자는 결정이 나왔다. 말하자면 그들의 정신적인 집중과 안정을 위해 이런 과목에 취미를 갖게 하고, 발표회를 자주 갖도록 한 것이다. 서예나 수예 등의 작품을 만들고 표구를 하려면 방과 후에도 학생들이 학교에 남아있게 돼 외부와 접촉하기가 쉽지 않다. 진행 결과 학교 분위기는 안정되었고, 도내 여학교 발표회에서도 옥천여학교가 빠지면 안 될 정도로 정평이 나게 되었다. 육 선생은 그런 학교 방침을 받아들였고, 당시 시대 상황 아래서는 그런 교육 방침이 옳다고 믿고 있었다. 그래서 방과 후에도 학교에 남아 학생들의 개별 지도를 열심히 했다. 항상 말없이 조용하면서도, 열성적인 육 선생의 지도에 학생들은 무조건 따랐다."

육영수가 학교를 그만둘 무렵, 여학교를 졸업한 동생 예수가 집에 내려와 자매가 함께 생활하고 있었다. 자매는 연당 사랑에 앉아 연꽃을

시계방향으로 언니 육인순, 오빠 육인수, 어머니 이경령과 육영수, 육인순의 아이들

바라보기도 했으며, 연못가를 거닐기도 했다. 평온한 일상을 보내며, 동생 예수와 함께 앞날을 그리고 과거의 아름다운 추억을 회상하곤 했다. 그리고 붓글씨를 쓰거나, 수를 놓으면서 보냈다. 그동안에도 신문과 라디오를 빠짐없이 접했다. 비록 충북 옥천의 시골 마을에 있었지만, 이러한 노력 덕분에 세상의 흐름을 잘 알고 있었다.

6 · 25,
부산으로 피난을

1950년 6월 25일 새벽이었다. 북한 공산군은 남북군사분계선이던 38 선 일대를 공격하기 시작했다. 북한군은 무장을 한 13만여 명의 병력을 투입했지만 우리 군은 최소한의 군사력밖에 지니고 있지 않았다. 우수한 장비를 앞세운 공산군을 당해낼 수가 없었다.

남침 하루 만인 6월 26일, 의정부가 북한군에 점령되었다. 그리고 하루가 지난 27일 정부는 대전으로 임시 청사를 옮겨야 했다. 상황은 나아지지 않았다. 오히려 악화될 뿐이었다. 결국 7월 16일에는 대구로, 8월 18일에는 부산으로 퇴각해야 하는 형국이었다.

7월의 어느 날, 옥천에 머물고 있던 아버지 육종관은 북한군이 조치원까지 이르렀다는 소식을 접하였다. 그는 많은 식솔과 재산을 어떻게 하면 좋을지 고민스러웠다. 옥천에 머무는 대가족이 모두 이동할 수 있다면 좋겠지만, 그럴 수 없는 상황이었다. 게다가 옥천 교동집의 규모가 컸던 만큼 가지고 있는 재산도 많았다. 그렇지만 상황이 상황인지라 서둘러 결정을 내려야 했던 육종관은 고심 끝에 선발대를 부산으로 보내기로 했다.

하지만 누구를 선발대로 보내야 좋을지 쉽게 결정할 수 있는 문제가 아니었다. 큰 아들은 서울에서 교편을 잡고 있었기에 옥천으로 내려오지 못했고, 믿을 수 있는 핏줄이라고는 작은 딸 영수였다. 육종관은 헌 트럭 한 대를 빌려와 육영수를 태워 부산으로 보냈다. 물론 교동집에도 자가용 두 대와 화물트럭이 한 대 있었지만, 그 차를 타고 가다가는 차를 빼앗길 수도 있을 거란 생각이 들었기 때문이다.

아버지의 말이라면 그 누구의 말보다 잘 따르던 육영수였지만, 홀로 부산에 내려간다는 건 상상도 못할 일이었다. 결국 육종관은 그녀 곁에 열 살 된 여자 조카 정자와 중학생이던 남자 조카 홍세표를 함께 붙여 보냈다.

낡은 트럭은 열심히 국도를 달렸다. 아침에 떠난 차는 쉬지 않고 달려, 하늘이 어둑어둑해질 무렵에야 대구에 닿았다. 그리고 그곳에서 무장을 한 청년을 만나 동행하게 되었다. 청년까지 태우고 달리던 트럭은 밀양에 도착할 즈음 엔진이 꺼지며 움직이지 않았다. 직접 달려야 하는 상황이 된 것이다.

일행은 밀양 기차역에 닿을 때까지 어둠 속에서도 달리기를 멈추지 않았다. 밀양역에 도착하자 자신을 전투경찰이라고 밝힌 청년이 기차표를 구해주었고, 덕분에 육영수는 무사히 부산에 도착할 수 있었다. 부산은 이미 피난민으로 가득했다. 교동집 딸로 곱게 자라왔던 그녀에게는 낯선 세상이었다. 훗날 피난 시절을 회상하며 그녀는 이런 글을 썼다.

영도다리 아래로 잔잔한 파도를 내려다보며 얼마 동안은 넋 빠진 인형모양 혼자서 깊은 생각에 잠겨있던 17년 전 7월 하순 그 어느 날. 동족끼리의 처참함. 6·25 동란으로 나도 나의 고향산천을 뒤돌아보며 4식구의 책임을 지고 부모님은 옥천에 남아 계신 채 헤어져 남하하지 않으면 안되었다.

부산이란 곳은 난생 처음이요, 어느 누구에게 의지할 곳 없는 곳이었다. 혼자서 이곳저곳을 헤매 다니다, 방이라고 얻어 보니 또한 말로만 듣던 영도섬이란다.

뒤늦게 남하하시겠다던 부모님을 맞이하기 위해 매일같이 영도에서 초량 부산진역 등을 막연히 찾아 헤매며 애타는 초조감과 긴박감 속에서 오로지 국군의 승리만을 기원하며 불안에 싸였던 그때, 다리 난간 아래로 푸른 바다를 내려다보고만 있던 나에게 인내라는 두 글자가 새로워졌다. 참고 견디며 노력하면 광명은 다시 찾아 줄 것만 같아 지쳤던 나에게 순간적으로 미약하나마 새로운 용기가 되살아남을 느꼈다. 인내는 무위無爲가 아니며 또한 무능無能도 아닐 것이다. 인내는 달성을 위한 노력이요 성취를 위한 진통이 아닐까. 때가 성숙될 때까지 피나는 노력을 계속하며 가진 고난을 극복해 나가는 인간의 존엄성.

노력이란 후일에 그 성과의 비중도 중요하겠으나 노력한다는 그 자체가 더욱 귀중하게 생각된다. 이것은 마치 머리가 우수하여 노력하지 않고서도 성적이 좋은 어린이보다는 보다 좋아지려고 꾸준한 노력을 아끼지 않는 어린이의 모습이 보다 슬기롭고 소중하게 여겨지는 것과 같다. 이 정다운 파도도 그 어느 때에는 노도로 변하여 생명과 재산을 잔인하게 삼켜버려 사람들의 가슴마다 뼈저린 상처를 남겨주었겠지만 그 자연의 위력도 지금은 저 바다 속 깊은 곳에서 선량해지고저 인내로써 노력을 하고 있는 것이 아닐까 하는 부질없는 생각도 해보았다. 그때의 걷잡을 수 없던 불안과 빈곤을 그 영도다리 난간에서 무아無我의 심정으로 생각 아닌 생각에 잠기어 찾은 인내로써 극복했음은 오늘에 이르기까지 항상 내 머릿속에서 사라지지 않는다.

용기있는 사람은 인내할 줄 알며 지혜로운 사람도 인내할 줄 알고 선량한 사람 또한 인내할 줄 알 것이다. 대한민국의 국권회복도 민주국가의 수립도 동란으로부터의 승리도, 후진국에서 선진국으로, 빈곤에서 풍요한 사회로 진보하는 것도 이 모두가 우리 겨레의 인내와 노력에서 이루어졌고 또 이루어져 가고 있지 않은가.

특별히 참고 견디어 크게 내 뜻을 이루어 본 일도 없고 그로 말미암아 자기가 지닌 괴로움을 잊을 수 있다고 확신할 수 있는 기적도 없기는 하나 역시 참고 견디어 후회해 본 일 없고 앞으로도 결코 없을 것이다. 현재도 또 후일에도 인내와 노력 그리고 성실만은 나의 신조요 가장 가까운 벗이고 단 하나의 위안이며 나의 축소된 과거 기록이기도 하다.

– 육영수 저, 『나의 조각된 신념』 중에서

남자들은 등에 짐을 지고, 여자들은 머리에 보따리를 인 채 부산으로의 피난 행렬을 이어갔다. 먹을 물도 없었고, 식기며 이부자리며 뭐 하나 멀쩡한 것이 없는 상황에서 피난민은 점점 모여들고 있었다.

육영수는 아버지가 알려준 대로 사촌 형부를 찾아갔다. 하지만 먼저 온 피난민들로 인해 빈방이 없었다. 남은 가족이 부산에 닿기 전 방을 구해야 했건만, 빈방은 어디에 있는지 찾을 수도 없었다. 한없이 낯선 부산을 헤집고 다니며 몇 날 며칠을 고생하다 간신히 방 한 칸을 마련할 수 있었다. 부엌도 딸려있지 않은 비좁은 방이었지만, 좋고 그름을 가릴 만한 상황이 아니었다. 그런데 어찌된 일인지 부산으로 피난 온 지 열흘이 지나고 있었건만 옥천의 가족들이 당도했다는 소식은 들려오지를 않았다.

무슨 일이 있어도 8월 중순까지는 부산을 점령해야 한다는 김일성의 지시에 인민군이 총력을 쏟고 있는 상황이었다. 주도권을 잡은 인민군에 밀려 전선은 점점 남하했다. 상황은 점점 불리해졌고 극심한 더위까지 겹쳐 민중들은 맥을 추리지 못했다. 헐벗고 굶주린 사람들은 하루하루 근근이 연명할 뿐이었다.

그러던 중, 우여곡절 끝에 부산에 당도한 가족을 만날 수 있었다. 딸이 구한 방에 가본 육종관은 주인과 협상을 벌여 이층 전체를 빌렸다. 매일이 불안하던 피난 생활도 조금씩 안정을 찾아가고 있었다.

부산에서의 피난 생활을 앞두고 육종관은 최악의 사태를 대비해 두었다. 교동집 창고에 곡식을 그대로 두고, 아끼던 자동차와 기계들도 모두 두고 왔다. 그래서 교동집 생활에 비하면 부산에서의 생활은 거의 가진 것이 없었고, 부산으로 데려온 대가족을 위해 더 열심히 돈을 벌어야 하는 상황이었다.

육종관은 사방으로 돌아다니며 바쁜 나날을 보냈는데, 일을 하기 위해서는 여러 가지 증명서가 필요했다. 자신에게는 충분한 시간이 없었

으므로 육종관은 증명서나 서류를 발급받는 일을 육영수에게 맡기곤
했다. 서류 중에는 복잡하고, 용어가 어려운 것들도 있었기 때문에 믿
을 수 있는 사람은 둘째 딸뿐이라고 생각했기 때문이다.

그녀는 가끔 동생 예수와 함께 증명서를 떼러 가기도 했다. 여동생
육예수는 그때를 회상하며 이렇게 말했다.

"언니가 가면 안 되는 일이 없었어요. 아무리 복잡한 서류라도, 또한
사람들이 밀려 있어도 언니가 서류를 창구에 내밀면 사원이 언니를 보
자마자, 언니가 내미는 서류부터 처리해 주었어요. 사람의 마음을 얻는
무슨 특별한 재주를 가진 것 같아 보였어요."

육종관은 딸이 어떤 일이든 잘 해내자 흐뭇해했다. 무슨 일이든 자기
가 직접 해야 직성이 풀리는 성격이었지만, 육영수는 언제나 자신의 마
음에 들게 일처리를 해 "우리 영수는 작은 일이든 큰일이든 무엇 하나
못하는 일이 없군. 사람이 재주가 많아서 막힐 것이 없어."라는 칭찬을
하곤 했다.

부산에서 피난 생활을 하며 여름을 보내고 있을 무렵의 8월 중순, 외
가 쪽 친척 오빠인, 육군 본부 정보국 소위 송재천이 육영수의 혼담을
의논하기 위해 찾아왔다. 궁핍한 피난살이에 어찌 혼사를 치를까 싶었
지만, 그녀의 나이도 이미 스물여섯이었다.

그때 송재천은 박정희의 대구사범학교 1년 후배로, 부산에서 박정희
를 만나 육군 본부 정보국에서 함께 일하고 있었다. 적지 않은 나이에

홀로 하숙 생활을 하던 박정희는 업무가 끝난 뒤 송재천과 종종 술자리를 가졌는데, 군 생활을 함께하며 송재천이 본 박정희는 강인하면서도 자상한 인품의 강직한 상사였다.

송재천은 그런 박정희를 마음에 두고 육영수의 부모님에게 박정희 소령을 신랑감으로 이야기했다. 송재천이 밝힌 박정희의 신상이다.

> 박정희朴正熙 소령의 고향은 경북 선산이며 본은 고령. 대구사범을 졸업한 후 문경초등학교에서 교사로 3년간 재직하다가 학교를 그만두고 만주로 건너가 만주신경 육군군관학교 예과에 입학, 수석으로 졸업. 그리고 일본으로 건너가 일본육군사과학교에 입학, 2등으로 졸업. 1944년 만주군관으로 편입. 1945년 해방과 더불어 귀국, 1946년 해방된 조국의 대한민국 육군사관학교에 편입학, 그해 12월에 졸업. 육사 교관으로 있다가 1948년 소령으로 진급, 현재 육군본부 정보국 제1과장으로 재직. 문경초등학교 교사 재직 시 집안 어른들의 주선으로 결혼했으나 뜻이 맞지 않아 이혼, 슬하에 딸이 하나 있음. 나이는 34세.

육종관은 박정희에 대해 특별한 생각이 없었다. 하지만 송재천의 권유에 만나 보기로 하고 약속을 정했다.

토요일 오후, 박정희는 송재천과 함께 육군 본부를 나섰다. 박정희가 육영수의 부모님을 만나 뵙기로 한 곳은 육종관 일가가 묵고 있는 낡은 가옥이었다. 박정희가 방에 들어서고 잠시 뒤, 육영수는 찻상을 방에 두고 나왔다.

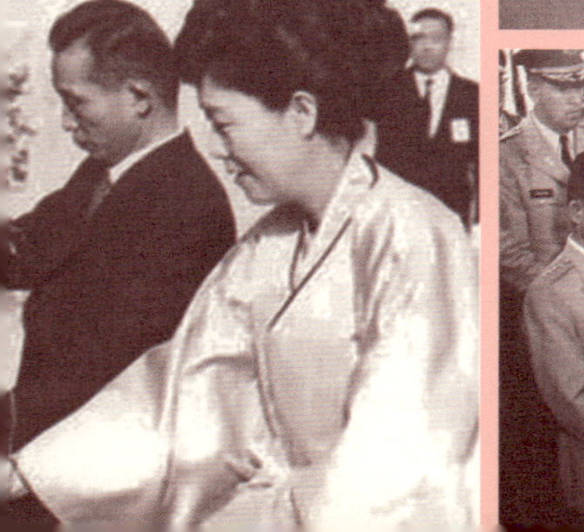

제2장

사랑의 서약

박정희 중령의 아내

신혼살림의 어려움

혁명은 시작되고

박정희 중령의 아내

"맞선 보던 날 군화를 벗고 계시는 뒷모습이 말할 수 없이 든든해보였어요. 사람은 얼굴로는 남을 속일 수 있지만 뒷모습은 남을 속이지 못하는 법이거든요. 그 후 몇 번 만나 뵈니까 그 직감이 틀림없다는 걸 확인할 수 있었어요. 미덥고 소박하고 아주 정겨운 분이세요."

훗날 영부인이 된 육영수가 한 기자회견 자리에서 한 말이다.

육영수는 박정희를 만나던 날, 그의 모습을 하나하나 관찰했다. 눈에서 빛이 나고, 자신감이 넘치는 믿음직한 모습. 그것이 박정희를 본 첫 느낌이었다. 그리고 일생을 함께해도 좋겠다는 결정을 내렸다.

1950년 9월 15일, 박정희는 중령으로 진급했다. 바로 이 날 유엔군이 인천상륙작전을 감행했는데, 이를 계기로 전세는 한국군 쪽으로 기울었다. 이 무렵, 부산에 주둔하던 육군본부는 대구로 이동하게 되었다. 그 전날 송재천은 영도의 양과자점으로 육영수를 안내해 둘을 만나게 해주었다. 이 자리에서 두 사람은 약혼하기로 약속했다.

하지만 그녀의 아버지는 둘의 결혼을 반대했다. 박정희가 군인이라는 점이 싫었으며, 나이가 많은 이혼남이라는 것 또한 싫어했다. 남부러울 것 없이 살아왔던 그로서는 가난한 박정희가 딸의 배필로 부족하다고 생각되었다. 하지만 어머니는 둘의 결혼을 지지했기에 결국 육영수의 혼인을 두고 어머니와 아버지의 마찰이 이어졌다.

> 육영수와 박정희의 결혼은 이해하기 어려운 구석이 많다. 육영수는 옥천 갑부의 딸이었으나, 박정희는 그녀보다 나이가 8살이나 많고 한 번 결혼한 경력이 있는, 육영수 아버지 육종관의 표현처럼 '집안의 내력을 알 수 없는' 군인이었을 뿐이다. 1960년대 이후 군인의 사회적 지위는 많이 높아졌지만, 1950년 당시 양반의 전통을 가진 사람들의 군인에 대한 사회적 인식은 우호적이지 않았다. 또한 박정희가 이제 막 군대에 복직했던 사정을 감안하면, 육종관이 박정희를 좋아하지 않았으리라는 것은 어렵지 않게 짐작할 수 있다. 두 사람의 결혼은 오직 두 사람의 인간적 교분을 통해서 이루어진 것인데, 두 사람이 맺어진 데에는 아무래도 독특한 가정환경 속에서 그 나름의 세계를 꾸준히 추구해왔던 육영수의 인생관이 큰 역할을 했다고 보아야 할 것이다.
>
> **전인권 저, 『박정희 평전』 중에서**

부산 생활을 마치고 옥천 교동집으로 돌아가는 날이었다. 이삿짐을 실은 트럭이 대구를 통과할 때, 육영수는 어머니와 함께 잠시 그곳에 내렸다. 그리고 박정희와 육영수는 대구 동성로의 작은 일식집인 삼화식당에서 약혼식을 하였다. 한복을 입은 육영수와 어머니, 군복을 입은 박정희와 그의 친구들이 참석했을 뿐이었다. 식을 마친 뒤 육영수와 어머니는 옥천으로, 박정희는 서울이 수복되면서 다시 거점을 서울로 옮긴 육본으로 돌아갔다.

이후 10월, 박정희는 9사단 참모장으로 전보되었다. 당시 9사단은 대전에 위치했는데, 거리상 옥천과 멀지 않았다. 그 당시 교동집에 기거하던 친척은 이렇게 말했다.

"1950년 11월을 전후한 한두 달은 육 여사에게 있어서 가장 행복했던 시기라고 할 수 있습니다. 이 기간에 박 대통령께서 대전 9사단 참모장으로 계시면서 틈이 날 때마다 예고 없이 옥천으로 오셨습니다. 육 여사에게 있어서 이 기간은 기다리는 생활, 즐거운 설렘 속에서 꿈으로 부푼 생활이었다고 할 수 있습니다. 각하가 오시면 육 여사는 동생을 데리고 세 분이 함께 오리티강으로 나가 강물에 돌을 던지면서, 갈대를 꺾으면서, 또 고기를 잡으면서 즐거운 시간을 보내셨습니다."

이 무렵 큰 언니 육인순은 서울에 살고 있었다. 박정희는 서울로 올라와 바로 육인순의 집을 찾았다. 육인순은 마당에서 그릇을 씻고 있을 때, 인상이 별로 좋지 않은 사병 한 사람이 마당으로 들어서는 것을 보았다. 그녀는 동생 영수가 군인과 약혼했다는 소식을 들었지만, 막상 직접 보고는 실망했다. 그 군인이 주변을 두리번거리고 있는데, 뒤이어 키가 작은 장교 한 명이 들어오는 것이었다. 뒤따라온 박정희를 보고서야 육인순은 마음을 놓았다.

박정희는 육인순에게 차 대접을 받았고, 육인순의 남편 홍순일이 납북된 이야기를 들었다. 박정희는 육인순의 마음을 위로하며 이렇게 말했다.

"남편 없이 이 세상을 살아가는 것만큼 힘든 일이 어디 있겠습니까."

육인순은 박정희를 만난 뒤 '순수하고 정직한 사람'이라고 평했다.

육영수의 언니인 육인순을 만나고, 며칠 뒤에는 오빠인 육인수를 만났다. 육인수는 서울의 한 고등학교의 수학선생이었는데, 육인수의 집 위치는 아내가 알려주었다.

오빠 육인수가 예비 신랑인 박정희와 만나고 며칠 뒤, 육영수는 서울로 올라와 오빠의 집 2층 방에 머물렀다. 그때 그녀는 오빠에게 박정희의 첫인상이 어땠냐며 물었다.

"키가 참 작더구나. 그런데 사람 하나는 다부지게 생겼어. 인상도 좋고."

이 무렵 서울은 전쟁의 상처가 다 아물지 않은 상태였다. 하지만 두 사람은 곳곳에 남아 있는 가로수를 바라보며 데이트를 하곤 했다. 박정희와 데이트를 한 뒤 그녀는 사직동에 있는 언니 집으로 가곤했다. 그리고 언니와 데이트에 대한 이야기를 종종 나누었다. 한 번은 언니에게 이런 말을 했다.

"제가 핸드백이 없는 걸 알고 며칠 뒤에 만나서 핸드백을 사준다는데 부끄러웠어요."

며칠 뒤 박정희는 데이트를 위해 육인순의 집에 왔는데, 이때 두 사람의 모습을 본 육인순의 딸 홍소자는 당시 순간을 이렇게 기억했다.

"이모는 부끄럽다거나 내숭 떠는 표정이 아니라 맑고 투명한 표정으로 박정희 씨를 맞이하였습니다. 두 사람은 그 전시의 들뜨고 불안하고 뒤죽박죽이던 시절에도 안정되고 자신감 넘치는 표정이었습니다. 두 사람의 연애는 젊은 청춘남녀의 불타는 사랑도 아니고 그렇다고 노인네들의 로맨스도 아니고, 참 신기했어요. 성숙된 인격의 만남이었기 때문이 아닌가 하고 훗날 와서 생각합니다."

육인순은 이렇게 말했다.

"두 사람이 어쩌면 저렇게 어색한 부분 없이 충만하게 보일까."

어수선한 때인데도 안정된 모습을 보인 두 사람이었다. 서로가 부족함 없이 다가가고 있었다.

하지만 군복 차림의 박정희가 교동집에 들렀을 때, 육종관은 그에게 눈길조차 주지 않았다. 대구에서 올린 둘의 약혼을 모르고 있었기 때문에 그는 더더욱 박정희에게 마음이 없었다. 박정희는 이후에도 옥천에 몇 차례 들렀으나, 육종관의 마음을 누그러뜨릴 수는 없었다. 12월 12일, 대구시 계산동에서 결혼식을 올리기로 했을 때도 육종관은 끝내 마음을 풀지 않았다.

"너네 마음대로 해라!"

육종관이 부인과 딸에게 건넨 마지막 말이었다. 식을 올리기 이틀 전

박정희 중령과 육영수의 결혼식

대구로 떠날 때조차 육영수는 아버지의 얼굴을 보지 못했다. 그리고 결혼식 날에도 아버지는 끝내 모습을 나타내지 않았다. 식장으로 입장하는 신부의 손은 박정희의 대구사범학교 은사 김영익이 잡아 주었다. 신랑 신부가 입장하자 엄숙한 목소리의 주례사가 이어졌다.

"신랑 육영수 군과 신부 박정희 양은……."

신랑, 신부를 알지 못했던 대구시장 허억이 이름을 바꿔 말하는 실수를 한 것이다. 비록 신부의 아버지가 참석하지 않은 쓸쓸한 결혼식이었지만, 주례의 실수로 하객들은 자연스럽게 웃을 수 있었다.

신혼살림의 어려움

신혼집은 대구에 마련되었다. 박정희는 대구 시내에 있는 이정우 씨 집의 방 세 칸을 빌려 신혼살림을 시작했다. 신혼부부가 방을 한 칸 쓰고, 옥천에 올라가지 않은 어머니 이경령과 동생 육예수에게 다른 방을 한 칸 주었다. 마지막 한 칸은 운전병과 부관이 썼다. 결혼식은 올렸지만 상황이 급박했기 때문에 신혼여행은 꿈도 꿀 수 없었다. 게다가 결혼식도 동료의 도움으로 할 만큼, 박 중령은 가난한 군인이었다.

신혼집에는 부엌조차 없었다. 육영수는 현관을 개조해 부엌을 만들고, 부엌살림을 하나하나 마련하며 신혼살림을 시작했다. 교동집 마님이던 이경령은 둘째 딸의 살림살이를 보며 착잡한 심정을 감출 수가 없었다. 옥천 교동집에 가면 딸이 시집갈 때를 위해 준비해 놓은 세간들이 가득했기 때문이다. 더욱이 딸의 결혼에 진노한 남편 때문에 차마 옥천으로 올라갈 수도 없어, 딸의 신혼살림에 의지할 수밖에 없는 처지가 미안하고 슬플 뿐이었다.

일을 마치고 돌아오는 남편을 위해 밥상을 들이는 아내. 혼인하기 전 살던 교동집 살림에 비하면 육영수의 신혼집은 소꿉장난 같았다. 하지만 그녀는 신혼살림 마련에 여념이 없었고, 시장을 보고 난 뒤에는 공책에 일일이 그날의 지출을 적으며 알뜰하게 살림을 했다. 동생이 궁상스럽게 그런 걸 왜 적느냐고 물었을 때, 그녀는 이렇게 답했다.

"그이는 군인이야. 적은 월급으로 살림을 하려면 아껴야 돼."

아내의 역할에 충실했던 그녀는 남편을 위해 아침 일찍 일어나 세숫물을 준비했고, 언제나 머리를 곱게 빗고 엷은 화장을 해, 흐트러진 모습을 보이지 않았다. 그녀의 극진한 내조 덕에 박정희는 처음으로 안락한 가정생활을 맛보았다.

신혼 닷새째 되는 날, 박정희는 며칠 전 이동한 9사단 사령부를 찾아 강원도 평창군으로 떠났다. 육영수는 남편의 안위를 한시도 걱정하지 않은 적이 없었다. 전쟁이 빨리 끝나기를 기원하며, 남편에게 편지 쓰는 것을 삶의 낙으로 삼았다. 박 중령 역시 아내에게 쓴 답장을 수발병 편에 보냈다. 하지만 전시 상황이었기 때문에 한 통의 편지를 받는 것조차 쉽지 않은 일이었다.

이런 두 사람의 모습이 안타까웠던 병참참모 김재춘 중령이 하루는 대구로 출장을 가는 송재천을 불러 육영수를 데려오는 게 어떻겠냐고 물었다. 그렇잖아도 남편을 만나러 가겠다는 마음을 가지고 있던 그녀는 송재천이 운을 떼자 두말 않고 동행에 나섰다.

송재천은 전시 상황이고 공비가 나올 것을 대비해 치마저고리 위에 군복을 입으라고 일렀다. 육영수는 남편의 야전 점퍼를 입고 머리에는 군모를 썼다. 송재천이 모는 군용 자동차를 타고 남편이 있는 최전선, 강원도 정선으로 향했다.

아내를 본 박정희는 무뚝뚝한 모습이었다. 하지만 겉으로 하는 표현이 서툴 뿐이었다. 가족을 만나지 못하고 있는 많은 부하들 앞에서 아내를 만난 반가움을 마음껏 표현할 수 없었던 것이다.

육영수는 박정희가 마련한 작은 방에 들어섰고, 이불을 보는 순간 이상한 것을 발견할 수 있었다. 얼굴이 닿는 이불깃에 하얀 타월이 놓여 있었다. 속이 깊으면서도 그것을 모두 표현하지 않는 은근한 따스함과 소박하면서도 진실한 사랑이 느껴졌다. 박정희는 강직한 군인이었지만 아내에게는 자상한 남편이기도 했다.

2월 16일, 공산군의 총공세로 인민군 2, 3군단이 9사단을 공격하기 시작했다. 9사단은 정선을 포기하고 후퇴의 길에 올랐는데, 육영수는 그 후퇴하는 길로 박정희와 헤어져 대구로 돌아왔다.

그리고 그해 4월 15일, 반가운 소식이 전해졌다. 남편이 대령으로 한 계급 진급한 것이다. 이 무렵 박정희가 이끄는 사단은 강원도 강릉에 머물고 있었는데, 그는 연락병을 보내 육영수를 군용 앰뷸런스에 태워 데려왔다.

강릉에서 머무는 일주일이 이들 부부에게 신혼여행을 대신한 셈이다. 가장 기억에 남는 한때를 보낸 것이다.

박정희에게도 강릉에서의 시간은 애틋함이 묻어나는 시간이었다. 대구로 돌아온 육영수는 남편으로부터 한 통의 편지를 받았다.

춘삼월 소묘

벚꽃은 지고 갈매기 너울너울
거울 같은 호수에 나룻배 하나
경포대 난간에 기대인 나와 영

노송은 정정 정자는 우뚝
복숭아꽃 수를 놓아 그림이고야
여기가 경포대냐 고인도 찾더라니

거기가 동해냐 여기가 경포냐
백사장 푸른 솔밭 갈매기 날으도다
춘삼월 긴긴 날에 때 가는 줄 모르도다

바람은 솔솔 호수는 잔잔
저 건너 봄사장에 갈매기떼 날아가네
우리도 노를 저어 누벼 볼까나

편지 말미에는 1951년 4월 25일이라는 날짜가 적혀 있었다.

첫 연의 제3행에 나오는 '나와 영'의 영은 육영수를 가리키는 것으로, 그
녀는 그곳에 연필로 동그라미를 그려 '나, 영수'라고 써두었다는 애틋한 사

연을 간직하고 있다. - 중략 - 그런데 이 시는 박정희의 시선이 언제나 원경으로부터 근경으로 이동하고 있다는 특징을 보여주고 있다. 또한 근경에 이르면 '경포대 난간에 기대인 나와 영' 또는 '고인도 찾더라니'처럼 사람의 모습이 등장하고 마지막에는 '우리도 노를 저어 누벼볼까나'라고 한 것처럼 행동에 관한 표현으로 끝을 맺는다. 이처럼 박정희는 신혼 시절의 아내에게 보내는 정감 있는 편지에서조차 3단계 인식 태도를 보여주고 있다.

– 전인권 저, 『박정희 평전』 중에서

이 무렵 박정희는 과로가 누적되며 병을 얻어 대구 육군본부로 발령을 받게 된다. 부족한 남편의 월급으로 알뜰하게 살림을 하던 육영수는 남편이 과로로 지쳐있자, 인삼을 정성껏 달여 먹였다. 어려운 살림에서도 남편의 건강을 위해 지극 정성이었다. 한결같은 아내의 간호 덕분에 박정희는 얼마 후 자리에서 일어날 수 있었다.

대구 육군본부에서 근무하던 박정희는 육군정보학교 교장으로 발령을 받았다. 육군정보학교는 집과 멀지 않은 곳이었기 때문에 출퇴근하며 지냈다. 아내의 끊임없는 관심과 규칙적인 생활은 부부에게 또 다른 즐거움이었다.

바로 이때, 또 다른 행복이 찾아왔으니 육영수의 몸에 새로운 생명이 들어선 것이었다. 그녀는 집안일을 하면서도 태어날 아이를 위해 뜨개질을 하며 옷을 만들었다. 한 남자의 아내이던 그녀는 어머니로서의 준비도 게을리하지 않았다.

이듬해 봄, 육영수는 첫째 딸을 낳았다. 박정희 36세, 그녀가 28세에

본 첫아이였다. 박정희는 삼일 동안
옥편을 뒤적이며 마음에 드는 한자를
골랐다. 그리고는 무궁화, 즉 나라의
국화이자 조국을 의미하는 '근槿'자와
은혜로움을 의미하는 '혜惠'자를 따서
이름을 지었다.

이후 박정희는 점심을 먹기 위해
꼭 집으로 오곤 했다. 딸의 얼굴을 보
는 것이 하루의 즐거움이었다. 박 대
령은 딸의 목욕을 돕기도 했고, 사랑
스러운 모습들을 사진으로 남기기도 했다.

첫 아이 근혜의 소녀시절

전쟁이 계속되면서 나라 안의 식량과 물자가 오랫동안 부족했다. 대
령으로 진급한 박정희의 월급은 쌀 한 가마니에도 미치지 못했기 때문
에 살림은 아끼고 아껴도 늘 부족했다. 딸과 어머니, 그리고 동생까지
함께 지냈기에 남편의 월급만으로는 살림을 꾸리기가 빠듯했다. 게다
가 박정희는 잦은 이동으로 가정에 신경 쓸 겨를이 없었다.

언제나 부족했지만 육영수는 남편의 빈자리까지 꼼꼼하게 채웠다.
박정희에게 육영수는 사랑스러운 아내이자, 든든한 버팀목이었다. 박
정희는 7월 2일, 아내를 향한 마음을 담아 한 편의 시를 쓴다.

영수의 잠자는 모습을 바라보고

밤은 깊어만 갈수록 고요해지는군
대리석과도 같이 하이얀 피부
복욱馥郁한 백합과도 같이 향훈을 뿜는 듯한 그 얼굴

숨소리 가늘게, 멀리 행복의 꿈나라를 거니는
사랑하는 나의 아내, 잠든 얼굴 더욱 어여뻐라
평화의 사랑!
사랑의 권화!

아, 그대의 그 눈, 그 귀, 그 코, 그 입
그대는 인仁과 자慈와 선善의 세 가닥 실로써 엮은
한 폭의 위대한 예술일진저

옥과도 같이 금과도 같이
아무리 혼탁한 세속에 젖을지언정
길이 빛나고 아름다워라

착하고 어질고 위대한 그대의
여성다운 인격에 흡수되고 동화되고 정화되어
한 개의 사나이의 개성으로 세련하고 완성하리

박정희가 서울의 부대로 발령받아 올라가고 얼마 후, 온 가족이 서울로 오라는 기별을 받았다. 박정희가 마련한 거처는 동숭동 산꼭대기의 작은 셋방이었다.

오랜만에 접한 서울의 풍경은 말할 수 없이 참혹했다. 두 번이나 북한군 수중에 들었던 전쟁의 상처로 온전한 것은 눈에 들어오지 않았다. 배화고등여학교에 다니던 시절을 떠올리면, 전쟁 후의 서울은 비통한 마음이 먼저 들었다.

무엇 하나 성한 것이 없는 이곳에서 그녀는 여전히 어렵게 생활을 꾸려나가야 했다. 여름이었지만 집안에 더위를 피할 수 있는 곳조차 없었다. 게다가 이 집은 문지방이 유난히 높아 아직 아기인 근혜는 항상 이마를 찧곤 했다.

그런 고생을 해도 한 번도 불평불만을 하지 않고, 군인의 아내는 이렇게

사는 것이라고 말하면서 군인의 아내가 호강을 하면서 사는 것은 남편이 다 부정한 짓을 해야 고생 안하는 것이며, 어머니가 저희들 가르칠 때 어떤 환경 속에서 고생을 해도 참으며 웃고 지내라고 하시지 않았느냐고 말하면서 오히려 나를 달래었어요.

– 이경령 수기 중에서

육영수는 생활이 어려울수록 남편을 기다리며 희망을 가졌다. 남편이 집에 온다는 전갈을 받으면 남편이 좋아하는 반찬을 만들어 놓았다. 박정희는 군 생활의 고단함을 가족과 함께 단란한 시간을 보내며 해소하곤 했다. 그리고 오후가 되어 집안 가득 들어차는 햇빛을 보며 가족들이 더위로 고생이 많았다는 것을 알게 되었다. 석 달을 동숭동 셋방에서 지낸 끝에 1953년 10월 말, 고사북동으로 이사를 하게 되었다.

고사북동 집은 박정희의 부관으로 있던 원병오 중위의 사촌누이 집이었다. 마침 집이 비어 이사를 할 수 있었다. 처음으로 주인이 없는 독채에서 살게 된 것이다.

하지만 고사북동 집은 난방이 잘 되지 않았다. 무엇보다 큰 문제는 물이 나오지 않는다는 점이었다. 언제나 앞집에서 물을 길어 와야 했다. 앞집에서는 언제든 길어다 먹으라고 했지만, 남의 집에 들어가 물을 길어 오는 건 쉽지 않은 일이었다. 어쩔 수 없이 물을 길어 먹으면서도 마음이 편치 않았다.

당시 앞집에 살던 박준규 교수의 부인은 이렇게 회상했다.

"처음에는 바깥어른이 군인인 줄은 전혀 몰랐어요. 장교 집이라면 사병들이 들락거리고 군인들이 웅성대잖아요. 그런 시대였어요. 그런데 여사님 댁은 절간 같았어요.

가끔 시장을 같이 갈 때가 있었는데 부인은 조그만 종이에 살 물건을 미리 적어가지고 와서 그것만 사가지고 갔어요. 언제나 콩나물이나 두부, 나물 종류만 샀기 때문에 그 댁은 고기나 생선을 원래 안 먹는 줄 알았어요. 어느 날 부인이 굴비 한 두름을 들고 와서 웬 굴비냐고 물었더니, 어디서 들어왔는데 자기 집에서는 안 먹으니 들라 하더라고요. 그래서 아무 생각 없이 받았어요. 그런데 나중에 가만히 생각해보니 저희 집 물을 먹는 게 미안해서 부인이 시장에서 사온 것 같더라고요. 동태 한 마리도 마음 놓고 못 사시는 형편에 굴비 한 두름을 사셨으니. 두고두고 미안해서 혼났어요.

그리고 그 댁은 조그만 마당에 화초 대신 채소를 심어서 먹었어요. 쑥갓, 근대, 호박, 오이 없는 게 없었어요. 여름철이면 거의 매일 소쿠리에 채소를 담아 가지고 와서 살그머니 놓고 가셨는데 그것 역시 물을 먹는 미안함을 그렇게 표현하셨던 것 같아요.

또 한 가지 생각나는 게 있군요. 그 댁은 햇볕이 잘 드는 마당 뒤쪽에 장독대를 만들어 놓았는데 세 살쯤 되는 그 댁 딸이 장독대에 앉아서 큰 소리로 노래를 불렀어요. '삼천리강산에 새봄이 왔구나. 농부는 밭을 갈고 씨를 뿌린다' 하고요."

이 무렵 육영수는 둘째를 임신하고, 박정희 대령은 준장으로 진급을 했다. 강직하고 유능했던 박정희는 진급을 이어갔고, 미국 오클라호마 육군포병학교로 유학길에 올랐다. 남편이 유학을 떠나자 그녀는 자신도 남편의 직위에 맞는 부인이 되어야 한다고 생각했고, 어떤 것을 공부하면 좋을지 고민하던 끝에 영어 공부를 하기로 결정했다. 생활은 빠듯했지만 그녀는 영어 수강을 주저하지 않았다.

남편이 없는 6개월 동안 살림은 바닥까지 내려갔다. 원래도 궁핍했던 살림은 가장의 부재로 딱할 만큼 위태로워졌다. 툭하면 쌀이 떨어져서 쌀을 꾸러 다니는 게 일이었다. 경제적 압박이 숨통을 조여 왔다. 그러나 육영수는 가난에 쪼들리는 상황에서도 동료나 부관을 챙기는 등 준장의 아내로서의 내조를 게을리하지 않았다.

매일 아침 신문에서 그날의 주요 사건을 스크랩하고, 사흘에 한 번씩 편지를 써 소식을 알리는 것도 육영수의 일과 중 하나였다. 외국에 있는 남편이 국내 정세에 어두워지지 않도록 하기 위한 작은 배려였다.

– 홍하상 저, 『대한민국 퍼스트레이디 육영수』 중에서

물질적으로 힘든 시기였지만, 한국과 미국을 오가는 편지 속에서 둘의 사랑은 두터워지고 더욱 커졌다. 육영수는 하루가 다르게 커가는 큰딸의 이야기를 편지에 담았고, 남편에 대한 사랑과 그리움도 함께 표현했다. 남편 역시 아내에 대한 사랑과 교육과정의 이야기들을 편지에 담아 보내곤 했다. 서로가 서로에게 얼마나 큰 힘이 되고 있는지, 얼마나 소중한 존재인지 알아가는 과정이었다. 박정희는 1954년 6월, 미국 유학을 마치고 돌아오는 배 위에서 아내를 생각하며 일기를 쓴다.

나의 어진 아내 영수, 그대는 내 마음의 어머니다. 셋방살이, 없는 살림, 좁은 울안에 우물 하나 없이 구차한 집안이나 그곳은 나의 유일한 낙원이요, 태평양보다도 더 넓은 마음의 안식처다. 맑은 마음의 우물이 샘솟는 나의 집이거늘 없는 것이 무엇이랴. 영원한 마음의 양식이 우리 가정을 지켜줄 것이다.

육영수는 내조를 함에 있어서 다음 세 가지를 지키려 노력했다.

첫째, 가정의 근심을 덜어줌으로써 남편에게 일에 충실할 수 있는 정신적 안정을 주어야 한다.

둘째, 남편의 손이 미치지 못하는 구석을 아내가 협조한다.

셋째, 남편의 건강을 살핀다.

박정희가 귀국하던 날, 인천 부두에는 만삭의 아내가 딸을 데리고 남편 마중을 나왔다. 이후 그녀는 둘째 딸 근영을 낳고, 남편은 강원도 화천으로 발령받는 등 바쁜 나날을 보냈다.

그리고 얼마 후 박정희가 전라남도 광주 포병학교 교장으로 발령을 받자 일가는 관사에서 머물게 되었다. 비록 낡은 목조건물이었지만, 지금까지 살던 집과는 비교할 수 없을 정도로 큰 집이었다. 목욕탕도 따로 있었고, 마당에는 탁구장도 있었다. 탁구대를 보고 육영수와 동생 예수는 좋아했고, 박정희와 함께 탁구 시합을 하기도 했다.

단란한 광주에서의 생활은 10개월 정도 이어졌다. 박정희가 곧 강원도 양구로 이동해야 했기 때문이다. 서울 노량진역에서 멀지 않은 곳에 집을 얻었는데, 달랑 방 한 칸으로 여간 궁핍한 게 아니었다. 심지어 부엌조차 없었다. 그 방을 함께 찾아간 운전병마저 너무하다고 울먹일 정도였다.

박정희의 심부름으로 연락병이 올 때면 그녀는 항상 콩나물밥이나 콩나물죽을 내놓았다. 그러면서 "우리 집 명물이에요. 맛있게 드세요." 하며 미소를 지어 주었다. 검소한 생활을 위한 식생활이었다.

그러던 어느 날이었다. 연락병 한 명이 건빵을 한가득 들고 와서는 육영수에게 건네었다. 그녀는 이게 웬 건빵이냐 물었고, 연락병은 따님을 주기 위해 가져왔다고 했다. 그동안 부대에서 급식으로 나온 건빵을 먹지 않고 모아뒀다는 것이었다. 연락병은 기쁜 마음으로 건빵을 전했지만, 육영수는 받지 않았다.

"그래도 부대 재산이긴 마찬가지지요. 마음으로는 고맙게 받겠지만 이건 우리가 먹을 수 없어요. 본인 앞으로 나온 거니까 본인이 먹도록 하세요."

살림은 언제나 빠듯하고 어려웠지만 그녀는 정도를 지켰다. 알뜰하게 살림을 하는 현명하고 슬기로운 주부인 동시에, 남편을 사랑하고 아끼는 아내였다.

아버지를 위하던 나의 생활은 결혼 후 모두 남편에게로 옮아갔다고 생각한다. 아마도 나는 항상 한사람에게 정성을 다하고 사랑을 다하면서 살지 않으면 못 견디는 성질인가 보다.

그녀의 말에 미루어서도 그 정도를 짐작할 수 있다.

1955년 4월, 드디어 집이 생겼다. 없는 살림에서도 꼬박꼬박 해온 저축과 은행에서 대출받은 돈으로 겨우 집을 마련할 수 있었던 것이다. 그녀는 가격이 저렴한 집을 직접 찾아다녔고, 헤매던 끝에 충현동에 있는 막다른 골목집을 마련하였다. 집의 명의는 '육영수'로 되어 있었는데, 남편의 역할까지 묵묵히 수행해준 그동안의 고생에 대한 보답과 고마운 마음의 표현이 아니었을까 싶다.

충현동 집은 나무로 지어진 집으로, 건물 자체가 많이 낡아있었다. 비록 낡은 집이었지만, 그녀는 가족을 위한 집이 생겼다는 기쁨으로 열심히 집 단장을 했다. 직접 페인트를 사다가 칠하고, 도배지를 사와서 도배도 했다.

박정희의 일정은 언제나 빡빡했고, 집에는 한 달에 한두 번 정도밖에 올 수 없었다. 물론 올 때마다 운전병이 함께 했지만, 운전병에게는 절대 운전 외의 다른 일을 시키지 않았다. 그녀는 자기가 할 수 있는 일, 그리고 자신의 일이라고 생각되는 일에 대해서는 결코 다른 사람의 힘을 빌리지 않았다. 또한 작은 일 하나라도 그들에게 부탁하는 일이 없었다. 항상 공과 사를 분명히 했다.

충현동으로 이사한 지 한 달쯤 됐을 때, 폭우가 쏟아졌다. 비가 하도 많이 내려 주변의 다른 집들 하수구가 넘치기 시작했다. 그렇게 넘친 하수는 박정희의 집으로 쏟아져 들어왔다. 막다른 골목집인 데다 지대가 가장 낮았기 때문이다. 육영수는 하수구 물을 밤이 새도록 퍼냈다.

비가 멎은 뒤 집을 다시 돌아봤을 때, 그녀는 허탈한 마음이 들었다.

열심히 도배한 벽지는 이미 엉망이 되었다. 게다가 집안은 습기가 가득 차서 눅눅했고, 벽에는 곰팡이가 피기 시작했다. 그런 집에서 아이들이 뛰어놀고 어머니가 잠을 청하고 있었다.

이후 박정희는 5사단장 자리를 떠나, 진해에 있는 육군대학에 입교했다. 육군대학을 졸업한 후엔 또 다른 근무지로 옮겨야 했다. 바쁜 남편을 대신해 육영수 혼자 감당해야 하는 많은 일들이 있었지만, 그녀는 결코 자신의 고충을 남편에게 이야기하지 않았다. 언제나 그랬던 것처럼, 남편에게는 평온한 가정의 모습만 보여주었다.

해가 바뀌고 박정희는 준장에서 소장으로 진급했다.

그해 5월, 충현동 집을 팔고 신당동으로 이사를 했다. 금방 이사를 하긴 했지만, 집을 한 번 사봤던 경험이 있기 때문에 육영수는 여러 조건들을 꼼꼼히 따졌다. 신당동의 집은 단층으로 여러모로 조건이 좋았다. 하지만 충현동 집에 비해 비싼 가격이 문제였다. 집값을 모두 마련하지 못해 고민하던 차에, 동생에게 돈을 빌릴 수 있었다. 볕이 잘 들지 않아 컴컴하게 지내야 했던 가족들이 이젠 신당동의 밝은 집에서 지낼 수 있게 된 것이다.

육영수는 이사 후, 최소한의 비용으로 편리하고 멋있게 집을 수리해 갔다. 묘목도 심고, 꽃도 열심히 심었다. 다른 나무들은 대부분 묘목을 심었지만, 라일락 나무만은 조금 큰 것을 사다 심었다. 남편이 유독 라일락 향을 좋아했기 때문이다.

신당동으로 이사 온 뒤, 그녀는 셋째를 임신했다. 두 아이의 엄마이자, 또 다른 아이의 엄마가 될 준비에 최선을 다했으며 기쁜 마음으로 집안을 돌봤다. 또한 영어공부도 다시 시작했는데, 이는 자신의 시간을 확보할 수 있을 만큼의 여유가 생겼다는 말이기도 했다.

이 무렵 처음으로 세간 살림살이를 하나 장만했는데, 그것은 바로 전축이었다. 음악을 좋아했던 육영수는 시간이 허락될 때마다 전축을 켜서 음악을 듣곤 했다. 이것은 그녀와 근혜, 근영에게도 좋았지만, 뱃속에 있는 지만에게도 좋은 영향을 미쳤을 것이다.

겨울이 되고 육영수는 셋째 아이를 출산했다. 두 딸에 이어 아들이 태어난 것이었다. 박정희의 나이 이미 마흔이 넘은 때였다. 아내가 아이를 출산했다는 소식에 박정희는 서둘러 신당동 집으로 향했다. 셋째 아이인 지만은 부부에게 있어 또 다른 희망이었다.

그렇게 1950년대가 가고, 1960년대가 다가오고 있었다.

혁명은 시작되고

1960년, 새날이 밝았다. 3월 15일 선거를 앞두고 시국은 흉흉했다. 자유당 대통령 후보로 이승만, 부통령에 이기붕이 등록됐다. 3·15 선거는 부정으로 끝났다. 국민들의 분노는 극에 치달았고, 결국 부정선거를 규탄하는 학생들의 시위가 일어나기에 이르렀다.

4월 18일, 고려대학교 학생들을 시작으로 4월 19일 전국적인 학생들의 봉기가 이어졌다. 이들은 대법원장으로 하여금 3·15 선거가 합법인지 불법인지 해명할 것을 요구했다. 학생들에 이어 25일에 교수단이 데모를 일으켰고, 다음날인 4월 26일 이승만 대통령은 사임 의사를 나타냈다. 결국 하야한 것이다.

이런 상황에 박정희는 육군 군수기지 사령관으로 전보되어 부산으로 근무지를 옮기게 되었다.

1960년 6월 15일, 내각책임제 헌법이 통과하면서 윤보선을 대통령으로, 장면을 국무총리로 하는 새로운 정부가 구성되었다. 하지만 세상은 여전히 무정부 상태를 방불케 할 정도로 혼란스러웠다. 새롭게 구성된 정부는 정부의 역할을 다할 수 없었고, 다하지도 못했다. 국민들의 삶은 더욱더 깊은 수렁으로 빠져들 뿐이었다.

몇 달이 지나고, 9월이 되면서 박정희가 다시 서울로 올라왔다. 이 무렵 그는 가족들에게 불고기를 종종 사주었는데, 그동안 가족들을 정성껏 돌보지 못한 것에 대한 미안한 마음 때문이었다. 다들 웃으며 밥을 먹었지만, 육영수는 남편에게 뭔가 다른 일이 일어나고 있다는 것을 직감적으로 알 수 있었다.

1960년은 유독 추위가 빨리 찾아왔다. 11월 9일, 신당동 박정희의 집에 젊은 장교들이 모여들었다. 이들은 평소 박정희가 가까이 하던 장교들이었다. 이날의 회동은 박정희를 지도자로 추대하기 위한 역사적인 모임이었다. 박정희는 모임에서 신념에 찬 목소리로 이렇게 말했다.

"첫째, 우리나라는 정치에서 초연해야 할 군인이 정치에 개입하여 정치인과 야합함으로써 정치의 부패를 조장시켰다. 그러한 부패 속에서 권력의 왕좌에 군림하여 군 본래의 숭고한 정신을 더럽힌 자는 단연코 축출하고, 악한 요소는 과감하게 일대 수술을 가해야 한다.

둘째, 농어촌의 실정이 비참함은 정치의 부패·무능에 기인한 것임은 새삼 말할 필요조차 없는 일이다. 정부에서는 날로 범람하는 농어촌 고리채 문제만 하더라도 헛구호만 내놓았을 뿐, 이렇다 할 구체적인 방안을 세워 과감한 실천을 꾀하지 못하고 있는 실정에 있다.

셋째, 사회적으로 퇴폐한 풍조가 퍼져 사회 도의는 땅에 떨어진 지 오래이며, 마치 '깡패 왕국'을 이루는 공포의 거리로 변하였다. 이러한 무법·불법의 암흑사회는 정치권력이 불법 폭력단체와 결탁함으로써 그들의 악을 조장해온 결과인 것이다. 이렇게 부조리한 악의 요소가 그대로 이 나라에 풍미하고 있는 이상, 진정한 민주공화국을 이룩한다는 것은 '진흙 속에서 장미꽃'을 찾는 것과 같은 어리석은 일이다.

오직 순수한 우리 애국애족 청년장교들의 단결만이 이 나라를 살리는 유일한 길임을 명심하기 바란다.

마지막으로 국내의 군 수사기관에서 우리들을 주시하고 있지만 모든 책임은 나 한 사람이 지겠으니, 여러분은 맡은 부서별로 열과 성을 다 해주길 바란다.”

이러한 뜻을 아는지 모르는지, 박정희를 예의주시하는 눈들이 많았다. 한 번은 육영수가 시장을 보고 집으로 오던 길이었다. 전에 없던 고구마 장수가 집 앞에 있는 것이었다. 의아한 일이었다. 수상한 낌새를 눈치 챈 그녀는 집 안의 사병에게 일러 고구마 장수에게 가서 고구마의 가격을 한 번 물어보고 오라고 했다. 그녀의 직감이 옳았다. 그들에게 다가가 고구마 한 관의 가격을 묻자, 대답을 못했기 때문이다. 그녀는 낮에 있었던 일들을 남편에게 알렸다.

이듬해인 1961년, 새해로 접어들자 3월 위기설, 4월 위기설들이 떠돌았다. 봄이 왔지만, 아직은 따스한 햇살이 비추지 않았다. 박정희 장군은 혁명 진행을 위해 5월 12일 상경했다. 하지만 상황이 여의치 않자, 거사일은 5월 16일로 연기되었다.

1961년 5월 15일, 월요일이었다. 장충초등학교 4학년에 다니는 근혜와 1학년에 다니는 근영을 학교에 보낸 뒤 육영수는 집에서 일하는 아주머니들을 불렀다. 그리고는 그들에게 이삼 일 쉬다 오라고 일렀다.

이날 밤 10시가 되었을 때, 박정희는 아내에게 담담한 표정으로 권총을 꺼내 달라 말했다. 아내에게서 권총을 받은 박정희가 곧장 집을 나서려 했다. 그러나 아내가 근혜의 숙제를 봐달라고 하여 다시 안방으로 들어섰다. 이때, 한밤의 고요를 깨는 전화벨 소리가 들렸다. 박정희가 서둘러 전화를 받았다. 부대출동이 어렵게 됐다는 말에, 그는 제 2안대로 하자는 말을 침착하게 전했다.

육영수가 묵묵히 남편을 바라보자, 박정희는 아내에게 말했다.

"내일 아침 다섯 시 정각에 라디오를 들어보시오."

그녀는 가만히 고개를 끄덕였다.

남편을 보낸 뒤 그녀는 간절한 기도의 시간을 보냈다. 남편이 무사하길 바라는 기도를 되뇌며 조용히 건넛방으로 갔다. 건넛방의 장롱 밑에는 남편과 주고받은 편지가 가득했다. 서로에 대한 사랑이 듬뿍 담긴 편지들이었다. 그녀는 편지들을 한 장, 한 장 읽어가며 태웠다. 기나긴 세월들이 묻히는 순간이었다. 부부로서의 각별한 사랑이 녹아든 편지들이 타들어 가고 있었다.

자정이 지났다. 그녀는 안방에 앉아 바느질을 하고 곁에는 어머니와 세 아이가 곤히 잠들어 있었다. 한 땀, 한 땀 바느질을 하는 동안에는 아무런 근심 걱정도 없었다. 바느질에만 집중하면서 담담하게 마음을 정리할 수 있었다. 그러는 동안 응접실의 시계가 새벽 5시를 알려왔다.

라디오를 켰다. 주파수를 아무리 돌려도 잡음만 들려올 뿐 진행자의 목소리는 들리지 않았다. 남편은 분명 아침 5시 정각에 라디오를 들어보라고 했다. 1초가 가고 1분이 가고……. 6분이 지나고 7분이 됐을 때다. 마침내 라디오에서 애국가가 울려 퍼졌다. 곧이어 아나운서의 음성이 들려왔다.

"친애하는 애국 동포 여러분! 은인자중하던 군부가 드디어 금일 아침 미명을 기해서 일제히 행동을 개시하여 국가의 행정, 입법, 사법의 삼권을 완전히 장악했습니다!"

그녀는 자신도 모르게 치맛자락을 움켜쥐고 있었다. 땀이 가득 밴 손이었다.

혁명이 진행되고 있었지만 육영수는 여느 때와 다름없었다. 간밤에 조금도 눈을 붙이지 못하고 노심초사하며 날을 지새웠지만, 언제나처럼 아침밥을 준비하고, 아이들을 학교에 보냈다. 그때 누군가 대문을 두드리는 것이었다. 그녀가 나가 문을 열어봤더니, 언니의 딸인 홍소자였다. 이모부의 혁명 소식을 듣고 달려온 홍소자는 흥분한 얼굴이었다. 하지만 육영수 여사는 오히려 담담해보였다. 홍소자는 이모를 찾아갔을 때 상황을 이렇게 말하고 있다.

"이모님은 혁명 후 전혀 달라진 것이 없었어요. 혁명 전과 똑같은 생활이요, 모습이었어요. 어떤 환경 속에서도 당황하거나 변하는 일이 없이 이모님은 주부로서의 본분만을 한결같이 지켜나가고 계셨어요. 그래서 우리가 '이모님, 이제는 좀 처신이나 몸가짐이 달라지셔야지요. 아랫사람들에게 시킬 건 시키시고, 이모님이 손수 하시지 않아도 되잖아요' 하고 여쭈었더니, '왜 내가 달라져야 하니? 달라지기를 바라는 너희의 마음이 비뚤어진 게 아니냐'고 말씀하셨어요."

육영수는 혁명과 함께 호흡하면서도 그 시기를 누구보다 담대하고 침착하게 보내는 중이었다.

혁명과 함께 전국에는 비상계엄령이 선포됐다. 사회는 격변기를 맞이한 것이다. 5월 15일 밤에 본 남편의 얼굴을 18일이 되어서야 다시 볼 수 있었다. 그녀는 남편에게 직접 그의 활동상을 듣지 않았지만, 라디오와 신문을 통해 접하고 있었다.

이후, 육영수는 바빠졌다. 신당동 집에는 몇 명의 군인이 상주하고 있었으며, 빈번하게 방문객이 드나들었다. 식사 준비를 혼자 하기에 무리인 날들이 많아졌기에 종종 일손을 거들어줄 사람을 부르곤 했다.

7월 3일, 박정희는 국가재건최고회의 의장이 되었고, 가족들은 신당동 집을 떠나 의장 공관으로 거처를 옮겼다. 한 남자의 아내이자, 세 아이들의 어머니, 그리고 또 다른 부부의 딸이기도 했던 그녀가 이제 온 국민을 보듬어야 하는 자리에 앉게 된 것이다.

긴장이 계속되는 나날이었다. 그런 분위기에서 육영수는 관심의 초점이 될 수밖에 없었다. "박 장군의 부인은 어떤 사람일까."라는 호기심 때문이다. 그녀 역시 국민들이 혁명을 일으킨 사람의 아내에 대해 관심을 갖고, 만나보고 싶어 할 것이라고 여겼다. 그래서 절차에 구애받지 않고 자신과 만나고 싶어 하는 사람은 누구나 만나주었다.

게다가 자기 앞으로 오는 편지는 어떤 편지든 직접 받아 자신이 처리하겠다는 입장을 밝히고, 실제로 그렇게 행했다. 최고회의에서도 그렇고 측근들도 모두 말렸지만 그녀는 자신의 뜻을 굽히지 않았다.

공관으로 이사하며 그녀는 스스로를 위한 공약 세 가지를 만들었다.

첫째, 공관의 공공기물을 내 것처럼 아낀다.

둘째, 외국 귀빈 접대를 위해 요리책을 보며 연구하고, 한국적 미각을 살린다.

셋째, 공부한다.

그녀는 공관에 있는 공공기물은 굉장히 아꼈지만, 자신의 것은 대수롭지 않게 여겼다. 그리고 남편의 위치가 올라가며 외국 손님과의 만남이 잦아지자, 스스로 남편의 위치에 맞는 아내가 되기 위해 노력했다. 고사북동에 살 때도 그랬듯, 열심히 영어공부를 하며 사회학, 신문학, 철학, 고고학, 국제 정치학, 문학 등 모든 분야에 있어 두루 안목을 넓혀갔다. 무엇 하나 최선을 다하지 않으면 안 된다는 생각으로 배웠기 때문에 그 지식의 깊이 또한 깊었다.

1961년 9월부터 육영수는 홍소자를 개인 비서로 두었다. 의장 공관으로 옮기며, 신경 써야 할 부분이 많아져 혼자 모든 것을 감당하기에는 버거웠기 때문이다.

박정희는 11월이 되면서 미국을 비롯한 자유 우방국을 순방하였다.

혁명과 함께했던 1961년, 그 뜨거웠던 한 해는 바쁘게 저물고 있었다.

1962년이 되었다. 그리고 군정 7개월 만인 12월 17일, 새로운 헌법이 제정되었다. 박정희는 이듬해 8월 30일 전역식을 거행한 뒤, 공화당의 대통령 후보로 입후보하여 대통령 선거에 출마했다. 육영수는 청중 속에 끼어 남편의 연설을 들었다. 자신의 모습을 감춘 채 남편의 연설을 듣기만 한 것이 아니라, 남편의 연설을 듣는 국민들의 모습을 찬찬히 살펴보기도 했다.

1963년 10월 15일, 투표를 마치고 경주로 내려갔던 두 부부는 겸허한 마음으로 국민의 심판을 기다리고 있었다. 그리고 이튿날, 제5대 대통령 선거를 통해 공화당 후보로 출마한 박정희는 윤보선 후보를 물리

제5대 대통령 취임식에서 취임선서 중인 박정희 대통령

치고 대통령에 당선됐다. 군정이 마무리되고 민정이 출범하는 역사적인 순간들이 계속됐다.

11월엔 제6대 국회의원선거가 진행됐고, 이어 1963년이 저물어가던 12월 17일엔 대통령 취임식이 거행됐다. 박정희 대통령은 취임 선서를 낭독했다.

"나는 국헌을 준수하고, 국가를 보위하며 국민의 자유와 복리의 증진에 노력하여 대통령으로서의 직책을 성실히 수행할 것을 국민 앞에 엄숙히 선서합니다."

육영수는 대통령이 된 남편보다, 정치를 하지 않던 순수한 마음의 남편을 그리며 언론과의 인터뷰에서 이런 의견을 밝히기도 했다.

제5대 대통령 취임식 현장과 꽃을 받고 있는 육영수 여사

"나는 그저 국가나 이웃에 폐를 끼치지 않고 조용히 가정을 지키며 살기를 원했어요. 영부인이라는 위치는 제가 대통령과 결혼할 당시 기대했던 일이 아니죠. 어쩌다 혁명을 했고 혁명의 처리를 하다 보니 대통령이 됐지요. 정치를 모르고 순박했던 군인 시절에는 가장으로서 백 점짜리 남편이었어요. 지금은 대통령직에 15점 손해 봐서 85점이구요."

그리고 영부인이 되던 첫해 이런 글을 남긴다.

생각하면 할수록 해야 할 일도, 또 하고 싶은 일도, 또 하고 싶어도 나의 의사대로 할 수 없는 일 등 정말 허다한 일이 있습니다. 이러한 많은 일들을 나 혼자 나의 부족한 역량에 기대어 처리하기란 힘에 벅차고 무거우리라 생각합니다.

나는 앞으로 많이 공부하여야 하며 또 알아야 할 입장인 것입니다. 내가 공부를 하기 위해, 또 나름대로의 구상을 위해 필요로 하는 나의 시간, 기타 여러 공식행사 등으로 나와 함께 보내야 할 시간을 제외하고는 여유 있는 나머지 시간을(물론 충분치는 못하겠지만) 나를 찾아 주시는 많은 분들과 이야기를 나누고 싶고 또 듣고 싶습니다. 나의 장단점도 듣고 싶고, 단점엔 주의하는 반면 나의 장점에 의지하여 내가 하여야 할 나의 사명을 다해야 되겠습니다.

앞으로는 보다 많이 부족한 점을 지적하여 주시고, 고쳐 주시며, 그에 못지않게 내가 하여야 할 바를 이야기해 주셔야 하고, 나를 믿고 도와 주셔서 할 의무를 온 국민들은 나와 더불어 지니게 되는 것이라고 믿습니다. 그러므로 이제 제3공화국의 대통령 부인으로서 내가 나의 역량껏 성실히 노력한다 해도 제한된 사람의 능력이 얼마만 한 힘이 되겠으며 또 얼마만 한 도움을 가져올는지는 알 수는 없는 것입니다. 다만 나의 능력과 수고를 조금도 아끼지 않겠다는 것만을 약속할 수 있으며 어디까지나 나는 가난한 나라의, 남의 나라의 원조 없이는 살지 못하고 있는 한국의 대통령 부인이 되었다는 사실을 임기가 끝나는 날까지 나는 명심할 것입니다.

이제 나는 나의 능력, 나의 성의, 그리고 나의 성실을 모든 사람 앞에 마음껏 이용하여 달라고 내놓았습니다. 누구나 나를 부를 수 있고 나를 이용할 수 있습니다. 나로 하여금 여하한 비난의 대상도 되지 않도록 도와주고 밀어주어야 할 국민 여러분의 책임이 새삼 중대함을 나는 느낍니다. 그리고 나로 하여금 진정으로 국민을 사랑하고 아끼는 대통령의 부인으로서 손색이 없도록 도와주시기를 나의 새해의 간절한 소망으로 귀담아 주십시오.

– 육영수 저, 「나의 간절한 소망은」 중에서

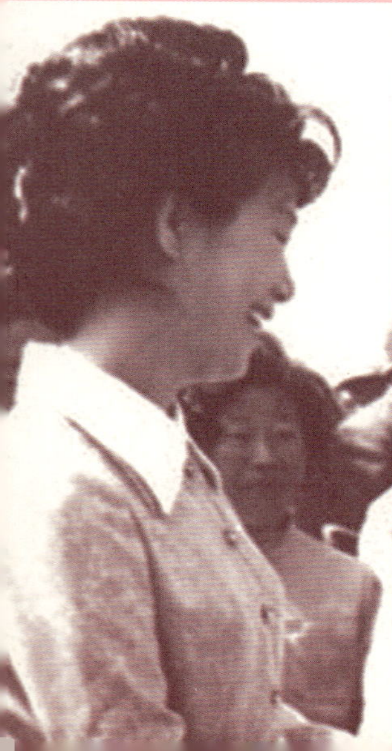

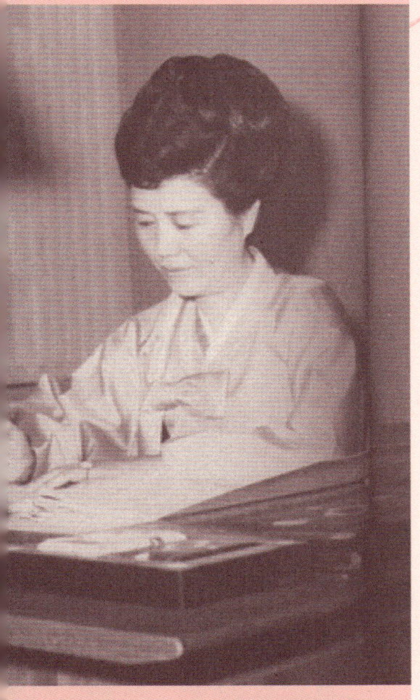

퍼스트레이디가 되다

청와대의 야당

대통령 취임식 다음 날, 박 대통령 가족은 의장 공관에서 청와대로 이사를 한다. 제3공화국의 퍼스트레이디가 되던 해, 육영수 여사의 나이는 서른여덟이었다.

그녀는 영부인으로서 국민들의 소리를 듣는 '청와대의 귀'가 되기로 했다. 듣기 싫은 말이라고 대통령에게 전하지 않는 일은 하지 않았다. 많은 이야기를 듣고, 많은 이야기를 대통령에게 전했다. 청와대 비서들은 항간에 떠도는 소문과 여론들을 모두 모아 영부인께 보고해야 했다.

"나와 가장 가까우면서 내가 가장 두려워하는 사람이 누군지 알아? 그게 바로 임자야. 난 청와대 야당이 제일 무서워."

박 대통령은 아내의 한마디, 한마디를 놓치지 않으며 농을 담아 이런 말을 하기도 했다. 남편에게 직언을 아끼지 않는 한편, 스스로 본보기가 되었다.

육 여사는 새벽 1시에 잠들어 아침 6시에 일어나는 생활을 거른 적이 없다. 아침에 일어나면 조간신문을 읽었고, 잠자리에 들기 전이면 석간신문을 읽었다. 국내에서 발행되는 모든 신문을 꼼꼼히 챙기는 한편, 발행이 금지된 신문에까지도 관심을 가졌다.

청와대에 입성하고 첫 번째 연말을 맞았을 때이다. 그녀는 신문을 읽던 중 한 소녀에 대한 기사를 접한다.

> 서울 변두리 성동구 응봉동 산 10의 2 납작한 판잣집, 찢어진 천장이 을씨년스럽게 바람에 펄럭이는 방에서 26일 오후 3시쯤 모녀가 국수 한 그릇을 가운데 두고 울고 있었다. 서울사대부중 졸업반인 오영숙(17)양이 향학의 불을 끄고 아끼던 교과서를 30원에 팔아 사온 국수라 했다. 국수를 끓여놓고 어머니 한인숙(41)씨와 목메어 우는 오양의 손은 어머니의 어깨를 얼싸안고 있었다.
>
> - 「조선일보」 1963년 12월 27일

이러한 기사의 내용을 보고 연초에 기사의 주인공을 찾아나섰다. 골목을 오르고 올라 판자촌에 이르렀고, 소녀를 만나 그의 집에 들어섰다. 방은 그야말로 냉골이었다. 그녀는 힘을 내라며 소녀를 격려했고, 미리 준비해 간 떡과 간식 그리고 금일봉을 비서를 통해 전한 뒤 자리에서 일어났다.

또 1971년 초여름의 어느 날이었다. 육 여사는 서울 종로구 명륜동에 있는 또 다른 판자촌을 찾았다. 이 마을은 오르기도 힘든 비탈길을

30분가량 올라야 하는 곳이었다. 여러 사람이 가기엔 좁은 길이기도 했고 지저분했다. 하지만 그녀는 이 판자촌을 직접 찾았다. 조금만 바람이 불어도 쓰러질 것 같은 집에 살고 있는, 홍연례 할머니를 만나기 위해서였다.

홍연례 할머니는 위장병으로 몇 해 전부터 병석에 누워있었다. 몸이 건강하지 못했기 때문에 살림을 제대로 꾸릴 수가 없었다. 집은 누추했고, 더러움에 냄새까지 났다. 하지만 이런 곳을 방문하면서도 육 여사는 어느 누구의 도움도 받지 않았다. 그저 아무도 모르게, 오른손이 하는 일을 왼손이 모르도록 조용히 했다. 홍연례 할머니에게 영부인 육영수는 상상 속에서도 만나기 어려운 분이었다. 뜻밖의 손님을 맞은 홍연례 할머니는 상대가 영부인이라는 사실조차 몰랐다. 맏아들을 군에 보내고, 남편을 먼저 하늘로 보낸 뒤 떡을 팔며 억척스레 6남매를 기르다 병을 얻은 홍연례 할머니는 감격에 겨운 순간을 맞았다. 육 여사는 홍연례 할머니 곁에서 할머니의 마음을 달래 주었다.

"용기를 잃어서는 안 돼요. 이런 때일수록 부닥친 어려움을 꿋꿋하게 이겨나가야 해요."

그녀는 다시금 홍연례 할머니에게 돈 봉투와 삶의 용기를 건넸다.

흔히 어려운 이웃을 도왔다는 표현을 쓰지만, 그녀는 그저 만났을 뿐이라는 말로 표현을 달리했다. 이뿐만 아니라 난민촌을 방문하고, 양로원이나 근로자 합숙소를 찾아 그들에게 희망의 메시지를 전했다.

의장 공관 시절부터 계속해온 이 사업의 또 하나의 특징은 모두 은밀하게
행해졌다는 사실이다. 청와대 출입 기자는 물론이거니와 때로는 경호실에조
차 알리는 일이 없었다. 뒤늦게 여사가 나갔음을 알게 된 경호실에서는 당황
하게 되는 경우가 한두 번이 아니었다. 여사는 남몰래 그들을 찾아가서 손목
을 잡아주고 격려해주곤 하였다.

– 박목월 저, 『육영수 여사』 중에서

청와대 제1야당으로서 육 여사는 전해 들은 이야기가 옳은지, 그른지
를 가리기 위해 남편에게 전하는 시일을 두는 경우도 있었다. 그러면서
도 자신의 위치에서 할 수 있는 옳은 일을 행했다.

어느 해 성탄전야였다. 평소 일체 경호를 하지 못하게 했던 육 여사는 그
날도 나만을 데리고 쓸쓸하게 연말을 보내는 영등포의 근로자 합숙소를 찾
았다. 하루 일을 끝내고 돌아와 저녁식사를 마친 노동자들과 난로를 가운데
두고 그들의 애로 사항과 정부에 대한 요망 등 이런저런 세상 얘기를 나누
던 자리에서였다. 고시공부를 하다가 날품을 팔게 된 청년이 도발적이고 공
격적인 발언으로 시청을 비롯한 공직자에 대한 비판과 불만을 털어 놓았다.
육 여사는 자리에서 일어서지 않고 끝까지 그 불평을 귀담아 들어주었고, 오
히려 이튿날 그 청년과 다른 곳의 근로자 아홉 명을 청와대로 초청해 식사를
대접했다. 초청자 중에는 양택식 서울시장도 있었다. 그날 일로 양 시장은
그 청년을 관악구청의 임시직 민원직원으로 채용했지만 직접 부딪쳐 본 민
원업무가 쉽지 않았던지 나중에 그만두었다는 얘기를 들었다.

육 여사는 청와대와 국민의 거리를 좁히려는 노력을 쉬지 않았다. 그 방법의 하나가 시중의 여론을 부군에게 가감 없이 진실 그대로 전달하는 일이었다. 그래서 틈나는 대로 여러 계층의 사람들을 만나 이야기를 들었다. 많은 대학교를 방문해 젊은 학생들과 대화의 시간을 마련하는 것도 소중하게 생각했다. 그러면서 한편으로 여성이나 어린이들을 위한 사업도 자신의 주요 과제로 다루었다. 특히 어린이회관을 세우고 읽을거리가 부족한 어린이들을 위해 『어깨동무』라는 월간지를 직접 내용까지 감독하며 발행해 벽촌이나 섬 마을까지 보내주었다.

청와대 야당이라는 말이 나왔지만 육 여사는 비판적인 언론에도 관심을 가졌다. 1973년 봄 어느 날 동아방송을 통해 '연희동에서 교통사고가 나 사람이 사망했지만, 운전자가 권력층 인사라 수사가 제대로 이루어지지 않고 있다'는 뉴스를 들은 육 여사께서 나에게 진상을 알아보게 하셨다. 운전자가 대통령 누님 아들이라는 사실을 확인하고 보고를 드리자 육 여사는 아침 식사 자리에서 대통령께 사실을 알렸고, 박 대통령은 대노하여 시경국장을 불러 구속을 지시했다.

– 「인터뷰 365」 2009년 8월 4일

육 여사는 젊은이들을 스스럼없이 만나기도 했다. 그들을 만나 우리 세대의 또 다른 문화를 즐기기도 했으며, 그들의 생각을 자유롭게 들어보기도 했다. 그녀는 젊은이들과의 만남을 이렇게 말했다.

"우리가 젊은이들을 바르게 이끌면 그들도 잘할 수 있어요. 만일 그들에게 잘못이 있다면 그건 곧 우리의 책임도 크다는 사실을 알았어요.

젊은 시절에는 누구나 낭만과 패기를 지니고 살잖아요? 자신들이 좋아하는 곳에서 토론을 하는 것도 크게 나무랄 일은 아닌 것 같아요. 퇴폐라는 것도 극히 일부에 불과하지, 제가 만난 이들은 모두 현명하고 바른 사람들이었어요."

대통령의 한마디에 세상이 달라지던 그 시절, 육 여사는 영부인으로서 자신의 역할을 다하고 있었다. 아니, 자신에게 주어진 역할보다 더 많은 일을 하고 있었다. 그것은 그녀이기에 가능했던 일일 것이다.

육 여사는 따뜻하고 반듯한 성품을 지녔으며, 남편의 독재를 많이 염려한 것으로 알려진 청와대 속의 야당인 듯했다.

– 이희호 저, 『동행』 중에서

육영수는 박정희에게 꼭 맞는 배필이었다. 또한 그녀는 그가 쿠데타 지도자로 성장하는 데 큰 역할을 했으며, 영부인으로서의 역할도 자못 컸다. 그녀는 '청와대 안의 야당'이라고 불리기도 했으나, 사실은 박정희가 자신의 생각과 방식대로 행동할 수 있도록 극진한 내조를 펼쳤다. 또한 1974년 8월 그녀의 사망은 박정희를 고독하게 만들어 유신체제를 약화시키는 데 결정적 역할을 했다는 증언과 주장이 많다. 결국 육영수는 그녀 없는 박정희란 상상할 수 없을 정도로 박정희에게 결정적이며 절대적인 영향을 미쳤다.

– 전인권 저, 『박정희 평전』 중에서

박 대통령은 언제나 바빴다. 새벽 5시부터 밤 12시까지 스케줄과 씨름하며 지냈다. 남편의 스케줄을 보면 '꼬리 없는 괴물과 씨름하는 어느 무사의 이야기'가 생각난다는 말도 했다. 육 여사는 남편을 보며 이런 글을 썼다.

중요한 사람을 접견하기 위해 아래층 서재로 내려가는 대통령의 걸음걸이를 지켜본다. 계단을 내려갈 때는 보통 뛰어가는 버릇이 대통령에겐 있다. 나라의 중요한 고비가 되는 때라면 더군다나 빠른 걸음걸이는 거의 구보와 같이 된다. "또 뛰어가시네…." 혼자 넋두리처럼 되뇌었더니, 대통령은 흘낏 돌아보고 두어 걸음 더 빨리 뛰어내린 다음 유유한 자세로 걸어 내려간다. 안쓰럽기도 하고 미덥기도 하다.

– 육영수 저, 『정치가의 아내로서』 중에서

새로운 해를 기다리며 육 여사는 몇 차례의 신년 기자회견을 가졌다. 1963년 12월 29일, 서울신문 문화부 기자와의 대담이 그 첫 번째였다.

기　　자 : 집안 환경이 달라지니 자녀 교육이 더욱 신경 쓰이실 텐데요?

육 여사 : 네, 그렇지 않아도 아이들이 쓸데없는 우월감 같은 것을 가질까 걱정이었는데 다행히 아직 그런 자만심은 보이지 않아요.

기　　자 : 전엔 여기(청와대) 들어오면 바깥 물정에 아주 어두워지는 폐단이 있었는데.

육 여사 : (강력한 어조로) 이젠 그럴 수가 없어요. 신문도 보지만 나를 찾아오시는 분이나 우리를 아껴 주시는 분들과의 얘기를 통해 다 알고 있

지요. 비누 값이나 설탕 값이 오를 때마다 정말 가슴이 아파요. 잘 하느라고 무척 애를 쓰시는 것을 곁에서 보면서도 실제로 잘 안 될 때는 정치라는 게 얼마나 어려운 것인가를 깨달아 가는 것 같아요.

기　자 : 영부인으로서의 하루 일과를 알고 싶은데요?

육 여사 : 저는 아침 다섯 시에 일어나는 게 습관이 돼 있어서 다섯 시면 일 어나요. 30분 정도 세수하고 화장하고 보통 부인들이 하는 대로 하죠. 그리고 부엌에 가서 식단을 둘러보고 제가 할 몫이 있으면 직접 해요. 그러면 여섯 시 정도 되는데 여섯 시에 라디오를 켜고 뉴스를 듣는 게 제 하루 일과의 시작이에요.

라디오를 듣다가 중요한 내용이 있으면 메모를 해 둬요. 제가 소 화할 내용이면 제가 알아서 하고, 그분에게 필요한 내용은 적당한 때를 봐서 알려드려요. 이러이러한 내용이 뉴스에 나왔는데 참고 하세요, 하고요.

뉴스는 가능한 수시로 들으려고 노력하기 때문에 한곳에 앉아서 조용히 들을 수가 없어요, 그래서 트랜지스터라디오 양쪽에 끈을 묶어서 목에 걸고 다니며 들어요. 그러면 집안일을 하면서도 들을 수 있거든요.

신문도 마찬가지예요. 라디오 뉴스가 끝나면 조간신문을 읽는데 조간신문도 라디오 뉴스를 들을 때처럼 중요한 부분은 표시해 두 었다가 제가 챙겨야 할 부분은 챙기고, 그분한테 알려드려야 할 부분은 알려 드려요. 제가 그분한테 알려드리는 내용은 대개 서민 생활에 관한 거예요. 정치나 외교 혹은 경제에 관한 건 그분 자신이나 비서들이 챙기고 있으니까요.

기　　자 : 올해의 가정 목표는 어디다 세워야 한다고 생각하십니까?

육 여사 : 내핍 생활을 내세우고 있기는 하지만 억지로 어느 가정에나 강요
할 수는 없지 않겠어요? 내 생각으로는 고위층에서부터 절제하는
생활 태도를 가지고 서로 이웃을 도와 가는 정신을 길러야 한다고
생각합니다. 청와대에서는 체면 유지 정도로 4년간의 임기를 지낼
예정이에요.

기　　자 : 청와대 생활에서 가장 어려운 점은 어떤 것인가요?

육 여사 : 아무래도 의전인 것 같아요. 의장 공관에 있을 때도 손님을 접대
하는 격식을 잘 몰라서 어려웠는데 여기선 더할 것 같아요. 전문가
들한테 열심히 자문을 구하려고 해요.

－「서울신문」 1964년 1월 1일

육 여사는 대통령의 아내였지만, 그렇기 때문에 아내의 역할뿐 아니
라 국모로의 역할에도 앞장섰다. 육 여사의 수필이다.

어쨌든 이젠 정치가가 되어야 하는 그분의 아내로서 누구보다 앞장서서
국민이 원하는 바가 무엇인가를 알려 드리기에 노력해야겠고, 항상 가난한
국민의 대열에 함께 서서 같이 호흡할 수 있는 길을 모색하여 나로 하여금
그분이 귀가 어두운 대통령이 되지 않도록 하는 데 그 역할의 커다란 한 부
분을 맡는 것이 앞으로 내가 하여야 할 큰 임무인 줄로 생각하고 있습니다.

그러나 하루 온종일 겹치고 또 겹친 허다한 공무 속에서 피로해질 대로 피

로해진 그분을 따뜻이 위로해 드리는 아내가 되지 못하고 그분의 의사와 행동과는 너무도 상반되게 지상에 기재된 신랄한 비판의 글을 읽으시도록 하여야 하고, 또한 눈치껏 조심스러이 마음 아픈 여론과 괴로운 이야기들을 들려 드려야만 하는 나 자신이 때로는 회의스럽기도 합니다. 왜냐하면 가장 큰 위안자가 되어 드려야 할 입장에 있는 아내이면서도 그렇게 못하나마 도리어 나 스스로가 그분을 괴롭혀 드리는 입장이 되어 있고 또 되어야 한다는 것이 나의 생활에서 가장 큰 괴로운 일이 아닐 수 없기 때문입니다. 다만 정치가의 아내로서의 고충이 바로 이것이라고 생각하곤 얼마간 자위를 하기도 합니다.

그러나 나만이 솔직하고 참된 민의를 전할 가장 가까운 위치이고 보니 앞으로인들 이러한 나의 책임을 조금이라도 소홀히 할 수 있겠습니까?

— 육영수 저, 『정치가의 아내로서』 중에서

1974년 8월이었다. 필리핀의 로물로 장관이 서울대학교에서 명예 철학박사 학위를 받았다. 박 대통령은 로물로 장관을 위해 청와대에서 오찬을 베풀었다. 청와대로 향하던 로물로 장관이 이런 말을 했다.

"박 대통령은 럭키맨이야."

곁에 있는 사람들이 의아한 눈빛을 보내자, 로물로 장관은 이어 대답했다.

"부인 육영수 여사를 두었기 때문이지. 조용히 뒤에서 남편을 뒷바라지 하는 모습을 보면 박 대통령은 정말 럭키맨이란 생각이 들어."

며칠 뒤, 로물로 장관의 이야기가 전해졌다.

"각하, 로물로 장관이 각하더러 럭키맨이라고 합니다."

"왜 내가 럭키맨이야."

"네. 육영수 여사 같은 영부인을 두었기 때문이라는 것이지요."

"내 칭찬은 아니구먼."

무뚝뚝한 대답을 했지만 박 대통령 역시 싫지 않은 표정이었다. 그리고 이어서 이렇게 말했다.

"마르코스 대통령이야말로 럭키맨이야."

"왜 그렇습니까."

"생각해 봐. 로물로 같은 인물을 외무장관으로 뒀으니 럭키맨이지."

박 대통령의 재치가 보인다. 다른 나라의 장관까지도 육 여사를 칭찬해 마지않았다. 박 대통령은 진정 '럭키맨'이었던 것 같다.

손수레와 미역국
그리고 국수

영부인이 되고 그녀는 많은 활동을 했다. 그중에서도 많은 이들에게 회자되는 사건이 바로 손수레와 관련된 이야기다. 그녀가 해결한 첫 번째 민원이기도 하다. 그녀는 하루에도 수십 통의 편지를 받았다. 그리고 그 많은 편지 가운데 이런 사연이 있었다.

"여사님! 저는 절도죄로 형을 치르고 출소한 전과자입니다. 순간의 실수로 죄를 지었으나 깊이 반성하여 대전 교도소 복역 중에는 모범수로도 일을 했습니다. 사회에 나온 후, 착하게 살겠다고 다짐을 했지만 마땅한 일자리를 구할 수가 없었습니다. 장사를 시작하고 싶지만 밑천이 없어서 뜻대로 되지 않습니다. 여사님께서 손수레 한 대만 사주시면 착하고 성실하게 살아보렵니다."

육 여사는 편지를 받고 남자의 신원을 확인한 뒤 답장을 보내 자신을 찾아 달라 일렀다. 비서실에서는 낯선 남자가 영부인을 찾아왔다는 말에 의아해했다. 하지만 남자는 육 여사가 자신에게 보낸 편지를 가지고 있었다. 남자는 그녀에게 손수레를 한 대 사주시면 포도장사를 열심히 해보겠다며 자신의 뜻의 밝혔다. 육 여사는 포도는 어디에서 공급받는지, 수입과 지출은 어느 정도가 되는지 꼼꼼히 살폈다. 남의 도움을 받아 정말 열심히 살아가려는 사람인지, 혹은 남의 도움을 무조건적으로 바라는 사람인지 확인하기 위해서였다. 물론 남성은 전자였다.

육 여사는 미리 준비한 봉투를 건넸다. 봉투 속에는 남자가 원하는 손수레를 살 수 있는 돈이 들어있었다. 그리고 충분한 여비도 함께 동봉되어 있었다.

"열심히 해보세요. 하늘은 스스로 돕는 자를 돕는다고 했어요."

육 여사는 열심히 하라는 당부의 말도 잊지 않았다.

늘 신문을 챙겨보던 육 여사는 조간신문에서 아래와 같은 짤막한 기사를 발견한다.

이천동 판자촌에 살고 있는 박옥순(24세) 여인은 9월 24일 아들을 낳았는데 미역은 고사하고 밥을 지을 양식도 없어서 아사 직전에 놓여 있다. 이렇게 하루 이틀 더 가다간 젖을 먹지 못하는 신생아도 함께 죽을 수밖에 없을 것 같아 주위를 안타깝게 하고 있다.

이 기사를 읽은 육 여사는 여인의 주소를 메모해 비서 한 명과 함께 그곳으로 향했다. 육 여사는 비서에게 잠시 시장에 들르자고 하는데, 신문 기사에 아들을 낳았다는 내용이 있어 미역과 고기, 산모가 입을 수 있는 편안한 옷, 그리고 아이를 위한 배냇저고리와 이불을 마련하기 위함이었다. 그리고 형편이 어려운 산모가 산후 조리를 한 뒤 일을 시작하려면 시일이 필요할 것 같다는 생각에 쌀도 한 가마 마련했다.

육 여사가 적어놓은 주소는 한 번에 찾기 힘든 곳이었다. 골목 입구에서부터 악취가 진동을 했다. 집의 생김새만 봐서는 모두 비슷하게 생겨 도무지 사연 속 집을 찾을 수가 없었다. 결국 육 여사가 마을 주민에게 아기 낳은 집이 어디인지 물었지만 허사였다. 게다가 그곳에 살고 있는 사람들은 하나같이 생기가 없었다. 아파 보이기도 했고, 삶에 찌든 것처럼도 보였다. 육 여사는 여인의 집을 찾지 못해 지친 것보다 자신을 그런 힘없는 눈으로 바라보는 사람들 때문에 마음이 지쳐버렸다.

동행한 기사를 시켜서야 간신히 여인의 집을 찾을 수 있었다. 대충 흉내 낸 대문을 열고 들어서자 몸이 아직 부은 산모가 있었다. 그리고 산모 곁에는 탈수가 된 것처럼 쪼글쪼글 말라버린 생명이 힘겹게 숨을 쉬고 있었다. 솥, 냄비 심지어 음식찌꺼기까지 바싹 말라 있었다. 밥을 언제 해먹었는지 모를 정도였다. 육 여사는 애가 탔지만, 어디를 봐도 음식을 해먹을 수 있는 상황이 아니었다. 물도 없었고 불도 없었다.

기사가 물과 연탄을 사오자, 육 여사는 서둘러 부엌으로 갔다. 소매를 걷어붙이고 밥을 짓고 국을 끓였다. 산모는 육 여사를 보며 하염없이 울었다.

그리고 얼마간의 시간이 지난 뒤, 육 여사는 잊지 않고 다시 한 번 산모를 찾았다. 골목에 들어서자 역시 악취가 풍겼다. 게다가 얼어붙은 길은 바라보기만 해도 위험해 보였다. 육 여사는 조심조심 계단을 오른 뒤, 여인의 집에 들어섰다. 퉁퉁 부은 산모의 모습을 하고 있던 여인은 아기에게 젖을 물리고 있었다. 여인은 다시 한 번 육 여사에게 고맙다는 인사를 하고 눈물을 훔쳤다.

아기 엄마와 아기, 모두 건강하게 잘 지내고 있어 정말 다행이라 생각한 육 여사는 진심으로 잘 살아줌에 고마운 마음을 느꼈다. 그리고는 여인에게 생활비를 쥐어 주고는 밖으로 나왔다. 종종 자신이 살아있음에 고마움을 느끼기도 하지만, 육 여사는 거기에서 한 발 더 나아가 내가 아닌 다른 누군가 살아있다는 사실에도 고마움을 느낀 것이었다.

육 여사는 가난한 삶에 힘겨워하는 국민을 위해 여러모로 관심을 가졌다. 어떻게 하면 그들이 스스로 일어서 살아갈 수 있을지를 고민하고, 그 뒤엔 길을 터주기 위해 노력을 했다. 하지만 국민들 중에서는 육 여사의 애정 어린 관심과 노력을 진심으로 받아들이지 않는 사람들도 있었다.

결국 단순한 경제적 도움이 큰 힘이 되지 않을 수 있다는 사실을 깨닫고, 국민을 돕는 방향을 바꾸기로 마음먹었다. 물고기를 잡아주기보다 물고기 잡는 방법을 알려주는 유대인들처럼, 잘살 수 있도록 방법을 알려주기로 했다. 그리고 무엇보다 우리도 잘살 수 있다는 희망과 의지를 전하기 위한 노력을 아끼지 않았다.

육 여사는 물고기 잡는 방법을 알려주기 위해 애썼다. 삼양동 판자촌을 찾았을 때 일이다. 판자촌에 넉넉한 것은 아무것도 없었다. 함께 사용하는 물과 화장실은 턱없이 부족했고, 무엇하나 온전한 것이 없었다. 판자촌에 살고 있는 사람들은 하루 일해 하루 살아가는 사람들이었다. 그들이 할 수 있는 일은 상당히 제한적이었다. 하지만 육 여사는 이들에게도 희망과 용기를 주고, 물고기를 잡을 수 있도록 구체적인 방법을 제시했다.

"국수 기계를 사드릴 테니 국수 공장을 한 번 해보시는 게 어떨까요. 정부에서도 분식을 장려하고 사람들도 한 끼 정도는 분식을 하고 있으니 수요가 있잖아요. 열 가구나 스무 가구가 조합을 만들어보세요. 우선 국수틀 두 대와 밀가루 20포를 밑천 삼아 시작해 보세요."

아무것도 없는 판자촌 주민들에게 육 여사는 새로운 희망을 준 것이었다. 영부인이 도움을 준다는 말에 한 번 해보겠다는 사람들이 생겼다. 국수틀과 밀가루를 살 돈이 없어 엄두도 내지 못한 일이었다. 하지만 도움을 준다고 하니, 해봐야겠다는 마음이 들었다. 육 여사는 이들에게 조합이 생기면 연락을 달라는 말을 했고, 며칠 뒤 이십대 청년 일곱 명이 모여 조합을 구성했다. 육 여사는 청년 일곱 명과 자세히 이야기를 나눈 뒤 확신이 서자, 약속대로 국수틀과 밀가루를 사주었다. 그리고는 그들이 사업을 잘할 수 있도록 꼬박꼬박 잊지 말고 영업일지를 쓰라고 했다.

육 여사는 대한민국 모든 국민의 손을 잡아 주기 위해 애썼다. 그리고 그늘진 곳에 있는 사람들의 손은 달려가서라도 잡으려 했다. 하지만 육 여사의 손을 잡은 이들이 모두 그녀의 뜻을 헤아린 것은 아니었다.

육 여사가 의장 공관에 머물던 시절이었다. 이 무렵 비서와 함께 남가좌동의 산동네를 방문한 적이 있다. 그곳에서 육 여사는 하릴없이 놀고 있는 청년들을 만나게 되었다. 소일거리라도 하면 도움이 될 것 같았기에, 그들에게 토끼를 한 번 키워보는 게 어떻겠냐고 권했다. 그들은 토끼를 사주면 기르겠다고 했고, 육 여사는 공관으로 돌아와 토끼와 관련해 다방면으로 공부를 했다. 전문가들에게 자문을 구해보니, 토끼를 기르는 것이 어렵거나 힘든 일은 아니라 생각되었다.

육 여사는 토끼 사육을 권했던 청년들에게 토끼 10쌍과 토끼집, 사료, 구급약 그리고 토끼 사육에 드는 경비를 가져다 주었다. 전문가에게 들은 내용을 메모한 종이도 함께.

한참이 지난 후 남가좌동에 다시 찾았을 땐, 토끼가 100마리 이상으로 늘어나 있었다. 육 여사는 그 모습을 지켜보며, 이렇게 계속해서 토끼를 사육하다보면 남가좌동이 토끼 사육으로 유명해질 수도 있겠다는 생각을 했다. 젊은이들에게 스스로 할 수 있는 일을 주고 지원을 함으로써 가난한 국민들도 일어설 수 있다는 것을 보여주었기 때문이다.

그러나 이듬해 봄, 남가좌동을 다시 찾았을 땐 단 한 마리의 토끼도 볼 수 없었다. 육 여사가 놀라서 왜 토끼집 안에 토끼가 한 마리도 없냐고 물어보자, 그들은 말했다. 고기를 사 먹을 돈이 없어서 토끼를 잡아 먹었다고 했다. 이들은 육 여사의 진정에 10분의 1도 못 미치는 불성실한 사람들이었다.

1971년 12월, 겨울이었다. 육 여사는 날품팔이 근로자들이 30원을 내고 하룻밤을 묵는 동대문 근로자 합숙소를 방문했다. 그리고 그때의 소감을 이렇게 적었다.

실업자들을 보며 그들이 하루아침에 구제될 수 있다고 생각하는 것은 아니다. 하지만 위정자 가족의 한 사람으로서 항상 미안한 마음이 앞선다. 그리고 나를 진정으로 반겨주는 데 깊은 감동을 받았다. 식당 난롯불을 가운데 끼고 앉아 오랫동안 이야기를 나누다 보면 그들은 원망과 불평을 제쳐놓고 건강한 미소와 순수한 정신을 내게 보여준다. 떠날 때 자주 오라고 손을 흔드는 모습에 눈물이 핑 돈다. 나는 비록 그들에게 어떤 혜택을 줄 아무런 권한도 없다. 하지만 그들의 생각과 뜻을 열심히 들어보고 성의껏 그 뜻을 대통령께 전달하겠다고 다짐한다. 그것이야말로 나의 의무에 앞서 커다란 보람이다.

김두영 전 청와대 비서관은 육 여사가 1974년 국립극장 광복절 기념 식장에서 운명할 때까지 가까이에서 영부인을 모신 청와대 제2부속실의 마지막 비서였다. 그는 한 매체 인터뷰에서 이런 말을 했다.

육 여사께 생활고로 도움을 요청할 정도면 사정이 다들 딱하다고 볼 수 있었지만 그때는 대다수가 가난했고, 육 여사도 그런 요청을 모두 들어줄 수 없는 처지였다. 취직을 부탁하고, 억울한 일의 해결이나 은행융자를 도와달라는 등 갖가지 하소연도 있었다. 그들 중 절박한 처지의 사람일 때 육 여사는 자신이 도와줄 수 있는 여건에서 최선의 온정을 베풀었다. 언젠가는 말단 순경의 아내가 단칸 셋방에서 3대가 함께 먹고 자는 고통을 견디지 못해 가족들이 제대로 잠을 잘 수 있도록 방 한 칸을 더 얻을 수 있게 30만 원만 도와달라는 편지를 받고 그 가족에게 나를 보낸 적이 있다. 그런 예를 들면 끝이 없다.

– 「인터뷰 365」 2009년 8월 4일

육 여사는 문화계에도 관심이 많았다. 형편이 어려운 문인들을 지원해 모두 56권의 시집을 발간해주기도 했다. 또한 문화재에 대한 애정도 대단해서 석탑의 사천왕상을 박물관에 보내주는 일을 하기도 했다. 평소 한복을 맵시 있게 입으며 기품 있는 모습을 보였던 육 여사는 문화계 각 분야에 지극한 관심과 함께 도움을 주었다.

시인들은 시를 쓰더라도 한 권의 시집을 내기가 쉽지 않은 때였다. 여러 가지 어려움이 있었지만 그 중 하나는 출판비를 마련해야 한다는 부담감이었다. 이런 상황을 알게 된 육 여사는 다른 국민을 도울 때와 마찬가지로 자신이 도움을 주고 있다는 것을 알리지 않았다. 때문에 도움을 받은 문단의 문인들조차도 누구에게 도움을 받았는지 몰랐다.

박목월 시인을 통해 전해진 이야기를 들어보면 육 여사는 시인들에게도 큰 희망이었다. 생활이 어려워 시집을 내고 싶어도 쉽사리 마음먹지 못하고 있는 시인들에게 기쁨을 가져다 준 것이었다.

첫 번째 발간한 시집은 1969년 4월에 발간된 김구용 시인의 『시집1』이었다. 이 한 권의 시집을 시작으로 그 후로 모두 56권의 시집을 계속해서 발간했다. 당시 발간된 시집들은 한국문학사에도 큰 획을 그을 만큼의 의미 있는 시집이었다.

박목월 시인은 육 여사가 영부인이 된 뒤부터 알고 지냈는데, 육 여사가 특별히 문학에 관심이 있다는 것을 알게 됐다고 전했다. 또한 육 여사는 문학의 어떤 한 분야에만 관심을 갖지 않았다. 언제나 모든 것을 두루 살피는 것처럼, 문학에도 마찬가지였다. 전반적인 관심을 갖고 있었으며, 문장에 대한 열의 또한 높았다. 박목월 시인은 육 여사를 한마디로 이렇게 표현한다.

"총명하고 자상하며 성실한 분."

서정주 시인 역시 육 여사에 대해, 한 번도 만나지 못했지만 문인들에 대한 관심을 알고 있으며, 이에 대해 많은 사람들이 고마워한다는 말을 전했다.

육 여사는 문학계에 대한 배려를 아끼지 않았기 때문에 어느 분야든 육 여사의 손길과 뜻이 미치지 않은 곳은 없다는 말이 나올 정도였다. 또한 문인들에게 어려운 일이 있으면 항상 이야기해 달라며 위로하기도 했다.

공인의 아내 '양지회'의 탄생

육 여사는 1964년 '양지회'를 만들었다. 양지회는 대통령 부인을 중심으로 한 고위관리와 지도층 인사 부인들의 모임이다. 육 여사는 양지회를 중심으로 보다 체계적이고 근본적인 활동을 하기로 했다.

육 여사는 양지회 발족의 목적과 취지를 이렇게 말했다.

처음 양지회는 그냥 이름도 없이 최고회의 당시 최고위원 부인들만으로 구성된 여가 선용 모임이었어요. 국민들에게만 내핍을 강요하지 말고, 우리 스스로 내핍하여 모범을 보이자고 모이게 된 거죠. 그러면서 자선사업에도 힘을 쓰게 되었고, 점점 실질적인 기능을 하게 되어 나중에 '양지회'란 이름이 붙여진 거예요. 그동안 정치하는 사람들과 국민들 사이에 얼마나 큰 거리가 있었어요? 그래서 우리는 그것을 없애기 위해 중산층 이하 국민들에게 도움이 되고, 생활 개선의 방법을 깨우쳐 주고, 더 잘살 수 있는 방법을 그

들과 함께 모색하려 해요. 국민의 가까이에서 그 실정을 보고 느끼면서 정부
와 국민들 사이에 다리를 놓고 싶습니다.

– 『월간 세계』 1967년 5월호

양지회는 많은 활동을 했으며, 전국 아홉 개 도시에 여성회관을 설립했다. 육 여사는 양지회와 함께 여성의 사회 참여를 선도하며 많은 역할을 했다. 여성의 사회참여를 가시화시킨 장본인이라 해도 과함이 없을 만큼 육 여

여성회관 설립에 기뻐하는 육 여사

사의 여성에 대한 관심은 각별했다고 할 수 있다.

1966년 10월에는 제주도의 좌회춘 씨를 비롯해 모범해녀 열다섯 명을 청와대로 초청해 다과회를 베풀기도 했다. 육 여사는 이 자리에서 모범 잠수경진 대회에서 선발된 해녀들에게 고생이 많다며 노고를 위로했다. 그리고 해녀들에 대한 사회적인 인식을 바르고 새롭게 하는 데 도움이 되는 일을 하고 싶다는 뜻을 밝히기도 했다. 육 여사는 여성에 대한 관심이 많았으며, 여성에 대한 잘못된 인식을 바로 잡는 데에도 관심이 많았다.

불우한 국민들을 꾸준히 도우려는 마음으로 설립한 양지회. 회원들이 십시일반으로 모은 200만 원가량의 기금으로 양지회는 서울 동대문

구 숭인동에 회관을 설립했다. 그런 덕분에 200여 명의 여성들이 그곳에서 먹는 문제와 잠자리 문제를 해결할 수 있었다. 숙식이 해결된 그들은 양재, 미용, 편물 등 다양한 분야의 직업교육을 받을 수 있었다.

또한 양지회는 주부들을 위한 공간도 만들었다. 주부들이 보다 많이 교양을 쌓을 수 있도록 강의실과 도서실도 만들었으며, 요식업 종사자나 버스 안내양들에게도 교육을 받을 수 있는 기회를 줬다. 양지회에서는 매년 부녀자 부업을 위한 기술훈련을 진행하는 만큼, 관련 기관 설치도 고려하곤 했다. 정부의 협조도 그렇지만, 육 여사는 지금 사회에서 일하고 있는 여성들도 성실하고 능률 있게 일해야 후배들의 사회생활이 원활해지리라는 충고도 했다.

대체로 여성들이 후배를 길러 주지 못해요. 후배를 추천하고 길을 터주어야 하는데 꽉 막고 앉아서, 심지어 여교장이 있는 학교는 여교사를 더 안 쓴다는 말이 있더군요.

– 「경향신문」 1971년 1월 1일

1972년 4월이었다. 육 여사는 대구에 위치한 영남대학교에 초청받아 좌담회를 나누었다. 대통령 부인을 맞은 영남대 대명동 캠퍼스는 축제 분위기였다. 정문에서부터 총장실 그리고 특별 좌담회 장소인 11층 건물 강당 입구까지 ROTC 생도들이 사열을 하는 것처럼 늘어서 있었다.

영남대에 도착한 육 여사는 총장실에서 경산의 신축교사와 학교의 전반적인 사정에 관한 브리핑을 듣고 8백여 명의 여학생이 모인 강당으로 갔다. 육 여사를 맞아, 여학생 대표는 인사말을 전했다.

"매스컴을 통하지 않고 이 강당에서 직접 만나게 된 기쁨에 우리 여학생은 감격하지 않을 수 없다."

이어 이선근 총장도 인사의 말을 했다.

"이 나라의 국모이신 대통령 각하 부인 육영수 여사를 모신 영광을 갖게 된 이 기쁨을 잊을 수가 없다. 우리의 국모께선 8백 명의 이 어린 딸들의 응석을 받아주시기 바란다."

노란 치마저고리를 입은 육 여사는 여성의 책임에 대해 언급했다.

"여성의 책임이 과거보다 무거워졌다. 과거와는 달리 자녀 교육을 전담하고, 경제의 일부분도 책임져야 하기 때문에 직장이나 부업을 갖는 한편, 소비문제까지 떠맡을 처지에 놓여 있다. 그러니 한시도 시간을 낭비할 수 없는 처지다."

그녀는 또, 경산 지역을 화랑의 무도장이라 생각한다며 화랑정신을 이어 가기 바란다는 뜻도 전했다.

양지회에서의 활동도 그렇지만, 육 여사의 사랑과 봉사 정신은 남들보다 더욱 뛰어났다. 그랬기에 직접 헌혈을 하며 헌혈운동에 앞장서곤 했다. 자신만 헌혈을 하는 것이 아니라, 박 대통령에게 말씀을 드려 청와대의 모든 직원이 헌혈을 하게 했다. 헌혈을 할 때, 적십자 혈액원에 영부인 대우를 한다며 피를 50그램 정도만 뽑았는데, 그럴 경우엔 더 뽑으라고 해서 결국 수백 그램씩 뽑고는 했다. 또한 육 여사는 수요 적십자 봉사활동 등에도 열정을 보였다.

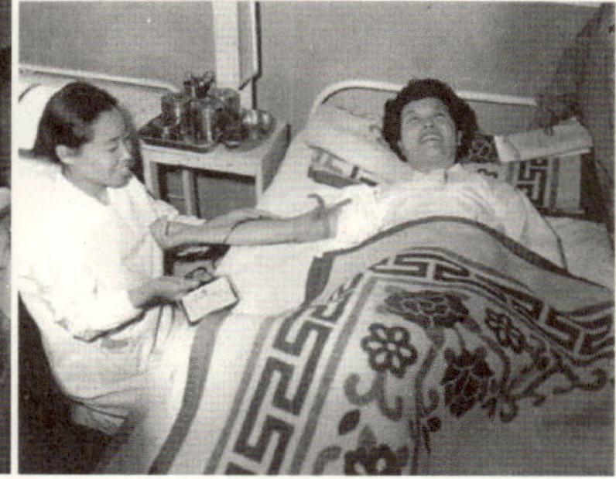

육 여사는 적십자 활동에 관심을 갖고 많은 도움을 주었다. 부녀봉사 자문위원회는 매주 적십자 강당에서 불우이웃을 위해 선물을 만들고 재봉 봉사를 했다. 육 여사는 매월 빠짐없이 작업장에 나왔는데, 그 실력이 타의 추종을 불허했다. 얼마나 재봉을 잘하는지 장관이나 기관장 부인들은 육 여사의 절반도 따르지 못해 쩔쩔 매곤 했다.

그리고 육 여사가 봉사활동에 나온다고 하면 당시 적십자 총재인 김용우 총재를 비롯한 간부들이 현관에 나가서 영접을 했다. 육 여사는 그렇게 하지 말라고 일렀지만, 영부인의 방문에 가만히 있을 수도 없었다. 육 여사는 결국, 바쁜 일이 있어 나가지 못한다고 말한 뒤 몰래 비서 한 명만을 데리고 오후 작업반에 나가 봉사활동을 했다.

수요 적십자 봉사활동은 수요일마다 적십자 병원에 나가 간호사들의 일손을 돕는 일이었다. 간호사들이 환자들을 보살피는 데 있어 조금이나마 도움을 주고, 시간적인 여유를 주자는 것이 목적이었다. 이 활동에는 양지회 회원들이 모두 함께했지만, 양지회의 독자적인 봉사활동은 아니었다. 이 봉사활동은 대한 적십자사에서 주관하는 특별활동이었다. 훗날 적십자사 부녀국장이 이렇게 말했다.

"사모님(육 여사)이 수요 봉사활동을 하신 시간은 줄잡아 연 50시간이 넘어요. 그러니 25일 이상 나오신 셈이지요. 그렇게 바쁘신 틈틈이 언제 그렇게 시간을 낼 수 있으셨는지 놀라워요."

육 여사는 봉사활동을 할 때, 반드시 작업에 필요한 것들이 담긴 작은 주머니를 가지고 갔다. 그 주머니 속에는 가위나 재봉용 작은 가위, 실, 바늘 등이 담겨 있었다. 실로 알뜰하며 요긴하게 쓰이는 물품들이었다. 물론 병원에서 자원봉사에 필요한 물품을 준비하고 있었지만, 작은 것 하나까지도 챙기는 육 여사의 마음 씀씀이를 돌아볼 수 있다.

> 6일 상오 10시부터 양지회(회장 육영수 여사) 회원 25명은 서울대학교 의과대학부속병원을 방문, 약 3시간 동안 봉사활동을 했다.
>
> 정부관리기업체 사장부인들로 구성된 이 양지회는 빈민구제 등 사회봉사를 목적으로 수년 전부터 봉사활동을 해왔다.
>
> 이날 서울대학교 의과대학부속병원을 방문한 회원들은 3시간 동안 수술에 소요될 기계 정리 등 열흘분의 준비 작업을 해주고 중증환자와 소아과환자도 위문했다.
>
> **– 「경향신문」 1965년 11월 6일**

그런가 하면 양지회를 통해 '월요 경로회'를 진행했는데, 노인들을 보살피는 육 여사는 서민적인 모습으로 다가와 친근감을 주었다. 육 여사

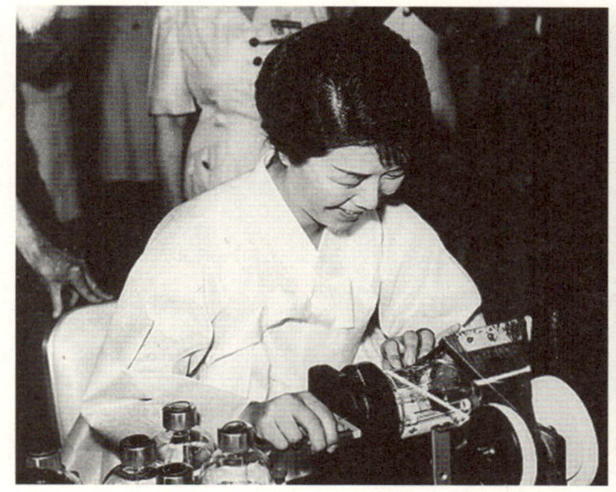

는 현장에서 일하는 동안에는 조끼를 입고, 어깨띠를 했으며 소매를 걷어 올렸다. 그리고 때로는 앞치마를 두르기도 했다. 영부인으로의 무게를 떠나 국민과 소통하는 모습을 여러 활동을 통해 보여줬다.

또한 양지회는 무료진료소를 지어 어려운 환경에 있는 난민촌 사람들을 치료해주기도 했다. 먹고살기가 어려워 아파도 병원 한 번 제대로 가기 힘든 사람들에게는 커다란 희망이었다. 육 여사 역시 양지회의 다른 회원들과 마찬가지로 3인 1조가 되어 진료소를 돌며 환자들을 돌보았는데, 진심 어린 그 마음에 '육 여사가 손을 대면 상처가 낫는다'는 말이 퍼질 정도였다. 환자들은 줄을 이었다. 당시 양지회 활동을 함께하던 한 회원은 이런 말을 했다.

"가까이 있으면 누구나 결점이 드러나게 마련인데, 육 여사는 보면 볼수록 존경심이 깊어지게 하는 분이었다. 여사는 '남을 반성하게 하는 힘'을 갖고 있는 사람이었다."

어둡고 추운 곳에 따뜻한 햇볕이 되고 싶은 마음에서 시작된 양지회. 육 여사는 자신의 위치가 높다고 해서 안주하려 들지 않았다. 상류층이 가진 것을 조금씩 나누자는 좋은 취지에서 시작된 만큼 한국 지도층 기부의 시초라고 할 만하다.

양지회는 3~4명이 한 조가 되어 활동하기도 했고, 모든 사람이 함께 활동하는 경우도 있었다. 주기적인 사업으로 영아원이나 아동병원을 방문했고, 수시로 수재민이나 난민을 도왔으며 윤락 여성을 선도하는 일도 했다.

서울시 중구 필동에는 '충현 영아원'이 있는데, 이곳에는 다섯 살 미만의 갈 곳 없는 어린 아이를 280명가량 수용하고 있었다. 육 여사는 양지회 활동을 하기 전, 의장 공관으로 이사를 온 직후부터 이 영아원을 남모르게 찾아 봉사를 하고 있었다. 과거부터 봉사활동을 해왔던 곳이기 때문에 육 여사는 함께 양지회 활동을 하는 고관 부인들을 대동해 충현 영아원에 가곤 했다.

"여사님이 필동 영아원을 도우시러 갔을 때의 이야기예요. 영아원에

어린이회관 휴관일인 월요일을 어린이회관 주최 월요경로회로 지정하고 직접 봉사활동에 참여

들어서자, 연탄불을 피워 놓
은 방 안에는 기저귀를 줄에
더덕더덕 널어 말리고 있었어
요. 모두 역겨운 냄새 때문에
어쩔 바를 몰랐으나 여사님은
아기들을 안아 주시고, 똥오
줌 묻은 기저귀를 익숙한 솜

씨로 갈아 주기도 하셨어요. 여사님은 젖 먹는 애들과 과자를 먹을 수
있는 애들의 수를 정확하게 기억하고 계시다가 선물을 사 가실 때도 부
족함이 없이 마련하셨어요."

우리나라는 1964년부터 월남전에 장병을 보냈다. 파병 전 우리나라
의 1인당 GNP는 103달러였다. 당시 필리핀의 1인당 GNP가 129달러
였다는 걸 보면 그 무렵 우리나라는 세계에서 가장 가난한 나라에 속했
다. 6 · 25전쟁을 치루며 나라의 경제는 더 이상 나빠질 수 없을 정도로
좋지 않았기 때문이다.

1964년부터 1973년까지 월남전에 참전했던 9년간 미국으로부터 받
는 해외근무수당은 우리나라 경제에 큰 도움을 주었다. 파월장병들은
목숨을 걸고 애국한 영웅이었지만, 아들을 월남전에 보내고 홀로 지내
는 파월장병 가족들에게는 아픔의 시간이었다. 육 여사는 양지회와 함
께 파월장병 가족들을 찾아 위문품을 전달하고 금품을 건넸다. 양지회
는 그 가족들을 위로했고, 때로는 파월장병 가족들을 청와대로 초청해

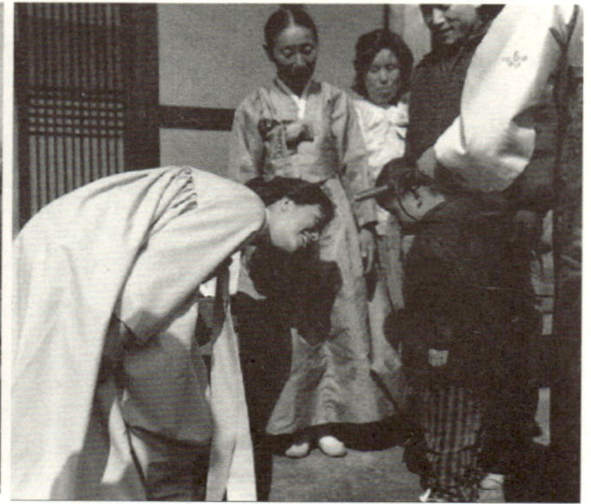

다과회를 갖기도 했다.

1970년 1월 1일, 파월장병과 일선장병들이 따끈한 떡국이라도 들었을지 마음에 걸린다며 육 여사는 위문품 1만 주머니를 보냈다. 육 여사는 이런 말을 하기도 했다.

"옛 이야기를 하긴 좀 쑥스럽지만 그분이 군에 계실 때 편지에 쓸 사연이 없으면 제 일기를 그대로 옮겨 적어 보낸 적이 있어요."라고 하며 가족이나 친지들이 군에 있는 장병들에게 자주 편지 써 줄 것을 당부하기도 했다. 육 여사는 장병들을 위해 영화를 자주 상영해 주는 것이 좋겠다며, 부대별로 영사기를 마련할 수 있도록 도움을 주고자 했다.

그런가 하면 양지회는 일선장병을 위한 위문품을 제작하고 직접 전달하기도 했다. 장병들을 위한 '위문대'는 쌀 1,000포대를 국방부에 전달해 장병들에게 힘이 될 수 있도록 도움을 주었다.

박 대통령 부인 육영수 여사를 비롯한 8명의 양지회 회원들이 17일 중부 전선을 방문, 백골부대에 위문품을 전했다. 육 여사는 양지회가 마련한 위문대는 쌀 1,000포대와 사과 20상자, 잡지 50권을 전하면서 사병들과 일일이 악수를 나누었고, 청와대에서 마련한 점심식사를 사병들과 함께 나누었다. 이날 박 대통령의 딸 근영 양도 함께 갔다.

– 「경향신문」 1966년 12월 19일

1972년 9월에는 충남 논산에 위치한 육군 훈련소에 들러 훈련병들의 급식과 훈련 상황을 살피기도 했다. 약 2시간 동안 훈련소에 머문 육 여사는 훈련소 안에 있는 두부공장과 세탁장, 내무반, 매점, 급식장 등을 일일이 살핀 다음 훈련병 식당에서 훈련병들과 함께 저녁을 먹었다. "밥이 너무 질어서 쉬이 배가 고프겠다."라는 말로 훈련병들을 걱정하는 마음을 보이기도 했다. 그리고 육 여사는 같은 식당에 앉은 박충회 훈련병과 정귀호 훈련병에게 혹시 기합을 받은 일은 없었냐며 훈련

상황에 대해서도 소상히 물어봤다.

육 여사는 눈이 많이 내리던 1969년 1월, 귀향 장병들을 접대하기도
했다. 당시 육 여사의 활동상을 지면에서는 이렇게 전한다.

대통령 부인 육영수 여사는 28일 하오 서울 용산역 안에 있는 휴가 사병
휴게소를 방문, 육군 장성 부인들과 함께 라면을 끓여 휴가 나온 사병들에게
대접하면서 약 2시간 동안 위문하여 휴가 사병들을 흐뭇하게 했다.

"눈이 펄펄 내리는 것을 보니 휴가병들이 생각나서, 장성 부인들과 같이
일선에서 고생하다 모처럼의 휴가로 집에 돌아가는 군인들에게 따뜻한 라면
으로 그들의 마음을 녹여주고 싶어 나왔다."는 육 여사는 춘천에서 오는 군
용 열차의 연착으로 1시간 이상을 기다리면서 휴게소의 후생 · 오락 시설을
살피고 장성 부인들의 노고도 위로했다.

보통 때는 사병들이 줄을 서서 라면 한 그릇씩을 배급받아 자리에 가서 먹
곤 했는데, 이 날 앞치마까지 두른 육 여사는 "눈 맞고 오느라 고생이 많았
다."고 우선 자리부터 권하곤 각 사병 식탁에 직접 라면을 갖다 주는 친절까
지 베풀어 주었다.

뿐만 아니라 한 그릇을 다 먹고 모자라는 듯한 사병에겐 더 주면서 "고향
이 어디냐.""형제가 몇이나 되느냐.""근무 중 기합을 많이 받지 않느냐."
"휴가비는 있냐?"는 등으로 모정 넘치는 대화를 나누기도 했다.

라면봉사가 거의 끝날 무렵 한 사병이 눈비를 잔뜩 맞고 늦게 들어오자 육
여사는 "왜 이리 늦었냐."면서 새로 두 그릇을 끓여서 갖다 주기도 하였다.

춘천에서 군용 열차를 타
지 않고 버스로 와서 휴가
비 중 2백 원을 썼다는 말
을 듣자 웃으며, "낭비벽이
있는 거 아니냐."고 농담 삼
아 검소 · 절약을 당부하기
도 했다.

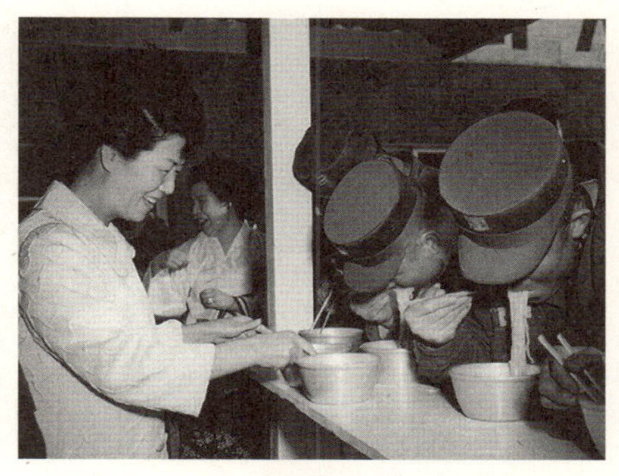

휴가장병에게 라면을 대접하는 육 여사

이 휴게소를 가끔 들르는 육 여사는 얼마 전 부친상을 당한 사병이 힘없이
앉아 있는 것을 발견, 약간의 조위금을 마련해 준 일까지 있었다.

– 「신아일보」 1969년 1월 29일

이처럼 육 여사가 어머니의 마음으로 장병들을 대한 것은 1966년부
터이다. 물론 그 이전부터 국민들의 마음을 진심으로 헤아리곤 했지만
장병들의 마음을 보듬어주는 일도 잊은 적이 없었다.

용산 역 앞에다 귀향하는 장병들을 위해 급식 센터를 만들었습니다. 차비
도 모자랄 텐데 밥이나 제대로 먹었겠어요. 누구에게나 자식은 귀한 것인데
그렇게 내내 굶고 집에 들어가면 부모들 마음이 어떻겠어요. 그래서 그들을
위해 하루 5백 명씩 라면을 끓여 먹고 가도록 하고 있어요.

– 「세대」 1967년 5월호

6 · 25전쟁 이후, 불구의 몸을 끌고 다니는 상이군인의 모습을 종종

만날 수 있었다. 그들은 지독한 가난과 오랫동안 싸워야했다. 우리 경제가 조금씩 나아지며 전쟁으로 팔다리를 잃은 상이군인들에게 작지만 소중한 구호의 손길이 이어지기 시작했다. 상이용사들의 삶은 고난의 연속이었고, 일반인보다 더욱 힘겨웠다. 하지만 그들에게 희망을 건네는 이가 있었으니, 바로 육 여사였다. 육 여사는 전국의 상이용사촌을 가장 많이 찾아다닌 후원자였다. 늘 진심을 다해 상이군인들을 대했기 때문에 그들에게 육 여사는 마음속에 비치는 한 줄기 빛과도 같은 존재였다. 서울 대방동 상이용사촌 회장은 육 여사에 대해 이렇게 말했다.

"故 육영수 여사는 생전에 대방 용사촌의 성실성을 높게 평가, 매년 5~6차례씩 이곳을 방문해 회원들의 용기를 북돋워주었다."

육 여사는 가난과 질병, 그 밖의 악조건을 가진 모든 상황에서도 항상 희망을 이야기했다. 그리고 무조건적인 물질 후원이 아니라 그들이 앞으로도 꾸준히 자발적으로 살아갈 수 있도록 도왔다. 상이군인을 만났을 때, 육 여사는 그들에게 재활의 길을 열어주기 위해 고민하고 또 고민했다. 처음에는 국립 현충원을 비롯해 전국 국공립공원에 새鳥집 달아주기 운동을 진행했다. 그러면서 상이군인들에게 새집 만드는 일을 권했다. 하지만 사업은 안정적으로 지속되지 못했고, 결국 실패하고 말았다.

그 후에도 육 여사는 상이군인들을 위해 꾸준히 연구했고, 마음을 다해 노력했다. 상이군인들의 공장에 노끈 짜는 기계나 목공예 기계를 들여 제품을 생산하도록 도왔지만, 유통구조가 확립되지 않아 판매가 되지 않았다. 결국 물품을 생산하는 일도 지속적으로 진행되지 못했다.

계속되는 노력 중에 육 여사에게 반가운 소식이 전해졌으니, 바로 상이군인들이 만든 상품을 국방부에서 받아들이기로 한 것이다. 국방부라면 이보다 안정적인 납품처가 없었다. 상이군인들은 대통령 부인이 마련해준 양말 짜는 기계로 후배 군인들을 위한 양말을 생산해 낼 수 있었다. 상이군인들에게 자립의 길이 열린 것이다. 게다가 국방부의 입장에서도 좋은 일이었다. 장병들에게 양말을 지급해야 하는데, 상이군인으로부터 양말을 싼값에 구입할 수 있었기 때문이다. 육 여사의 역할은 여러모로 빛을 발했다.

이후 상이군인 일흔여덟 가구로 시작된 대방동의 용사촌은 30년 동안 군납공장을 가동할 수 있었다. 처음의 목적대로 성실하게 일을 수행했기 때문에 이 마을은 가장 모범적인 마을로 선정되면서 각계의 표창을 받았다.

대방동 상이용사촌 양말공장 준공식에서 상이군인과 악수하는 육 여사

육 여사는 어려운 국민들에게 도움을 줄 때 단순히 일회성 도움을 준 것이 아니었다. 이와 관련한 육 여사의 말이다.

"성의 없는 봉사나 구제는 상대에게 혐오, 열등감, 의타심을 길러주어 도와주지 않으니만 못하다. 단지 베푸는 것이 봉사와 사랑이 아니다. 진심으로 성의가 있어야 한다."

1974년 2월, 새로 임명된 양지회 간사들이 청와대를 방문한 적이 있다. 그리고 이 자리에 함께했던 육 여사는 양지회의 역할을 줄이겠다는 말을 전했다.

"지난 가을 유류 파동으로 우리나라도 세계적인 추세에 따라서 경제적인 위협을 받게 되고, 국민들의 생활도 여러 가지 면으로 괴로울 거예요. 이런 시기에 남편의 월급도 많지 않은데 회원들이 달마다 내는 회비도 부담스러울 것 같고, 주부들이 봉사활동을 위하여 가정을 자주 비우는 것도 그렇고 하니, 올해부터는 사업을 대폭 줄였으면 해요. 각자 가정에 더욱 충실해 주었으면 해요."

육 여사는 1974년을 조용히 보내자고 말했다. 함께한 간사들은 육 여사의 발언을 이해하기 힘들었다. 지난 연말까지만 해도 일선 장병들에게 위문품을 보내고, 고아원을 비롯한 불우 시설 아동들을 위해 정성스레 준비한 선물을 보냈기 때문이다. 항상 어려운 이웃, 그늘진 곳의 일을 발 벗고 해왔던 양지회이기 때문이다.

이는 양지회의 사업이 정부에서 펼치는 다양한 사업과 겹치는 부분이 많아서였다. 육 여사의 뜻처럼 양지회의 활동은 크게 축소되었다. 그동

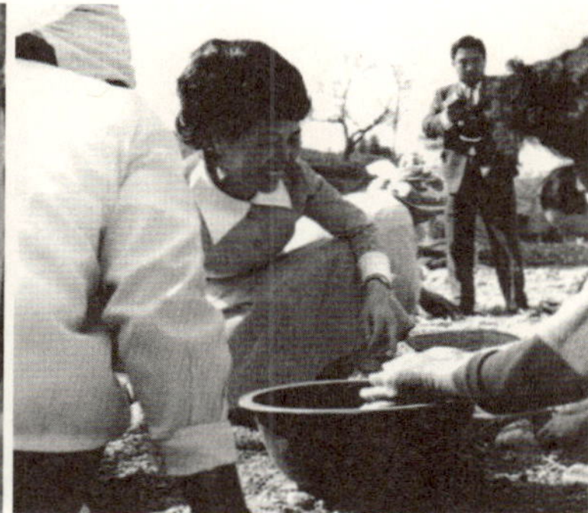

밭을 갈고 농사 짓는 등의 양지회 활동도 빼먹지 않은 육 여사

안 펼쳐왔던 어린이날 행사, 식목일 행사, 불우 이웃에 대한 위문과 구호 활동을 진행하지 않았다. 양지회에서 하는 일은 마을문고 보내기와 국군 장병들에게 위문품을 보내는 정도였다. 물론 회원들을 위한 교양 강좌도 이어지고 있었다.

육 여사는 다방면으로 활동을 이어가면서도 정치적인 색깔은 갖지 않았다. 혹여 상류층의 모임이라는 오해를 받지 않을까 애써 조심을 하곤 했다. 하지만 추후 육 여사가 창설한 양지회가 정치적 색채를 띠고 정치와 관련이 있다는 일부의 비난이 일자, 육 여사는 양지회 회장 자리를 바로 내놓고 명예회장직을 맡기도 했다.

한 통의 편지

육 여사는 청와대에서 생활하며 하루에도 수없이 많은 편지를 받았다. 힘들고 어려운 상황에 있는 국민들에게는 위로의 마음을 담아 답장을 썼고 정부에서 도움을 줄 수 있는 일이라 생각되는 부분에 있어서는 어떻게든 도움을 주고자 했다.

청와대로 편지를 쓰면 도움을 받을 수 있다는 생각이 넓게 확산되면서, 육 여사를 향하는 편지는 점점 많아졌다. 하지만 비서실은 민원 편지가 폭주하자 검열을 하기 시작했다. 허나, 육 여사는 검열이 마땅치 않았다. 국민이 원하는 바, 그 소리를 하나도 놓치지 않겠다는 마음이 었기 때문이다. 생전 육 여사가 양지회 회원들에게 했던 말 중엔 이런 대목이 나온다.

"혁명한 사람의 아내가 국민과의 대화를 막아버리면 혁명정신이 무색하지 않습니까. 박 장군이 주도하여 이룩한 혁명은 어느 개인적인 의

사가 아니라 국민의 총의를
대신하여 이룬 것이니 혁명가
의 아내는 국민과의 대화 통
로를 폭넓게 마련하여 의사를
충분히 반영해야 한다고 생각
합니다. 그러려면 절차에 구
애되지 않고 되도록 많은 사
람을 만나야 하겠지요."

본인 앞으로 오는 민원들을 빼먹지 않고 살피는 육 여사

육 여사는 자신에게 오는 편지를 세 가지로 나눴다고 한다.

첫째, 답장만으로도 무방한 것.

둘째, 자신의 힘으로 해결할 수 있는 것.

셋째, 자신이 해결할 수 없는 것.

그리고 자신의 힘으로 해결할 수 있는 것은 비서나 담당 행정기관에
연락해 문제를 해결할 수 있도록 도왔다. 또한 국민들이 궁금해 하지
않도록 자신이 해결하지 못할 일에 대해서는 일일이 서면을 통해 이해
를 구했다.

육 여사는 때로, 자신의 힘으로는 도저히 할 수 없는 일이지만 국가
공익을 위해서 꼭 해결해야 한다고 생각되는 일이 있을 때는 남편인 박
대통령께 말씀을 드려 해결하고자 노력하기도 했다.

하루 일과를 마치고 육 여사는 매일매일 꼬박 2시간 이상씩을 서재에

서 보냈다. 국민들에게 온 편지를 모두 읽고, 답장을 보내는 것은 쉽지 않은 일이었다. 세 아이의 어머니이자, 영부인으로 매일이 바빴다. 하지만 육 여사에게 이 편지들은 그냥 지나칠 수 없는 소중한 국민의 소리였다. 그들의 괴로운 마음을 달래주고, 힘겨워하는 사람들에게 희망을 주는 육 여사의 편지. 한 해에 처리한 서신은 오천여 건 가까이 된다.

유복하게 자랐던 육 여사는 박 대통령과 결혼한 후 가난의 어려움을 맛보았다. 먹을 것이 없어 배불리 먹지 못하고, 돈이 없어 배울 수 없는 가난한 사람들, 삶에 지친 그들에게 자신의 귀를 내준 것이 바로 육 여사였다.

국민들의 편지를 통해 육 여사는 민초들의 가난을 알게 됐다. 고통받는 그들의 목소리를 느낄 수 있었다. 육 여사는 이런 가난을 접하며 혼자만 잘 먹고 잘살아서는 안 되겠다는 마음을 가지게 됐다.

1970년, 멀리 경상북도 문경군 농암면에 사는 한 초등학생으로부터 편지를 받았다. 도장초등학교에 다니던 허순애 어린이의 편지였는데, 편지 내용은 이랬다.

"육 여사님, 책을 읽고 싶어요. 그런데 책을 구할 수가 없어요."

교육과 어린이에 관심이 많던 육 여사는 허순애 어린이의 편지를 받고 직접 한 상자의 책을 마련해 보내주었다. 경상북도 문경의 도장초등학교 학생들은 육 여사에게서 받은 책을 밤이 깊을 때까지 읽었다. 어린 아이들이 고사리 손으로 책장을 한 장, 한 장 넘기는 모습을 보며 당시 도장초등학교의 교장이던 김기수 선생님은 자신도 모르게 영부인이 계시는 서울을 향해 큰절을 했다고 한다. 어찌 눈시울이 붉어지지 않았을까 싶다.

국민을 향한 육 여사의 마음은 이러한 말을 통해서도 드러난다.

"국민이 어려운 사정이나 문제를 호소하는 이와 같은 서신은 형식적으로는 서신이라 할 수 있지만, 혁명가의 아내로서 내가 국민과 나누는 따뜻한 대화가 아니겠어요. 물론 내게는 그 어려운 문제를 모두 해결할 수 있는 힘도 능력도 없어요. 해결할 수 없는 일은 해결할 수 없는 사연을 성실하게 회답해 주고, 격려해 주는 그것이 국민과의 따뜻한 대화를 나누는 길이 아니겠어요. 정부 시책에 대한 불만이나 오해를 풀어줄 수도 있고요. 진정한 성의나 사랑은 어디에서나 누구에게나 항상 통할 수 있다고 믿어요. 그와 같은 교훈과 자신을 나는 국민과의 서신을 통한 대화에서 배우고 얻을 수 있었어요."

1971년 3월, 전라남도 여천군 삼산면 외로운 낙도에 있는 광도분교 유은섭 선생님이 학부모와 어린이 마흔네 명을 인솔해 청와대를 찾았다고 한다. 이때 육 여사는 일행을 반가이 맞아주었는데, 육 여사를 처음 만난 유은섭 선생님은 무척 놀라운 경험을 했다. 1년 전 어느 날, 유은섭 선생님은 육 여사에게 서신으로 문안을 드린 적이 있었다. 그런데 그때 적었던 내용들을 육 여사가 아직 기억하며, 그에 대한 내용들을 일일이 물어왔기 때문이다. 전라남도 저 먼 남쪽의, 이름도 없는 외딴 섬에서 아이들을 가르치는 선생님의 편지 한 통에도 육 여사는 마음을 쓴 것이다.

청와대 방문을 마친 유은섭 선생님은 육 여사와의 만남을 이렇게 말했다.

"바닷물에 젖은 까만 얼굴들을 비벼 주시며, 먼 길 돌아온 자식들을 대하듯 반겨 주셨어요. 아무리 생각해도 그분은 대통령 부인이시라기보다 어진 한 분의 어머니 같았어요."

육 여사 역시 충청북도 옥천군이라는 시골에서 태어났고, 고향의 옥천 죽향초등학교를 다녔다. 또한 배화고등여학교를 마친 뒤 옥천에서 선생님으로 1년 3개월간 교직생활을 했다. 그랬기 때문에 시골 아이들의 마음, 그리고 선생님의 마음을 누구보다 더 잘 이해할 수 있었다. 유은섭 선생에게 조언을 건네기도 했다.

"농촌에서는 한 달에 한 번 고기 음식을 대하기도 어려울 테지요. 어린이들에게 영양가 있는 음식을 마련해 주는 것은 참 중요한 일이예요. 울타리 안에 과일 나무를 심는다든가 닭, 토끼 등 가축을 기르도록 애써 주세요. 특히 가축으로 닭이나 돼지를 기르면 사료가 많이 드니 단백질이 많은 토끼를 많이 기르는 것은 어떨까요?"

육 여사는 청와대에 살고 있었지만, 그렇다고 농촌의 생활상을 모르지 않았다. 그렇기 때문에 청와대를 방문한 벽촌이나 낙도의 선생님들을 만날 때면 마음에서 우러나는 진심 어린 당부도 잊지 않았다.

1975년이었다. 강원도 영월군 상동면 산골 마을에 사는 유태웅이라는 학생이 있었다. 당시 유태웅 학생은 연산초등학교 5학년에 다니고 있었는데, 육 여사에게 한 통의 편지를 보냈다.

"좋은 먹을 갖고 싶어요. 그럼 더 열심히 붓글씨를 쓸 수 있어요. 지난번 단종제 붓글씨 대회에서 먹이 나빠 1등을 빼앗겼어요."

이 편지를 받고, 육 여사는 외국 손님이 선물로 준 귀한 먹을 손수 싸서 보내줬다. 어린 아이의 투정 혹은 어리광 같은 이야기에도 귀를 기울여 준 것이다.

육 여사는 동정심으로 그들을 대한 것이 아니다. 사랑이었다. 잠자는 시간을 줄여가면서 만난 국민들의 편지 한 통, 한 통. 사랑이고 또 다른 희망의 불씨였다.

조금 다른 내용이지만, 육 여사는 1967년 4월 19일 김남조 시인과 방송 대담을 가졌다. 김남조 시인은 동아방송으로부터 육 여사에게 편지를 써보라는 제의를 받았다. 이에 신앙과 관련된 편지를 보냈다. 이 편지는 김남조 시인의 편지에 대한 육 여사의 답장이다. 편지를 통해 그동안의 편지에서는 보이지 않던 인간 육영수의 고뇌가 담겨있다.

편지는 1967년 3월 27일 김남조 시인에게 전해졌다.

김남조 여사께.

밤이 꽤 깊었습니다. 이 사심 없는 밤의 정기를 타고 저는 첩첩이 싸여 있던 마음의 창문을 활짝 열어서 여사님과 더불어 따뜻한 대화의 보금자리를 펴보고 싶어졌습니다. 무엇이든 후련하도록 이야기를 나누고 싶어졌습니다.

시를 통하여 여러 사람의 가슴에 깊은 감명을 불러일으켜 오시던 김 여사님을 처음 뵙기는 수년 전, 설악산에 단풍이 아름답게 물든 가을, 강원도 어느 자그마한 마을이었던 것으로 기억합니다. 그때 김 여사께서 인솔하고 가시던 학생들과 함께 찍은 기념사진은 저의 앨범 한 곳에 소중히 간직되고 있습니다.

그러나 시인으로서의 김남조 씨를 마음 가까이 느낄 수 있었던 것 또한 저 하늘에 달과 별들의 밀어가 담겨진 밤을 그 몇 백 번인가 거슬러 올라간 어느 달 밝은 밤에 텔레비전을 통해서였습니다. 그때 김 여사께서 유광렬 씨와 나눈 대화 중 가장 인상 깊었던 단편이 있어 잊혀지지 않는군요. 달을 과학적인 탐색의 대상으로 삼지 말고 신비로움을 그대로 간직한 시정詩情의 대상으로 내버려 두었으면 좋겠다고 하시던 말씀……. 어쩐지 김 여사님의 이 말씀으로 지난번에 주신 글에 대하여 불명하나마 답을 드릴 수 있을 것같이 생각됩니다.

김남조 시인과 육영수 여사의 대담

김 여사님, 저는 대통령의 아내이기에 앞서 고뇌와 번민을 허다하게 간직한 인간이며 또 그러한 인간이기에 극히 다정다감한 연약한 여인입니다. 그러기에 달을 시정의 대상으로 보고 싶은 여인인 점에서 김 여사님과 저는 조금도 다른 점이 없다고 여겨집니다. 허지만 현실은 달에 대한 무자비한 탐색을 강요하고 있기에 우리들이 달에 대하여 보배처럼 귀중히 간직하고 있는 신비로움에 찬 동경의 정이 애처롭게 짓밟히고 있습니다.

김 여사님은 대통령과 저에게 종교를 갖도록 그리도 간곡하게 권고하셨습니다. 이는 마치 어린 시절에 다정한 벗이 양지 바른 어느 아늑한 잔디밭으로 내 손목을 이끌어 주던 것같이 구김새 없는 마음에서라고 생각하고 이 따뜻한 권고를 감사히 여기며 경건하게 받아들이고 싶습니다. 아니 어쩌면 의식에 찬 종교의 기념을 떠난다면 이미 내 마음의 신앙의 뿌리는 내려져 있는지도 모릅니다.

잠 못 이루는 늦은 밤에 품어보는 깊은 회의, 오열을 불러일으키는 회한과 고민, 허전하기만 한 위치에서 뿌리칠 수 없도록 절박하게 스며오는 고적감, 이들은 모두 나에게 스스로의 무력하기 그지없음을 뼈저리게 느끼게 하였고 그때마다 이런 것들이 계시하는 무엇인가에 대한 의구감을 자아내게 하였습니다.

어떠한 절대가 있어 항시 그 앞에 무릎 꿇고 고개 숙여야 할 것 같은 느낌을 불러일으켜 왔습니다. 이런 것이 엄밀한 의미에서 신앙이 아니라고 하셔도 할 수 없습니다. 다만 저에게는 소지素志로써 충분하다고 느껴집니다. 외형적인 종교를 갖는 전시적 효과라면 이를 피해야 하겠습니다. 신앙을 가졌으되 종교의 형식을 갖추지 않아 불합리하다는 이유만으로서 종교를 갖는다면 이는 모독이라고 생각됩니다. 이 극히 평범한 인간이 평범한 이상을 가장하지 않을 수 있는 자유가 아쉽습니다. 신앙을 심어 주며 또 종교를 심어 받을 수 있는 처지가 되었으면 얼마나 좋겠습니까.

김 여사님, 현명하신 이해와 관대하신 아낌으로써 위의 말을 답으로써 족하다고 다짐하여 주십시오. 그리고 김 여사님, 대통령이나 저에게는 어느 누구에게도 못지않다고 자부할 수 있는 소신이 있음을 덧붙여 드리고 싶습니다.

이 소신은 오늘에 이르기까지 우리들을 지탱하여 왔고 이 소신으로 하여 우리들의 존재에 스스로 의의를 부여하여 왔습니다. 물론 이것은 신앙과는 전혀 차원이 다릅니다. 이른바 종교의 절대성이 결여되어 김 여사께서 말씀하신 인간적 역사성에 있어 가치가 개재할 수 없는 것이라 하여도 하는 수 없습니다. 그러나 사실상 없는 전통을 창조하여야 하는 엄숙한 과제를 지닌 이 나라 국민의 일원으로서 앞으로 살아남는 역사의 큰 별을 만들어 내도록 노력하는 과정에 있음을 천만다행으로 여깁니다. 그런 틈에서 이 나라는 불태울 수 있는 젊음을 절실히 요구하는 것이라 믿습니다. 개인의 연조는 물론, 일국의 빛나는 전통은 무엇인가 창조하기 위해서 피나는 노력을 다하는 오랜 시련의 과정에서 이룩될 수 있고 또 이룩되어야만 정당하다고 확신합니다.

김 여사님, 김 여사님과 나누고 싶은 이야기가 너무도 많습니다. 그러나 밤은 소리 없이 깊어만 갑니다. 여사님의 말씀과 같이 오랜 세월이 흘러 많이 깨우치고 모든 번거로움을 아낌없이 털어 없애고 홀가분하게 된 연후의 그 어느 날, 서로 만나서 허심탄회한 정을 나누게 되기를 바랍니다. 반드시 밤만이 아닌 대화의 광장을, 아무런 거리낌 없이 햇살 밝은 자리에서도 가지십시다. 많은 아쉬움을 간직한 채 이제는 오늘과 내일의 문을 닫고 쉬어야 할 때가 왔나 봅니다.

그럼 이 밤도 편히 쉬십시오. 그리고 천주님의 은총이 항상 김 여사님과 같이 하시기를 바랍니다.

루르의
눈물바다

1950년 6월부터 1953년 7월까지 계속된 6·25전쟁은 수많은 인명피해와 함께 재산피해를 가져왔다. 우리나라는 후진국 중에서도 맨 끝에 속해 있었다. 많지 않은 공업시설과 다리, 도로는 대부분 파괴됐다. 국민들은 대부분 농업에 종사했고, 1950년대가 끝나고 1960년대가 다가왔지만 크게 나아지는 것이 없었다.

1960년대 우리나라 경제는 한 치 앞이 보이지 않을 정도로 깜깜했다. 이승만의 자유당정권은 1960년 4·19학생혁명으로 무너졌다. 이어 장면 정권이 들어섰으며, 이때 우리나라는 미국의 잉여농산물 원조로 간신히 끼니를 연명할 수 있었다. 비참한 시대였다. 하루하루 끼니 걱정을 해야 했던 그 시절, 박정희 대통령은 정권을 잡은 뒤 경제개발 5개년 계획을 수립했다.

우리나라는 수출을 해야 하는 나라지만, 수출용 원자재를 구입하고 경제 기반 사업을 펼치기 위해서는 돈이 필요했다. 하지만 만성적인 외환위기, 국가신용이라는 말이 무색한 정도의 경제 상황이었기에 달러를 빌리는 것은 쉽지 않았다.

박 대통령은 지푸라기라도 잡는 심정으로 주변을 살폈다. 그리고 우리나라처럼 분단국이었던 지금의 독일을 떠올렸다. 공산국 동독과 대치한 서독에 돈을 빌리고자 한 것이다. 박 대통령은 대사를 파견했고, 서독으로부터 돈을 빌릴 수 있었다. 서독에서 필요로 했던 간호사와 광부를 보내주고, 그들의 봉급을 담보로 차관을 받았다.

1964년 서독정부에서 빌려준 비행기를 타고, 육 여사는 박 대통령과 함께 서독으로 향한다. 인도의 뉴델리 공항, 파키스탄의 카라치 공항, 이집트 카이로, 이탈리아 로마 공항 그리고 서독의 프랑크푸르트 공항을 거쳐 서울을 떠난 지 무려 28시간 만에 본 공항에 도착할 수 있었다. 고생 끝에 본에 도착한 박 대통령과 육 여사는 주요 일정을 마친 뒤당시 대통령인 뤼브케 대통령의 안내를 받으며 우리 광부들이 일하는루르 지방으로 향했다.

박 대통령과 육 여사가 들른 루르 지방의 함보른 탄광회사 강당에는 이미 우리 광부와 간호사로 가득 차 있었다. 거즈에 알코올을 묻혀 시체를 닦던 어린 간호사와 지하 1,000미터 이상 들어간 깊은 땅속에서 그 누구보다 열심히 일하는 광부들이 대통령 부부를 기다리고 있었다. 광부들은 대통령에게 거수경례와 함께 인사를 했다.

"근무 중 이상 무! 각하, 안녕하십니까!"

군 출신인 광부들이 대통령을 향해 건넨 예의를 갖춘 인사였다. 타국에서 만난 고국의 대통령과 영부인이다. 어찌 반갑지 않았을까.

육 여사 역시 박 대통령의 뒤를 따라가며 간호사들과 인사를 나누었다. 간호사들의 손을 잡으며, 육 여사는 따뜻하게 물었다.

"가족들에게 연락이 잘 오나요? 일은 고달프지 않으세요?"

먼 이국땅에서 달러를 벌기 위해 고생하는 간호사들을 위해 육 여사는 쉼 없이 그들의 손을 잡아줬다. 그리고 세 번째로 손을 잡은 간호사에게 물었다.

"고향이 어디……."

고향에서 떨어져 지내던 간호사는 순간 가슴이 먹먹해져 울음을 터뜨리고 말았다. 참고 또 참으며 지내던 설움과 고향에 대한 그리움이 한순간에 터지고 만 것이다. 곁에 있던 간호사들도 함께 흐느끼기 시작했다. 씩씩해 보이던 광부들도 손등으로 눈물을 훔치고 있었다. 육 여사 역시 눈물을 닦아내고 있었다.

당시 서독의 상황을 잘 알고 있던 통역관 백영훈 교수를 통해 박 대통령 부부는 우리 광부와 간호사들의 이야기를 이미 들어서 알고 있었다. 초과근무를 자청하고, 열심히 일한 돈을 아껴 고향에 송금하고 있다는

눈물을 훔치는 육 여사

이야기는 가슴을 뭉클하게 만들었다. 박 대통령 부부는 강당에 들어서며, 함께한 많은 이들에게 손을 흔들어주었다. 육 여사는 이미 가슴이 뭉클한 나머지 다시금 손수건으로 눈물을 훔치고 있었다.

대통령의 연설 전, 광부들로 구성된 브라스 밴드가 애국가를 연주했다. 박 대통령의 선창으로 합창이 이어졌다.

"동해물과 백두산이 마르고 닳도록~"

애국가를 부르는 소리는 점점 커졌다.

"무궁화 삼~천리 화려강산~"

합창에 울음이 섞이기 시작했다. 조국을 떠나온 광부와 간호사들에게 얼마나 그리운 고향이란 말인가. 가난한 나라에서 태어났기 때문에 타국에서 고생을 하는 게 아닌가. 육 여사 역시 그들과 함께 흐르는 눈물을 닦아냈다. 애국가가 끝나자, 박 대통령의 연설이 이어졌다.

"여러분, 만리타향에서 이렇게 상봉하게 되니 감개무량합니다. 조국을 떠나 이역만리 남의 나라 땅 밑에서 얼마나 노고가 많으십니까. 서독 정부의 초청으로 여러 나라 사람들이 이곳에 와 일하고 있는데, 그중에서도 한국 사람들이 제일 잘하고 있다는 칭찬을 받고 있음을 기쁘게 생각합니다."

이후 박 대통령은 원고를 보지 않고 즉흥 연설로 이어갔다.

"광부 여러분, 간호사 여러분.

모국의 가족이나 고향 땅 생각에 괴로움이 많을 줄로 생각되지만, 개개인이 무엇 때문에 이 먼 이국에 찾아왔던가를 명심하여 조국의 명예를 걸고 열심히 일합시다. 비록 우리 생전에는 이룩하지 못하더라도 후

손을 위해 남들과 같은 번영의 터전이라도 닦아 놓읍시다.”

박 대통령은 눈물을 가득 머금은 목소리로 말했다.

“우리 열심히 일합시다. 후손들을 위해서 열심히 일합시다. 열심히
일합시다.”

강당의 모든 사람은 함께 울었다. 박 대통령도 울고, 육 여사도 울었
다. 수행원도, 심지어 단상 옆에 서 있던 뤼브케 서독 대통령까지도 울
었다. 박 대통령과 육 여사는 너무 운 나머지 눈이 부어 시선을 바로 두
지 못할 정도였다.

함께하던 광부와 간호사들은 영부인인 육 여사에게 몰려갔다.

“어머니! 어머니!”

그들은 육 여사의 옷을 잡고 울었다. 육 여사는 그런 그들과 함께 눈
물 흘리며, 한 명 한 명 껴안아 주었다.

“조금만 참으세요.”

따뜻한 위로의 말도 함께 건넸다. 가난했기에 더 지독하게 일해야 했
던 서독의 광부와 간호사들. 그들은 뤼브케 대통령 앞에 절을 했다.

“우리 대통령님을 도와주세요. 우리 모두 열심히 일하겠습니다. 무슨
일이든 하겠습니다.”

떠나는 박 대통령과 육 여사를 보며 그들은 또 다시 눈물을 훔쳤다.
육 여사는 그들을 두고 돌아서야 하는 슬픔에 몸을 가누지 못할 지경이
었고, 주위에 있던 대통령 수행원들로부터 부축을 받아야했다.

광부 대표 유계천 씨는 박 대통령과 육 여사를 만난 것에 대해 이렇

게 말했다.

"이국땅에서 대통령 내외분을 뵈니 친부모를 만난 것처럼 기쁩니다."

5백여 명의 건아들과 간호사들이 '자애로운 아버지여, 어머니여.' 하며 환영사에서 격정을 누르지 못하자 여사는 흐르는 눈물을 손수건으로 닦느라 애를 썼으며, 슬픔을 가누지 못하자 책상 밑으로 살며시 손을 꼭 쥐어 주는 부군의 체온을 느끼고서야 겨우 진정을 되찾았다. 그러나 차에 오른 육 여사는 터져 나오는 울음을 참지 못하였다. 조국의 젊은이들의 애처로운 모습이 육 여사의 가슴을 아프게 했던 것이다.

– 「서울신문」 1964년 12월 16일

육 여사는 그날을 회고했다.

12월 10일, 고대하던 우리의 광부들과 간호 학생들을 만나는 날이었다. 고된 노동에 시달리고 있는 그들에게 좀 더 따뜻한 손길과 부드러운 웃음을, 포근한 인정을 나누어 주어야 되겠다고 마음속으로 다짐했다. 독일에서 유명한 아우토반을 달리면서도 그 아름다운 경치에 흠뻑 도취되지 못했을 만큼 나의 머릿속엔 우리의 동포인 많은 광부들을 만날 생각으로 가득 차 있었다.

부강한 나라, 기운 있는 젊은이들의 노동력을 먼 나라에까지 보내지 않고도 우리나라에서 흡수할 수 있고, 그들을 편안히 살게 해 줄 수 있는 나라를 구름 위에 집 짓듯이 머릿속에 수없이 그려보는 감상에 얼마를 젖어들다 보니 차는 어느덧 루르의 탄광 지대에 들어서고 있었다.

도로 연변으로 우뚝우뚝 서 있는 굴뚝과 검은 연기 밑에 묵직하게 늘어선 많은 공장들이 얼마나 길고 넓게 퍼져 있는지. '이것이 말로만 듣던 그 공장 지대구나' 하고 생각하였다.

유명한 정유 공장인 이곳의 기술과 자재로써 우리 한국의 울산에도 정유 공장이 세워졌다 했는데, 이 규모의 몇 분의 일이나 되는 공장일까? 또 그 공장이 세워짐으로써 얼마만 한 혜택이 우리 국민들에게 베풀어질 것인가를 머릿속에 헤아려 보는 가운데 탄광촌에 도착했다.

그러나 웃음을 주고 위로를 주겠다고 그렇게도 마음속으로 단단히 생각했던 나의 계획은 엉뚱하게도 그들을 대하는 순간, 검은 눈동자와 황색 피부의 낯익은 젊은이들의 환성 속에 발을 들여놓는 순간, 아프도록 가슴에 맺혀 오는 무엇인가 뭉클한 감정이 솟아오르며, 시야가 뽀얗게 흐려지는 것이었다. 분별없이 마구 흘러내리는 눈물을 들킬세라 참고 참았으나 걷잡을 수 없는 격정은 애국가가 울려 퍼지는 소리를 핑계 삼아 나로 하여금 어쩔 수 없이 흐느끼게 하고 말았다. 그곳에 모인 간호 학생들은 눈이 빨갛게 되도록 울었다. 모든 사람의 가슴을 두드린 그 순간을 나는 지금도 또 영원히 잊지 못할 것이다.

그들의 숙소를 돌아보고 광산의 시찰을 마치고 돌아 나오면서 나는 속으로 수없이 중얼거렸다. '지금 몸은 비록 여러분 곁을 떠나가지만 마음만은 항상 여기에 남아서 여러분을 따뜻이 보살피고 위로하며 격려하여 주고 싶다'고.

박 대통령과 육 여사가 서독을 방문하자, 독일 언론에서도 대한민국 대통령 내외에 대해 크게 보도했다. 그들은 '밝아오는 서광의 나라, 한국에서의 방문' '동방의 손님, 라인 강을 찾아오다' 등의 표제와 함께 대통령 내외에 대해 깊이 있게 다뤘다.

독일 대통령 내외와 정답게 대화를 나누는 육 여사

뿐만 아니라 육 여사에 대해서도 '육영수 여사, 주부의 솜씨를 과시' '한국의 대통령 부인을 감싸고 있는 매력' 등의 표제와 함께 자세한 내용을 다루고 있다.

육 여사가 서독 방문 중, 본에 있는 여자실업학교를 방문했을 때의 일이다. 이 학교는 일반 초등학교 졸업생 가운데에서 가정 사정이 어려워 상급 학교로 진학이 어려운 아이들이 다니고 있었다. 학생들은 요리, 봉재, 꽃꽂이, 육아 등 모두 10가지 종류의 직업에 대한 공부를 하고 있었다. 이 학교의 학생들은 육 여사를 환영하며 호두가 박힌 치즈를 대접했는데, 여사는 그것을 맛있게 시식하는 것으로 끝내지 않았다. 가사과 학생들에게 직접 햄 요리를 해준 것이다.

육 여사는 10×10cm 크기로 파흐페에스트르를 솜씨 있게 잘라 거기에다 햄을 올려놓고 난 다음, 달걀의 노른자위를 발랐다. 학생들과 동반한 사람들, 그리고 검은 옷을 입고 나타난 부시장 로베르트 쉬트렉 박사는 열광적으로 육 여사에게 박수를 보냈다.

– 독일 신문 「Bonner Rundschau」

육 여사는 알뜰하게 살림하던 주부였다. 하지만 국빈으로 외국을 방문한 상황에서 직접 음식을 한다는 것은 쉬운 일이 아닐 것이다. 침착하면서도, 자연스럽게 상황을 끌어나간 것을 보면 육 여사의 담력이 대단하다는 것을 알 수 있다.

서독을 방문했을 당시, 육 여사는 쾰른을 방문했다. 이때, 함께 수행했던 김성진 비서관의 기행문에는 다음과 같은 내용이 담겨있다.

쾰른의 천주교회를 시찰했을 때에는 몰려든 군중 때문에 길이 막혔으나, 육 여사는 조금도 당황하지 않고 귀여운 아기를 안아 주며 가볍게 입을 맞추어 줄 만큼의 여유를 보였다. 그것을 알아 챈 아기 엄마들의 키스 공세 때문에 그날의 일정이 10분이나 늦어지는 사태를 빚어내기까지 했으나, "당케 쇠엔, 당케 쇠엔." 하고 고개를 숙이고 만족해하며 사라지는 주부들, 그리고 고사리 같은 손을 흔드는 아기들의 얼굴을 볼 때 눈물겨울 만큼 "아아, 잘했다."고 감격하였다.

– 김성진 기행문 중

육 여사는 뤼브케 대통령과 함께한 만찬에서 대화의 서두를 이렇게 열었다.

"라인 강은 낭만적인 강으로 나의 꿈을 키워 주었어요. 라인 강하면 먼저 '로렐라이'를 생각하게 되거든요. 그러나 와서 보고, 이 강에 기대와 실망을 동시에 가지게 되었어요. 라인 강은 파랗고 아름다운 줄 알았는데 생각만큼 푸르지는 않았어요. 하지만 짐을 잔뜩 실은 배가 내왕하는 이 강물은 그 많은 배들이 질서 있게 끊임없이 오가는 데서 라인 강의 기적을 실감할 수 있었어요."

남편에게 조금이라도 도움이 되고자 하는 게 육 여사의 마음이었다. 육 여사와 함께했던 서독 방문은 남편인 박 대통령에게도 그렇지만, 국가적으로도 큰 도움이 되었다. 영부인으로서의 사명을 다했기 때문이다. 똑같이 분단된 처지에 있는 한국과 독일 사이를 잇는 데, 육 여사의 역할은 지대했다.

육 여사는 12월 14일, 남편과 함께 귀국길에 오른다. 서독 방문은 우리나라 외교사에 큰 획을 그은 일이었지만, 육 여사의 인간적인 면에도 긍정적인 영향을 많이 미쳤다. 그녀의 여행기 끝맺음이자, 국민에게 띄우는 방독 소감은 다음과 같다.

"이번 독일 방문은 나로서 여러 가지 느낀 점도 많았지만, 같은 전란을 겪은 나라로서의 한국과 독일을 비교해 볼 때, 사실 부러운 것이 허다하였다.

전쟁 직후 패전국으로서 한 사람의 한 달 식량의 40퍼센트밖에는 생산 못하던 실정에 놓여 있었고, 그 외의 생산품은 열거할 가치도 없이 미미하던 독일이 지금은 3세대 당 1대씩의 자가용과 TV를 지니고 있다는 사실과 누구나 힘껏 노력하고 일하면 걱정 없이 살 수 있는 그들의 생활환경, 또 10년 먹을 것을 벌어 놓지 않으면 쓰지 않는다는 정신, 무서운 절약과 피나는 내핍으로 인해 오늘의 독일이 이룩되었다는 점은 남의 나라 것을 무조건 본받자는 것은 아니나, 우리도 잘살기 위해 배워야 할 점이 아닌가 생각한다."

박 대통령은 1965년 존슨 대통령의 초청을 받아 미국을 방문했다. 박 대통령 내외가 백악관에 도착했을 때, 존슨 대통령의 각료들이 기다리고 있었다.

육 여사는 미국 방문에서 흰 옷깃에 푸른 용이 수놓아진 한복을 입고 있었다. 그 차림새가 인상적이었는지, 국무성의 의전장 부인인 핸드 여

1965년 5월 17일 오찬회에 모인 내외신 기자들에게 극찬을 받은 육 여사의 한복차림

사는 이렇게 말했다.

"의상이 참 멋있어요. 흰 바탕은 백악관, 푸른색은 청와대를 상징하는 것이 아닐까요. 백과 청이 서로 조화를 이루고 있군요."

미국 방문 중, 육 여사는 적십자사도 찾아갔다. 적십자사의 콜린스 총재 부인은 이전에 한국을 방문했기 때문에 육 여사와는 구면이었다. 그녀는 안내를 받으며, 봉사활동 전시장을 두루 살폈다. 그리고 혈액은행과 자원봉사단의 작업장도 일일이 찾아 자세히 살폈다. 게다가 기계를 직접 조작해보는 등 남다른 관심과 진지함을 보여 함께한 사람들에게 감동을 주었다.

1966년 2월, 말레이시아와 태국, 자유중국의 동남아 3국을 순방하던 때다. 말레이시아 수도에서 발행하는 「더 스트레이츠 타임즈」의 추chuah 기자는 육 여사의 취재를 전담하는 기자 중 한 명이었다. 그녀는 육 여사를 취재하는 동안 깊은 감동을 받았다.

말레이시아 샤 국왕과 자하라 왕비가 박 대통령 내외의 숙소인 이스타나 네가라 궁으로 찾았을 때였다. 육 여사는 예방을 마치고 돌아가려는 샤 국왕에게 이렇게 인사했다.

"본인 앞에서 칭찬을 하지 않는 것이 우리 조상들의 미덕입니다만, 왕께는 다정하고 덕망 높은 훌륭한 왕비를 두셨음을 이 자리에서 말씀드리게 되어 기쁘게 생각합니다."

때와 장소를 가려, 적절하게 인사말을 할 줄 아는 육 여사였다.

육 여사는 말레이시아 방문 중, 결핵 요양원과 고아원을 방문했다.

요양원을 방문한 그녀는 언제나 그랬던 것처럼, 환자들의 손을 잡으며 그들의 병세를 물었다. 환자들은 일찍이 볼 수 없었던 퍼스트레이디의 방문에 영광이라는 뜻을 전하며 감격해 했다. 고아원에 방문해서도 그녀는 자상한 태도로 임했다. 원생들의 생활을 소상히 묻고, 직접 부엌을 살펴보았다.

"나는 생전에 이렇게 아름다운 의상과 우아한 귀부인을 만나 본 적이 없다."

추 기자는 이렇게 말했다. 육 여사를 보고 감동을 받은 것은 비단 추 기자만이 아니었다.

말레이시아 각 신문들은 대통령과는 공식 일정이 다른 여사를 취재하기 위해서 전담 기자를 배치하였고, 30여 명의 기자들이 계속 여사의 뒤를 따르게 되었다. 그들은 '박 대통령 부인 육영수 여사는 모든 사람들로부터 찬사를 받아, 이번 대통령의 방문을 성공시키는 데 큰 힘이 되었다'고 썼고, 이와 같은 기사에 곁들여 '검소하고 우아한 퍼스트레이디'라는 제목으로 여사와의 대담을 대대적으로 보도하였다.

말레이시아에서 최대의 발행 부수를 가진 「더 스트레이츠 타임즈」지의 대통령 내외 환영 특집기사 속에는 다음과 같은 구절이 있었다.

"국빈의 영접이 베풀어졌을 때, 박 대통령 부인 육영수 여사는 그의 천성이 퍼스트레이디다운 역할을 다하는 것 같다. 그러나 여사는 항상 그의 조국이 정치적·경제적 및 사회적인 전환 속에 있음을 유념하고 있다."

– 김명주 저, 「육영수, 아름다운 내조가 천하를 얻는다!」 중에서

　말레이시아에 이어 태국에 도착한 대통령 내외는 국왕이 초청한 만찬에 참석했다. 이날 좌석은 박 대통령의 오른편에 시리키트 왕비, 왼편에 국왕, 그리고 국왕의 왼편에 육 여사가 앉았다. 때문에 육 여사는 국왕과 자연스럽게 대화를 나눌 수 있었다.

　그녀는 국왕과 교육에 대한 이야기를 나누었는데, 국왕은 그녀에게 청와대의 자녀 교육을 누가 맡고 있냐고 질문했다. 그녀는 대통령께서는 나랏일이 바쁘기 때문에 자녀 교육은 본인이 맡고 있다고 대답을 했다. 한참 교육에 대한 이야기를 나누던 중, 국왕이 물었다.

　"박 대통령께서는 자녀 교육에 다른 의견을 안 가지셨는지요?"

　그러자, 육 여사는 이렇게 대답했다.

　"대통령께서는 아이들의 요구를 다 들어주시며 순하게 키우시려 해요. 아이들에게는 나보다 대통령께서 인기가 더 좋으세요. 그래서 어느 날, 가족들이 다 모인 저녁 식탁에서 내가 대통령께 말씀드렸어요. 대통령께서 아이들을 후하게만 대해 주시고 인기를 얻으시지만, 그들이 아직 어려서 투표권이 없으니, 선심을 써 봤자 별 도움이 안 되실 거라고요."

　육 여사의 답변에 국왕은 "응?" 하며 잠시 어리둥절한 얼굴을 하더니, 큰 소리로 웃기 시작했다. 무뚝뚝한 국왕이 쾌활하게 웃으며, 만찬회의 분위기는 화기애애해졌다.

　다음 날, 그녀는 태국 적십자 협회를 방문했는데 시리키트 왕비가 손수 안내해 주었다. 왕비는 그녀에게 월남 전선에서의 적십자 회원들의 활동상을 사진으로 보여주며 설명했다. 그리고 직접 적십자 훈장을 육

여사의 가슴에 달아주었다. 이 적십자 훈장은 네덜란드의 줄리아나 왕비, 말레이시아의 자라하 왕비, 덴마크의 잉글리드 왕비, 일본의 황태자비에 이어 다섯 번째로 받게 된 것이었다.

박 대통령 내외는 태국을 출발해 대만으로 향했다. 대만의 여기자들은 여사의 곁을 따라다니며 여러 가지 사안에 대해 질문했다. 육 여사는 기자들의 질문에 친절한 마음으로 솔직하게 답했다. 대만 기자들은 육 여사의 모습을 보고 '누구에게나 친절하고, 다정하고, 겸손한 부인'이라고 평했다.

기자들은 육 여사를 만나 주로 대만 여성 활동의 인상에 대해 질문했다. 그중 기자 한 명이, 자녀나 친지에게 줄 선물로 무엇을 준비했느냐고 묻자 미소를 지으며 이렇게 답했다.

"지금 나는 한 아이의 어머니로서, 개인적으로 이곳에 온 것이 아닙니다. 그러므로 특정된 몇몇 사람들에게만 선물을 줄 수 있는 처지가 아닙니다. 될수록 여러 곳을 다녀보고, 온 국민에게 보다 유익한 이야기를 들려주는 것이 나의 선물입니다. 우리나라 국민들도 그것을 바라고 있을 것입니다."

이어서 기자들은 대만 국민들에게 한마디 해달라는 요청을 했다.

"대만이나 우리 대한민국은 똑같이 불행한 운명에 처해있습니다. 그러므로 나는 귀국 국민들에게 한결 친근감을 느꼈으며, 여러분의 근면하고 검소한 생활 태도에 무한한 찬사를 보내고 싶습니다. 그리고 내가 여러분을 다시 만날 때는 여기 대만이 아닌 빼앗긴 여러분의 본토에서 만나고 싶습니다. 또 여러분이 우리나라를 찾아오실 때는 금강산 구경을 시켜 드리고 싶습니다. 우리 함께 그날의 염원을 지니고 삽시다."

육 여사의 답변에 그 자리에 있던 기자들은 오래도록 박수를 쳤다. 1966년 말레이시아에 이어 태국과 대만을 방문했던 그녀의 모습은 영부인으로서의 우아함과 세련됨을 갖추고 있었다. 당시 그녀를 수행했던 수행원의 소감이다.

"단아하고 기품 있는 우리의 퍼스트레이디는 빈틈없이 아름다워서 모든 수행원들의 가슴까지 긍지로 부풀게 하였다. 상냥하나 적극적이며 세련된 매너는 해외 순방 3회, 취임 3년째 되는 대통령의 부인으로서의 여유와 자신을 실증하는 듯했다. 달달 볶는 듯한 혹서와 숨 돌릴 새 없는 의식에 쫓겨, 기진맥진 기를 못 펴고 다니는 수행원이 허다한 가운데, 언제 봐도 의연하고 단정한 모습은 팽팽한 정신력에 그 출처를 두는 것이 아닌지……."

육 여사는 외국 순방을 할 때, 영부인으로서 역할을 다했다. 그리고 외국 귀빈들을 초대할 때도 여러 가지를 신경 썼는데, 그중 가장 신경 쓴 부분은 음식이었다. 음식 접대에 있어서는 청와대의 안주인이 되던 1963년 겨울부터 관심을 가지고, 요리 연구가들을 불러 식재료와 메뉴에 대한 상의를 함께했다.

그녀는 외국에서 온 귀빈을 접대함에 있어 구분을 두었다. 기본적인 식단은 총 세 가지로 두었는데, 이는 누구를 접대하느냐에 대한 구분이 아니라 다양성을 염두에 둔 식단이었다.

한 번은 미국의 존슨 대통령 내외가 방한했다. 박 대통령 내외는 만찬회를 열었고, 육 여사는 메뉴를 정하는 데 고심했다. 이때의 메뉴는 다음과 같다.

구절판, 겨자채, 튀각, 매듭자반, 김구이, 양지머리, 편육, 백반, 전복탕, 신선로, 화양적, 전유어, 불고기. 그리고 후식으로는 잣박산, 강정, 사과, 홍삼. 'Welcome'이라는 글자가 새겨진 무지개떡과 샴페인, 청주가 준비되었다.

존슨 대통령은 만찬회에서 쌀밥 한 그릇을 다 비우고, 더 청하였으며 청주는 여덟 잔을 비웠다. 전복탕은 박 대통령의 몫까지 먹자, 존슨 대통령의 부인 버드 여사가 육 여사에게 이런 생선은 본 적이 없는데 무엇이냐고 물으며 전복탕의 요리법을 자세히 물을 정도였다.

존슨 대통령 부부가 한국을 떠나기 전, 버드 여사는 내외신 기자들에게 육 여사에 대한 인상을 이렇게 말했다.

"한마디로 지극히 비범한 여성이라 생각합니다. 부드러움을 느끼게 하면서도 지성적인 분, 워싱턴에서 처음 만나 뵈었을 때부터 그 인품에 깊은 감명을 받았습니다."

육 여사에게서는 어느 하나 부족한 면을 찾을 수가 없었다.

1967년 3월 서독의 뤼브케 대통령 내외가 방한했다. 공식 일정과 함께 만찬도 준비되어 있었는데, 만찬회에 앞서 리셉션이 진행됐다. 서독 대통령 내외가 방문했기 때문에 만찬회장에는 독일 민요 〈보리수〉와 우리나라 민요 〈아리랑〉 등 모두 18개 곡이 울려 퍼졌다.

그녀는 만찬회의 음식 뿐아니라, 만찬회장의 꽃꽂이나 음악 등 모든 것에 신경을 기울였다. 서독 대통령 내외와 함께한 만찬회 장소는 중앙청 제1회의실이었다. 그녀는 이곳을 국화와 카네이션으로 장식해 방안에 꽃향기가 그윽하도록 하였다. 그리고 독특했던 점은, 독일에 나지 않는 굵직한 대나무 10수를 이용한 꽃꽂이 작품이었다. 이는 서독 대통령 내외뿐 아니라 그 자리에 동석하고 있던 귀빈들의 눈길을 끌기에 충분했다. 만찬회 중에는 6인조 실내악단이 베토벤의 〈환희의 합창곡〉을 연주하기도 했다.

만찬회에서 가장 중요한 것 가운데 하나가 바로 음식인데, 육 여사는 메뉴 선정도 직접 했고 음식도 손수 만들었다. 궁정식을 곁들인 한식 음식을 준비했기 때문에 뤼브케 대통령 내외는 서툴지만 젓가락을 사용했다. 이날의 메뉴를 보면 식사로는 완자탕, 신선로, 김치편육, 튀각, 구절판, 편육, 갈비구이, 나물, 닭찜 등이었다. 음료로는 오미자 화채를, 후식으로는 경단과 홍삼차, 사과 등을 내었다.

점심 도시락을 못 싸는 가난한 집 어린이들을 마음에 두시던 퍼스트레이디 육영수 여사셨기에 청와대의 식탁은 놀랍도록 검소했다. 어린이들의 점심 급식으로 보릿가루를 이용하면 좋겠다 하시던 육 여사님. 지난 7월 뵈었을 때, 다음과 같은 말씀을 하셨다.

"값싸고 영양가 있는 보리를 가루로 만들어, 빵과 국수, 과자와 떡을 만들어 보자."

보릿가루로도 밀가루나 쌀가루 못지않게 맛있는 음식을 만들 수 있더라고 하신 육 여사님께서는, 정초 떡국을 끓여 보니까 보리 가래떡만은 안 되겠더라고 걱정스러워하기도 했다. 이 나라 방방곡곡의 향기로운 풀과 고소한 열매를 모두 음식으로 만들고 싶은데 솜씨 좋은 요리 연구가가 한번 맛있게 만들어 보급시켜 보자고 하셨다.

많은 국빈을 대접하면서 육 여사님께서 고심한 것은 우리 고유 음식을 대접하되 외국 국빈의 입맛에도 맞도록 조리해야 한다는 점이었다. 워낙 음식을 정성스레 만들고 솜씨가 좋으신 육 여사님께서는 당신 스스로도 우리 고유 음식들을 아주 맛깔스럽게 만들곤 하셨다. 육 여사님께서는 외국 귀빈을 대접하실 때면 손수 메뉴를 짜고 간을 보기도 하셨다. 도저히 흉내 내지 못할 정성으로 만들어 내는 요리는, 입맛뿐 아니라 마음까지도 달게 해주는 신기한 맛을 갖곤 했다.

지난 7월 26일, 나의 결혼식 때 바쁘신 일과 중에도 국화 한 다발을 보내주시던 육 여사님은 며칠 후 인사드릴 때도 보릿가루 얘기를 잊지 않으셨다. 식량이 넉넉하지 못한 나라의 퍼스트레이디로서, 쌀 대신 주식이 될 수 있는 것들을 몸소 찾으려던 육 여사님께서는 인간의 한계를 넘는 성실로 사시다 가신 분이셨다.

– 주부교실 중앙회 유계완 회장, 「주간여성」 1974년 9월 1일

평소에 편지를 많이 쓰는 육 여사는 외국인사에게도 마찬가지였다.

1963년 5월 25일, 제임스 밴플리트 전 주한 유엔군 사령관에게 육 여사는 한 통의 편지를 보냈다.

구 소련에게 우주개발의 선두 자리를 빼앗긴 미국이 1963년 5월 16일, 머큐리 9호의 우주비행을 성공시킨 직후다.

"먼저 우주비행의 성공을 온 국민과 더불어 축하합니다."로 시작된 이 편지에는 사령관의 부인을 위해 '아리랑 드레스'를 보낸다는 내용과 함께 "부인의 단정하신 자태를 더욱 아름답게 해주시기 바랍니다."라는 당부가 담겨 있다.

밴플리트 사령관은 6·25전쟁에서 자신의 아들을 잃었다. 그렇기 때문에 더욱 대한민국에 각별한 마음을 갖고 있었다. 대한민국을 제2의 고향이라 생각하면서, 비료 공장 건설과 같은 한국 재건사업 지원에 노력을 아끼지 않았다. 이후에도 밴플리트 사령과는 친한파 인사들과 뜻을 모아 코리아 소사이어티를 설립했으며, 한국 지원의 필요성을 미국 정부에 전달하며 한미동맹을 구축하는 데도 큰 역할을 했다.

육 여사는 밴프리트 장군이 한국전에서 아들을 잃은 것에 대해 가슴 아프게 생각하고 또 한국을 위해 애쓰고 있는 것에 대해 감사히 여기고 있었음에 틀림없었다. 그래서 그 같은 편지와 한복을 보냈을 것이다.

'5월 25일 대한민국최고회의 의장공관 육영수'라고 서명이 된 이 편지는 '퍼스트레이디가 내조 외교를 이렇게도 할 수 있구나' 하는 점을 보여주고 있다. 검은색 잉크로 쓴 이 편지는 버지니아주 렉싱턴 소재 버지니아군사학교의 마셜도서관에 보관된 밴플리트 장군의 문서철에서 발견됐다.

1964년에는 대만의 장개석 총통 부인에게도 편지를 보냈다.

친애하는 장 총통 부인.

성의의 표시로 옛날부터 장수와 건강에 효력이 크다는 한국 인삼을 꿀에 담근 것을 보내드리게 됨을 기쁘게 생각합니다. 본인이 직접 이것을 만들었습니다. 처음에 나무로 만든 그릇에 인삼을 씻고 나무로 된 칼로 다듬은 다음 꿀의 산지로 유명한 강원도 깊은 계곡에서 채집된 꿀에 담근 것입니다.

이 인삼에 쇠가 닿으면 약효가 감소된다 하오니 본인이 이 인삼과 함께 보내드리는 나무 스푼을 사용함이 좋을 줄 압니다. 또한 인삼에 쇠그릇이 닿지 않도록 하심이 좋을 것입니다. 복용의 양은 나무 스푼으로 한 스푼에서 한 스푼 반 정도 떠서 드시면 좋습니다.

이곳 대통령께서 하루의 집무 후에 피로를 느끼시면 저는 이러한 방법으로 인삼을 만들어 드립니다. 복용하신 후 피로를 회복하신 것 같습니다.

이 인삼이 국가의 중책을 맡아 계시는 장 총통의 피로를 회복시키는 데 효력이 있을 줄 사료합니다.

외교는 상호방문이나 외교관들의 회의, 경제협력이나 군사동맹만으로 이루어지는 것일까. 그 외에도 인간적인 교류의 외교, 정치인이나 외교관이 아닌 사람의 외교가 있다는 것을 육 여사가 보여준 셈이다.

생활의
한 조각

육 여사는 항상 바빴다. 자신에게 주어진 역할을 다하기 위해 그녀의 발걸음은 한시도 제대로 쉴 수가 없었다. 하지만 주변 사람을 배려하는 마음만큼은 식지 않았다. 바쁘게 생활하는 와중에도 청와대 직원 가운데 부인이 출산한 사람이 있으면 빠짐없이 미역을 사서 보냈다. 직원을 배려하는 따스함이었다.

영부인 부속실에는 일지 형식의 기록부가 두 가지 있는데, '일지 기록부'와 '행사 기록부'라고 했다. 특히 '일지 기록부'에는 육 여사의 개인적인 부분도 많이 실려 있다. '일지 기록부'에 실린 1966년 후반기 내용 중 일부이다.

5월 18일, 정신통일을 위하여 묵화를 시작.

6월 14일, 보도용 사진 선택이 미흡함. 통역의 얼굴이 중앙에 크게 나와 있는 것은 삼가도록. 그것이 손님에 대한 예의.

6월 20일, 남편을 남에게 소개할 때, 혹은 남의 남편을 호칭할 때, 적절하고도 예의바른 것 – 한글학회 한갑수 이사에게 문의할 것.

12월 3일, 지만 〈드라큘라〉 보도록 허락. 보고 난 후 며칠 동안 무서워함. 무익한 영화 보게 한 것이 실수.

12월 5일, 합격되었다고 자만하지 말고, 겸손한 마음으로 불합격한 친구를 위로해 주도록. 수험번호 232번. 근영 중학교 합격 발표를 제2방송을 통하여 듣게 됨.

육 여사는 스스로의 생활을 늘 반성하면서, 완전함을 지향하고 있었다. 다른 사람이 봤을 땐 완벽하고, 그쯤 했으면 충분한 상황에서도 그녀는 미흡한 부분을 떠올렸다. 침실이나 거실, 접견실에는 항상 비망록이 준비되어 있었다. 침실에서 잠이 들려고 할 때, 혹은 다른 일을 하다가도 문득 생각나는 것이 있으면 기록하기 위해서였다.

1961년, 박 대통령이 국가재건최고회의 의장일 때 처음으로 꽃꽂이를 배우기 시작했다. 근혜가 초등학교에 다닐 무렵이었고 지만은 세 살이던 때다. 주 3회 임화공 꽃꽂이 전문가에게 배우기 시작해, 청와대 영부인이 되어서도 그 인연을 이어갔다. 청와대 시절에 대해 임화공은 이렇게 말했다.

"돌아가실 때까지 육 여사와 관련된 굵직한 행사는 도맡다시피 했다. 육 여사는 '그냥 알아서 해주세요'였지, 한 번도 이렇게 해라 저렇게 해라 하지 않았다. 실은 그게 더 어렵다. 어느 나라에서 오는 손님인지, 기피하는 꽃은 뭔지 미리 알아야 준비를 할 텐데 의전실에서 정보를 주지 않았다.”

꽃꽂이를 하는 동안에도 그녀의 몸가짐은 흐트러지지 않았다. 한복을 입어도 치마허리가 튀어나온 적이 없었고, 계단을 오르내릴 적에도 항상 반듯했다.

또한 육 여사의 검소함은 선물을 할 때도 드러났다. 임화공은 이렇게 말했다.

“박영옥 여사(김종필 전 총리의 부인)는 화려한 분이었다. 나를 따로 방에 불러 ‘이번에 이탈리아 가서 하도 좋기에 제 것 사면서 같은 걸로 선생님 것도 샀어요’라며 이탈리아 원단을 건네는 식이었다. 하지만 육 여사의 선물은 늘 국산이었다.”

여류문학인회 손소희 회장은 해마다 실시하는 주부백일장에도 육 여사의 공이 많이 깃들었다고 했다. ‘많은 주부들이 소양을 쌓아야 할 것’이라는 말로 여류문학을 장려한 육 여사는 꼭 장원을 하기보다는, 참여할 수 있도록 권장했다. 그리고 주부백일장 입상자들을 청와대로 초청해, 주부의 교양과 알뜰한 살림에 대한 이야기를 나누기도 했다. 이 자리에서 육 여사는 직접 만든 수저 받침대를 꺼내 보이며 손님 대접에 유용하게 쓰인다며 생활 속 아이디어 개발을 권했다.

육 여사는 자유교육협회의 고전 읽기 운동에도 참여했다. 특히 교육적인 면을 살피며 어린이들의 고전 읽기를 권장하곤 했다. 1970년부터

4년 동안 그녀는 자유교양대회 입상자들을 청와대로 초청해 다과회를 베풀었는데, 입상자들에게 이런 말을 했다.

"내년에는 모두 1등을 했으면 좋겠어요. 그리고 국민들 모두가 독서를 생활화했으면 좋겠어요."

고전의 중요성을 널리 알리고, 많은 사람들이 고전을 사랑했으면 하는 마음에서 육 여사는 낙도나 새마을 지도자들에게 고전을 기증하기도 했다. 『논어 이야기』, 『율곡』, 『불교설화』 등이었는데, 전해진 책은 모두 5천 권이 넘는다.

국립박물관 최순우 관장은 육 여사의 한복맵시에 대해 수준급이라는 말을 했다. 그리고 신문에 한복이라는 제호로 글을 썼는데, 육 여사는 그 글을 읽고 직접 전화를 했다. 그만큼 우리의 것, 한복에도 관심을 가졌다. 또한 한복 못지않게 문화재에 대한 깊은 관심을 보이기도 했다. 육 여사는 평소에도 예술과 교양 분야에 대한 이해가 깊었다. 그리고 전문가들과 함께하며 우리 문화계에 대해 알아가는 것을 좋아했다.

세계적으로 이름을 널리 알리고 있는 '리틀 엔젤스'의 활동에 대해서도 흡족해 하며 더욱더 발전해 나가라는 격려의 뜻을 전했다. 육 여사는 이렇게 말했다.

"이미 알려진 민속무용을 답습하는 것에 그치지 말고, 창조적인 레퍼토리를 많이 개발하고 폭을 넓혀가는 게 좋겠어요."

1973년 3월, 육 여사는 예술인들을 청와대로 초청한 적이 있었다. 이때 예술인들과 오찬을 함께했는데 그녀의 예술에 대한 해박한 지식

60년대 유행한 선그라스를 낀 육 여사

은 예술인들을 놀라게 할 정도였다.

비대한 체격의 예술인에게는 혈압이 높지 않느냐고 물은 뒤, 건강해야 예술도 발전할 수 있을 것이라며 염려하기도 했다. 그리고 예술인 가운데 한 명이 알코올이 없느냐고 농담조의 질문을 하자, 그녀는 예술가들이 술을 좋아한다는 것을 깜빡 잊었다며 포도주를 준비해 자리를 더욱 화기애애하게 만들기도 했다.

제4장

어머니의 마음
아내의 마음

교육에 대한 열의

검소하고 서민적인 어머니

아내의 사랑 노래

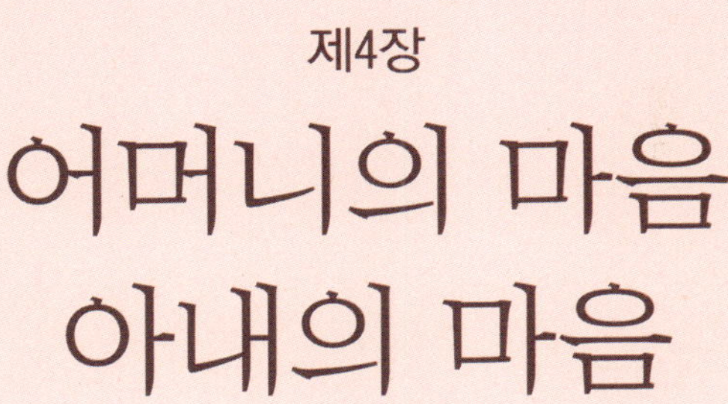

교육에 대한 열의

박 대통령 가족이 청와대로 이사하면서 근혜, 근영, 지만의 생활에도 변화가 생겼다. 특히나 한참 친구들과 뛰어놀 지만의 경우 청와대가 참으로 답답한 곳이었다. 함께 어울려 놀 수 있는 친구가 있는 것도 아

윷놀이 중인 박 대통령 가족

니었고, 그렇다고 아버지나 어머니와 늘 함께할 수 있는 것도 아니었기 때문이다. 교육에는 엄격한 육 여사였지만, 아들을 생각하면 아쉽고 미안한 마음이 드는 게 사실이었다.

청와대로 이사를 올 때, 근혜와 근영은 학교와 가까운 신당동 집에

머무르며 함께 오지 않았다. 누나들은 외할머니와 함께 지내고, 지만만 청와대로 온 것이다. 친구가 없어 외로운 아들을 위해 육 여사는 고민을 했다.

눈이 쌓인 청와대 정원에서 근혜, 근영, 지만

측근들과 함께 머리를 맞대고 고민한 결과, 육 여사는 또래의 친구들을 청와대로 부르기로 했다. 조심스럽게 또래의 아이를 둔 부모에게 이야기했다.

그리고 1965년에 들어 근혜와 근영도 청와대로 이사를 왔다. 그해 봄, 근혜는 성심여자중학교에 입학했고, 근영은 청운초등학교 4학년으로 전학을 왔다. 또 지만은 청와대에서 가까운 초등학교의 부속 유치원에 들어가 친구가 없어 지루하고 심심했던 시간을 어느 정도 해소할 수 있었다.

육 여사는 세 자녀의 담임선생님에게 이런 말을 했다.

"어른들 틈에서 지내는 생활을 하다 보니 친구가 없을 것이 걱정이 된다."

자녀들의 교우 관계를 위해, 그녀는 박 대통령이 청와대를 비울 때면 때때로 자녀들의 친구를 청와대로 초대했다. 지만이 초등학교 졸업반일 때는 같은 학년의 친구 전원을 청와대에 부른 적이 있다. 천여 명이 넘는 많은 아이들이 청와대 앞 잔디밭에서 함께 뛰어논 것이다. 육 여

사는 이때 남색 치마저고리를 입고 있었는데, 개구쟁이들의 손때가 묻
어 까맣게 변했다. 하지만 아들이 즐거워하는 모습을 보며 육 여사 역
시 치마저고리는 아랑곳하지 않고 함께 기뻐했다. 육 여사는 인자하면
서도 사랑이 넘치는 따뜻한 어머니였다.

지만이 초등학교 6학년이던 해였다. 날이 쌀쌀해지고 있는 초겨울이
었는데, 육 여사는 예고 없이 지만이 다니는 청운초등학교를 방문했다.
지만은 본래 서울대학교 사범대학 부속 초등학교에 다녔지만, 학군제
가 실시되면서 그해 봄부터 청운초등학교에 다니게 된 것이다.

육 여사는 세 자녀가 다니는 학교에서만큼은 절대로 '영부인'이라는
칭호를 사용하지 못하도록 했다. 이것은 학교 선생님에 대한 존경의 의
미이자, 자녀들의 교육에 대한 배려였다고 할 수 있다. 그야말로 모범
적인 학부형이었다.

그녀는 자신의 모습을 통해 자연스레 자녀들이 부모를 공경하고, 학
업에 집중할 수 있도록 했다. 근혜는 어머니가 서예 하던 모습을 이렇
게 기억하고 있다.

"어머니 자신은 서예에 상당한 애정을 가지고 있었습니다. 서예에 집
착한 것은 1970년대에 들어서였으며, 1973년 초부터는 항상 거처하는
방에 조그마한 서예용 책상을 마련해 두고 틈이 날 때마다 서예에 몰두
하셨습니다. 걱정스럽거나 고달플 때 언제나 책상 앞에서 단정히 붓을
잡던 모습이 마치 마음을 한곳에 모으며 정리하는 도인의 모습과도 같
았습니다. 제가 옆에서 먹을 갈아드리곤 했지만, 세상의 시름을 잠재우

서예하는 육 여사

려는 어머니의 모습에서 또 다른 힘이 느껴지는 광경이었습니다."

육 여사는 교문에서 멀리 떨어진 곳에 차를 세우게 하고는, 아들이 수업을 받고 있는 6학년 6반, 3층에 올라갔다. 교실 밖은 추웠지만, 학생들이 수업을 받고 있었기 때문에 학생들을 위해 복도에서 기다렸다. 30분이 지나 수업이 끝나자 교실 문이 열렸다.

그녀는 교실로 들어서면서도 아들을 먼저 찾지 않고, 담임선생님을 먼저 찾아갔다. 선생님께 미소 띤 얼굴로 위로의 말을 올린 뒤, 둘러선 아이들의 머리를 하나하나 쓰다듬어 주면서 학교생활 열심히 할 것을 당부했다. 그리고 청와대로 돌아가기 전, 담임선생님에게 커튼을 걷어 달라고 부탁했다. 다음 날, 육 여사는 커튼을 손수 빨아 아들 편에 보냈다. 선생님으로부터 감사하다는 전화가 걸려오자, 이렇게 말했다.

"뭘 그러세요. 학부형으로서 당연한 일인 걸요. 그때 교실에서 도와

드릴 게 무엇이 있나 생각했지요. 그런데 커튼을 빨아 드리는 것밖에 생각나는 것이 없었어요."

담임선생님은 지만이 숙제를 해오지 않을 땐, 손바닥을 때렸다. 이 사실을 알게 된 그녀는 아들의 담임선생님에게 전화를 걸어 말했다.

"참 잘하셨습니다. 숙제를 안 했을 때는 사정없이 꾸짖어 주십시오. 어머니로서 미처 살피지 못해 미안합니다."

물론 어머니의 역할만 하는 것이 아니었기 때문에 학교를 자주 찾아가기란 쉽지 않았다. 하지만 수시로 담임선생님과 통화를 하며 자녀들의 학교생활에 대한 이야기를 듣고, 학업 성적을 자세히 묻곤 했다.

그녀는 선을 지킬 줄 아는 학부모였다. 육 여사는 아들이 수줍음을 잘 타는 내성적인 학생이라고 이야기했지만, 사실 지만은 자신의 의견을 잘 이야기할 줄 아는 학생이었다. 이것은 아마도 세 자녀에게 자립 정신을 가질 수 있도록 지도한 덕분일 것이다.

세 자녀에게도 경호원이 있었지만, 도시락이나 가방은 꼭 스스로 들고 다니도록 했다. 또한 학교를 갈 때도 걸어 다니라고 했고, 자녀들이 특권 의식을 가지지 않을까 항상 염려했다. 자녀들에게 늘 친구들과 같이 생활하라며 타이르곤 했다.

근혜가 원효로 4가에 있는 성심여자중학교를 통학할 때였다. 어머니의 이와 같은 가르침의 영향을 받아 근혜 역시 통학할 때 항상 전차나 버스를 이용했다. 어머니의 검소함을 이어받아 스타킹까지 꿰매어 신고 다닐 정도였는데, 통학과 관련된 이런 에피소드가 있다.

근혜는 중학교에 입학해서는 기숙사 생활을 했고, 2학년 때는 학교

증축 관계로 기숙사가 폐쇄되자 청와대에서 통학을 했다. 처음에는 경호원과 함께 승용차로 학교에 오고 갔지만, 얼마 지나지 않아 어머니의 뜻에 따라 전차 통학을 했다. 근혜가 이용하는 전차는 효자동에서 원효로를 왕복했다. 세간에는 대통령 딸이 전차 통학을 한다는 소문이 파다하게 퍼졌다.

하루는 근혜가 전차에 올랐을 때다. 성심여중 교복을 입고 있는 그녀에게 전차의 차장이 물었다.

"학생이 다니는 학교에 대통령 딸이 다닌다면서?"

"네, 다녀요."

"전차 타고 다닌다던데?"

"그런가 봐요."

"그 학생 공부는 잘하나?"

"그런대로 하나 봐요."

"귀엽게 생겼어?"

그녀는 약간 난처한 듯 대답했다.

"글쎄요."

자신 없이 대답을 했다.

"키는 얼마나 되는데?"

"저만 해요."

바로 앞에 있는 근혜에게 청와대에 살고 있는 근혜에 대한 이야기를 물었던 것이다. 그녀는 모르는 척 대답을 해주었고 학교에서 돌아온 뒤 가족에게 자신이 전차에서 겪었던 이야기를 해 모두 웃었다.

육 여사는 세 자녀가 학교에서 시험 답안지를 가져오면 그것을 차곡차곡 모았다. 시험 답안지만 모은 것이 아니라, 학교 숙제와 그림, 작문, 성적표들을 모두 모아 두었다. 그리고 그것들을 자녀들이 결혼하게 될 때 어린 날의 사진과 함께 며느리와 사위에게 선물하겠다는 말을 하기도 했다.

그녀는 자녀들의 학교생활이 원만하게 이루어지도록 노력했다. 이런 점에 있어서는 사범학교 출신인 박 대통령 역시 마찬가지였다. 근혜의 운동회 날이었다. 박 대통령은 일정 상 근혜의 운동회에 조금 늦었지만, 운동회 행사 중 하나인 부모님 손잡고 달리기에 나섰다. 대통령 경호원들이 어쩔 줄 몰라 하며, 웃는 모습으로 뒤를 따라 달리기도 했다.

딸의 손을 잡고 달리는 아버지 박정희

육 여사는 자녀의 예절교육도 엄격하게 했다. 존칭을 바르게 쓰도록 하며, 일일이 가르쳤다. 자녀와의 대화 가운데 잘못된 존칭어를 사용하는 경우가 있을 때면, 그 자리에서 바른 말을 알려주곤 했다.

한 번은 탤런트 백일섭이 청와대에 부름을 받은 일이 있었다. 당시에는 대통령이 일선 위문공연을 다녀온 연예인들을 불러 고마움을 표시하고 격려도 해주었기 때문에 연예인들이 종종 청와대에 방문했다. 청와대를 방문한 백일섭은 박 대통령 내외와 함께 식사를 했다.

이후 TV에 백일섭이 나오자, 육 여사가 무심코 이렇게 말했다.

"어, 백일섭이 나왔네."

이 말을 듣고 함께 있던 초등학생 지만이 어머니에게 물었다. 자기들에겐 어른에게 높임말을 쓰라고 가르치면서 왜 백일섭에게는 '백일섭 씨'라 하지 않느냐는 말이었다. 육 여사가 늘 어른의 이름 뒤에는 반드시 '씨'라는 존칭을 붙여야 한다고 가르쳤기 때문이다. 그녀는 그 이후로 백일섭을 지칭할 때 항상 '백일섭 씨'라고 말했다.

존칭과 함께 항상 어른께 인사를 잘하라는 말도 했다. 육 여사는 아이들이 친구 집에 놀러 가게 될 때면 반드시 집안의 어른에게 깍듯이 인사를 하고, 일상의 평범한 언어까지도 올바른 습관을 가질 수 있도록 가르쳤다.

일반적인 가정보다 더욱 엄하게 예절교육을 시킨 것은 아이들이 혹시라도 특권의식을 가질까 하는 염려 때문이었다. 청와대에 살고, 아버지가 대통령이라는 생각으로 남에게 버릇없이 굴거나 눈 밖에 나는 언행으로 손가락질 받는 일이 없어야겠다는 생각에서였다.

육 여사는 결코 자녀에게 귀한 옷이나 장난감을 주는 일이 없었다. 아이들의 옷은 주로 남대문 시장에서 사다 입혔다. 정초가 되면 아이들에게 세뱃돈조차 주지 않았다고 한다. 하지만 엄격하게 예절교육을 받았기 때문에 누구 하나 돈을 달라고 조르거나 떼를 쓰지 않았다. 청와대에 살았기에 누구보다 좋은 장난감을 가지고 놀 수 있는 기회가 많았지만 제 또래가 갖고 있는 것보다 좋은 것은 가질 수가 없었다. 혹, 누군가 막내 지만에게 외제 장난감을 보내오더라도 육 여사가 미리 아들

대형 지구본을 보는 단란한 가족

이 만져보기 전에 치우곤 했다.

이런 노력에도 불구하고 세상은 청와대 가족을 고운 눈으로 보지 않았다. 아이들의 중학교 입학이 무시험 추첨제로 바뀌었을 때다. 이런 소문이 돌았다.

"공부 못하는 대통령 아들 때문에 입시제도가 바뀌었다."

또는 아이들을 비꼬는 이런 풍문도 있었다.

"대통령 자녀들이 연필 끝의 고무를 빨고 물어뜯는다고 해서 연필에 고무를 달지 못하게 한다."

육 여사는 항상 아이들에게 미안한 마음을 가지고 있었다.

"딸들은 크니까 그런 엄마를 이해하지만 막내 지만이는 몹시 맘에 걸린다. 그래서 언젠가 지만이한테 물었다. 누구네 엄마처럼 대해주면 좋겠느냐고." 이 물음에 지만의 대답은 이랬다. "제 친구네 집에 가서 카드놀이를 할 때는 온돌방이라 점수 적기가 힘들거든요. 그런 일은 엄마가 옆에서 다 해줘요."

지만에게는 같이 있어주고 같이 놀아주는 엄마가 필요했던 것이다. 아직 철들지 않은 아이다운 모습이 드러나지만, 다정스런 엄마가 부럽다는 뜻이 여실히 느껴진다.

지만에게는 또 하나의 불만이 있었다. 바로 동생이 없다는 점이었다. 한 번은 육 여사가 지만의 일기를 몰래 본 적이 있었다. 일기에는 이런 내용이 있었다.

"우리 엄마 뱃속에는 아무래도 아기가 없나 보다."

동생을 갖고 싶었던 건 지만뿐 아니라 두 누나도 마찬가지였다고 한다. 큰딸인 근혜는 엄마와 아빠, 그리고 어린 아기가 다정히 모여 있는 사진 12장을 모아 자신의 방을 장식했다.

노는 것을 좋아하는 지만의 당시 별명은 '엉터리 박사'였다. 이 별명은 아버지인 박 대통령이 지어준 것인데, '제한' '억제' '억압'과 같이 어려운 낱말을 제대로 쓸 줄 몰랐기 때문이다. 또한 '모르는 것 빼놓고는 다 안다'고 해서 이런 별명을 붙여줬다고 한다.

육 여사는 '공부 잘해라'라는 말을 한 번도 하지 않았다. 자녀교육을 하는 데 있어 방침이라면 원만한 인격을 형성하게 하는 것이라고 했다. 그리고 밖에 나가서 사람들과 대화를 나눌 때 화제가 떨어지지 않도록 신문이나 TV와 같은 매체들을 자주 접하게 했다. '도나리드 쇼' '도망자' '타잔' '우주가족' 등 TV 프로그램을 선별해 주는 것만 보아도 세심한 배려가 보인다.

대부분의 부모가 그러하듯, 자녀의 건강에도 신경을 많이 썼다.

제가 고등학교 입학을 앞두고 있고 여동생이 중학교 입학을 앞두고 있을 때였습니다. 밤늦게까지 저희들 방에 불이 켜져 있는 것을 보고 어머니는 몹시 안타까워하셨습니다. 건강이 염려된다면서 간식을 준비해 온 어머니는 음식을 많이 먹으면 포만해져 정신집중이 어려우니 되도록 식사 때는 적게 먹고 대신에 영양가 있는 간식을 먹으라고 하셨습니다. 밤늦게 커피 대신 토마토를 내주고 야채를 갈아 주고, 밤중에 우리가 졸지 않나 몇 번씩 우리 방문 앞을 왔다 가시던 어머니의 조심스런 발자국 소리를 지금도 기억합니다.

– 박근혜 저, 『나의 어머니 육영수』 중에서

한 번은 지만이 체력 검사를 앞두고 있을 때였다. 지만은 '윗몸일으키기'를 잘하지 못했는데, 이 사실을 알게 된 육 여사는 직접 아들의 훈련을 맡기도 했다. 물론, 지만은 어머니와의 훈련을 통해 어려워하던 '윗몸일으키기'에서 만점을 받을 수 있었다.

지만은 1971년 2월 청운초등학교를 졸업했다. 이후 추첨제도에 따라 서울 배문중학교로 진학하게 되었는데, 육 여사는 아들의 장래희망에 대해서도 항상 귀를 기울이고 있었다.

"어려서는 훌륭한 장군이 되는 게 소원이라던 지만이가 요즘은 유능한 과학자가 되겠다고 해요. 어렸을 때는 장군만이 나라를 위해 일하는 사람인 줄 알고 있었거든요. 그래서 장군뿐만 아니라 지금 우리나라에서는 여러 분야에 걸쳐 유능한 과학자를 필요로 하고 있다는 얘기를 해 주었어요. 장군 못지않게 과학자로서도 나라에 공헌할 수 있다는 것을 이해시켜 준 것이지요."

맏이인 근혜가 대학에 입학할 무렵이었다. 육 여사는 큰딸에게 사학 전공을 권했다. 하지만 근혜는 우리나라의 산업 현실을 봤을 때, 전자 산업에 대한 기대가 크다는 생각을 해 어머니인 육 여사에게 전자공학을 공부하겠다고 고집했다. 육 여사는 사학 전공을 접고, 큰 딸이 원하는 공부를 할 수 있도록 지원을 아끼지 않았다.

육 여사는 모든 생명체를 귀하게 여길 줄 알았다. 1972년 봄, 맏이 근혜와 함께 청와대 산책길을 걷고 있었다. 안개가 자욱한 아침이었기에 안개 속의 나무들은 촉촉하게 젖어 생기 있는 모습을 띠고 있었다. 모녀는 산비탈 쪽을 걷고 있었는데, 갑자기 발길을 멈추고는 길에 떨어진 미나리 한 줄기를 주워들었다.

이미 많은 사람들의 발에 밟힌 미나리였는데, 육 여사는 딸에게 미나리를 한 번 보여주더니 미나리를 버리지 않고 개울 옆에 조심스럽게 심었다. 그리고는 산책을 할 때마다 그 미나리를 살피며, 잘 살아나고 있는지 관심을 기울였다. 얼마 후였다. 개울가의 미나리가 파랗게 싹을 틔우기 시작하자 육 여사는 어린아이처럼 기뻐했다.

"근혜야, 미나리가 살았지?"

아무리 작은 식물이라도 생명이 있는 것이라면 함부로 대하지 않았다. 겉으로 드러나는 것보다 속에 더 많은 것을 담고 살았다.

1974년에는 온 가족이 진해에서 여름휴가를 보냈다. 저녁식사를 마치고 가족은 밤낚시를 나갔는데, 박 대통령의 낚싯대에 물고기가 걸렸다. 육 여사는 낚싯대에 걸린 비단고기를 보더니, 불쌍하니 도로 놓아주자고 말했다. 아내의 청에 박 대통령은 잡은 물고기를 바다에 놓아주었다. 이 모습을 보고 지만이 말했다.

"한쪽에서는 잡고, 한쪽에서는 놓아주고. 어머니, 아버지 하시는 일이 마치 수수께끼 같아요."

생명은 귀한 것이고, 무엇 하나 소중하지 않은 것이 없다. 육 여사에겐 특히 그러했다. 가족들과 함께하며 자연을 즐기는 동안에도 그녀는 자연스레 자녀들에게 교육을 하고 있는 셈이었다.

육 여사는 소탈하고 친근감을 주면서도 따뜻한 어머니였다. 어머니로서 육 여사가 가지고 있는 기본 신조는 겸손과 성실이었다. 그녀의 기본 생활자세가 '최선을 다한다'는 것이었다. 그녀는 "최선을 다하지 않았을 때는 숙제를 못 다한 학생과 같은 기분이 든다."라는 말을 종종 측근들에게 하곤 했다.

세 자녀의 교육 또한 내조 못지않은 관심사였다. 육 여사는 아이들로부터 '어머니는 우리한테 성실, 노력, 최선을 다하라는 말을 빼놓으면 할 말이 없을 것'이라는 농담을 받을 정도로 이 세 가지를 강조했다. 자녀들의 장래 문제에 대해서는 본인들의 의사를 가장 크게 배려한다는 방침으로 한 번은 지만 군이 정치가가 되겠다면 어떻게 하겠느냐는 물음에 "그가 성장해서 그 방면으로 나가면 뒷받침을 해줘야겠지만 권하고 싶지는 않다."고 대답했다는 것. 젊은이들의 장발 문제와 관련, 육 여사는 박 대통령이 바라는 것보다 조금 더 긴 머리를 아들에게 허락해 줬으면 하는 견해를 보인 적도 있었다고 한다.

- 「동아일보」 1974년 8월 16일

지난 선거를 전후하여 나의 얼굴이 많이 알려진 것은 무척 많은 불편을 가져다주었습니다. 전에는 시장이나 거리에 나가면 모든 것을 마음 편히 둘러보고 돌아올 수 있었는데 근래엔 많은 사람들의 시선에 감시를 받는 입장이 된 것 같습니다. 그러므로 어디까지나 빈틈없는 가정의 주부요, 어린이들의 어머니라는 위치에서 벗어나지 않는 나로 하여금 국민들과 동떨어진 사람으로 고립되어 있다고 생각될 계기를 마련치 말아 주었으면 하고 부탁하고 싶을 때도 있습니다.

나 자신이 이러한 것을 느낄 때 또한 나의 아이의 입장도 깊이 생각지 않을 수가 없습니다. 부모들의 지위 때문에 평범하고 자유스러워야 할 어린 시절이 남의 호기심과 화제의 주인공으로 오르내린다는 것은 그들의 생활에 많은 불편을 가져다 줄 것입니다. 그러기에 이때까지도 그래왔지만 어머니 된 나로서는 아이들에게 좀 더 세심한 주의를 더욱 기울이지 않을 수 없습니다.

　교육 면에 있어서 학교의 과목점수에 구애되어 1,2등을 원하기보다는 차라리 도의적인 면에 더욱 신경을 쓰게 되고, 친우 관계에 있어서도 빈부의 차이 없이 친밀한 우정을 나눌 수 있는 아이들이 되어 주기를 바라고, 또한 그러한 길로 이끌어 주려 힘썼으며 아이들이 자만심을 갖지 않도록 하기 위하여 도보 통학은 물론, 간혹 먼 곳으로 야외활동을 나가는 경우에도 반드시 버스나 합승을 이용토록 하며, 반드시 지정된 학교의 교복을 입고 등교토록 하고, 비싼 옷보다는 깨끗한 옷이면 말없이 입어야 하는 습성을 길러 주는 등, 학용품 일체에 있어서도 외래품의 사용이 없도록 남보다 더 주의를 하여야 할 때가 많은 것입니다.

　전과 같이 아이들과 함께 지내주는 시간을 많이 갖지 못하면서 전보다 더 많은 주의를 받아야 하는 아이들의 입장에서는 부모들의 위치가 자랑스럽기보다는 오히려 불만인 것 같습니다. 옛날과 같지 못한 위치의 나를 못마땅해 하는 표정으로 보는 것 같은 아이들을 대할 때마다 부모로서 그도 또한 미안한 일이 아닐 수 없습니다.

　다만 다행인 것은 학교에 다니는 두 아이가 다 그렇지만, 특히나 철이 든 6학년 큰아이가 자기의 부주의와 잘못은 아버지와 어머니에게까지 미친다는 것을 항상 머리에 두고 모든 면에서 스스로 주의하며 노력하고 있는 것이 고마울 뿐이며, 앞으로도 내가 계속 겸손을 지키고 결코 지금의 이 자리가 남의 칭송을 받는 자리가 아니라 누구보다 짐이 무겁고 어려운 일을 감당하며 나아가야 할 자리라는 것을 말과 행동으로 아이들에게 보여줌으로써, 가장 두려운 아이들의 자만심을 길러주지 않도록 하는 하나의 산교육이 될 것이라 확신합니다.

그리고 지난날처럼 내가 스스로 식사를 준비하고 식단을 꾸밀 기회가 불가능해짐은 무엇보다 귀중한 것을 잃은 것 같은 안타까움이지만 적어도 그분과 이이들을 위해, 그리고 손님을 위해 식사의 메뉴를 짜는 것만큼은 틈나는 대로 직접 하려 노력해왔고 또 노력함으로써 주부로서의 긍지를 계속 지니고 싶은 욕심은 언제까지나 변함이 없으리라 생각합니다.

그뿐 아니라 너무도 무관심했던 나 자신의 의상 문제에 있어서도 이젠 좀 더 신경을 써야겠고, 나의 취미를 본위로 하기보다는 나 개인을 떠난 위치에서 디자인을 골라야 하고, 배색을 해보기 위해 내가 좀 시간을 허비한다고 해서 이를 사치라고 허물할 사람이 있을까요?

- 육영수 저, 『자녀교육의 신조, 겸손과 성실』 중에서

육 여사는 1971년 신년에는 어머니들의 또 다른 역할을 이야기했다.

"불량상품 추방이 신년에 여성들이 해야 할 가장 큰 과제입니다. 불량상품 추방은 여성들이 반드시 이루어야 해요. 일본에서와 같은 불량상품 불매운동, 주걱데모 등을 남의 나라 애기로만 듣지 말고 우리 여성단체도 그 정도로 나와야 할 거예요. 여성단체들의 합심과 리드, 주부들의 자각과 협력으로 불매운동을 벌이면 악덕 상인들도 손들고 말 겁니다."

1971년 육 여사는 신해년을 맞으면서 새해맞이 소감을 털어놓았다.

"이제 시·도 단위로 뻗어나갈 어린이회관을 짓게 되면 '편리한 회관'을 짓는 갖가지 아이디어를 활용할 수 있겠어요. 우선 회관 높이가 좀

가족들과 뜰에서 단란한 시간을 보내는 육영수 여사

더 낮아져야지, 지금처럼 높아서는 안 되겠어요. 5층 정도에서 엘리베이터 없이 넓은 계단으로 자유롭게 오르내릴 수 있게 하고 회관 주변은 넓게 터를 남겨두겠어요. 야외 놀이터도 만들고, 공원도 만들어 벤치를 곳곳에 마련해서 쉬게 하고, 스케이트장도 만들어주고, 미국의 디즈니랜드처럼 완전한 어린이 낙원을 만들어 주고 싶어요.”

육 여사는 어머니의 역할에 대해 이렇게 이야기했다.

과거 우리의 어머니들은 안방과 부엌이 그들의 전부였습니다만 오늘날은 경제, 교육, 문화, 외교 등 어머니의 능력이 크게 국력에까지 미치고 있어 가정적으로나 사회적으로 큰 부분을 차지하고 있습니다. 또한 세계의 흐름 속에 호흡해야 한다는 것도 여러 어머니들은 잘 알고 계실 줄 믿습니다.

사람은 항시 내일, 즉 미래의 어떤 희망과 기대로 말미암아 오늘이 고달파도 미련을 갖고 살 수 있는 것이 아니겠습니까? 미래의 희망이란 우리의 귀여운 아들딸들입니다. 그들을 우수한 국민으로 만들고 복된 나라를 물려줄 수 있어야만 우리는 어머니로서의 책임과 도리를 다했다고 볼 수 있겠지요.

오늘날 청소년 문제가 사회 문제로 크게 확대되고 있음을 우리는 사회나 딴 어떤 원인에만 그 책임을 돌릴 수 없는 것입니다. 반항하고 타락하는 청소년들의 손목에 채워지는 수갑은 부모님의 책임이 컸던 것입니다. 과연 '청소년 선도의 날'을 정하여 구호에만 그칠 것이 아니라 그늘에서 헤매는 불우한 그들을 감싸주는 따뜻한 인정을 마음껏 베풀어야 될 줄로 압니다.

어머니의 생활이 바로 우리 자녀들의 성격과 인격 조성에 본바탕이 되며, 또한 자녀들의 생활의 지표가 될 것입니다. 우리는 주변에 한 사람의 이기적인 천재보다는 서로 믿을 수 있고 협조할 줄 아는 범인 백 사람을 필요로 합니다. 우리나라 여성들도 보다 많은 사회참여와 활약으로 그 지위가 향상되어야겠지만, 그에 앞서 한 가정의 어머니로서 높고 깊은 사랑을 토대로 건실한 주부요, 지혜로운 어머니로 명랑한 가정을 이끌어 나가야 되겠습니다.

가정은 국가의 초석이요, 아들딸은 나라의 주인공이므로 내가 이 자리를 빌어 강조하고 싶은 몇 마디는, 최근 사회의 물의를 일으켜 화제의 대상이 되고 있는 자녀교육 문제로서 가정마다 환경과 조건이 다르다고는 하나, 부모의 욕망을 채우기 위한 이용물로 아이들에게 특기교육이나 과외공부라는 과중한 부담을 짐 지우면서까지 치열한 경쟁의식 속에 남을 앞서야만 되겠다는 것과, 남들이 하니까 내 아이도 시켜야만 한다는 일부 어머니들의 지나친 자녀 사랑은 오히려 아이들의 몸과 마음을 멍들게 하는 것으로 이 모순된 자녀 교육열이 사회풍조가 되어 버린 요즈음 여러 부모님들의 현명에 호소하고 싶은 마음입니다. 이러한 맹목적인 자녀교육의 뒷받침에 그 어린이가 자라서 부모님의 응원 없이 무슨 일을 할 수 있겠습니까?

여러분도 잘 아시다시피 문명사회가 점점 고도화되고 다양해짐에 따라 지난날 우리들의 어머님들께서 주시던 자애로움, 그것만으로는 감당할 수 없는 새로운 어머니의 역할이 오늘날 우리들에게 요구되고 있습니다. 물론 우리 어머니들은 희생과 사랑을 마음의 바탕으로 삼아야겠습니다만, 한 가정의 경영자로서, 자녀들의 산 교육자로서, 또한 민주사회의 한 참여자로서 새 시대가 우리들에게 부여하는 차원 높은 사명은 특히 머리를 잘 쓰는 현명한 어머니가 되어야 한다는 것을 강조하고 있습니다.

진정, 나는 믿기를 우리들은 자기의 분수에 따라 가계를 영위하는 알뜰한 주부가 되고 변천하는 사회에 항상 눈을 밝히어, 커가는 자녀들과 더불어 그들의 갈 길을 의논하고 가르치는 민주적인 교육자가 되고 또한 이웃을 존중하고 서로 협조하는 여성이 되려고 노력하는 가운데 우리들의 소망은 은연 중 이루어질 것이며, 우리들은 그 자랑스러운 유산을 후손들에게 물려주게 될 것이라는 것입니다.

– 육영수 저, 『어머니는 가정의 경영자』 중에서

검소하고
서민적인 어머니

육 여사의 검소함은 익히 알려져 있다. 대통령의 부인이 되기 전, 의장 공관 초기 시절이었다. 손님들을 배웅하고 공관에 들어서며, 육 여사는 응접실의 전깃불을 끄기 위해 스위치를 누르곤 했다.

영부인이 된 후, 육 여사는 우리나라에 끼니를 굶는 동포가 있는 한 나라의 번영을 이루기는 어렵다는 생각을 갖고 지냈다. 이런 생각을 늘 마음에 두며, 육 여사는 청와대 생활이 시작되는 첫날부터 밥 짓는 쌀에서 어려운 이웃을 위한 한 줌을 따로 떼어 모았다. 이렇게 모은 쌀이 1964년 6월, 반년 동안 네 말이 되었다. 육 여사가 이렇게 쌀을 모았다는 사실을 알게 된 비서들은 '이웃돕기 운동'을 하고 있는 신문사에 알리자고 했지만, 육 여사는 신문에 나는 것은 좋지 않을 것 같다며 말렸다. 그리고 이 쌀은 청와대의 청소부로 일하는 네 사람에게 골고루 나눠 주었다.

남편이 한 나라의 수장인 대통령이기 때문에 남편의 음식과 옷을 챙김에 있어서도 적지 않은 신경을 썼다. 한때 넓은 넥타이가 유행한 적이 있었다. 육 여사도 박 대통령에게 유행에 어울리는 산뜻한 넥타이를 권한 적이 있는데, 받아들여지지 않았다. 그래서 그녀는 오래된 넥타이를 박 대통령의 손이 닿지 않는 곳에 슬며시 감추었다.

또한 부엌살림은 일반 가정과 큰 차이가 없었다. 당시 우리나라의 경제 사정이 좋지 않았던 탓으로 혼식과 분식을 장려했는데 청와대 가족들도 혼식과 분식을 자주 먹었다. 그녀가 나물을 좋아하기도 했지만, 가을철이 되면 상에 박나물이 자주 올라왔다. 육 여사가 꾸리는 박 대통령의 가정은 상류층의 모습이 아니었다. 한 나라의 대통령임에도 불구하고 박 대통령 내외는 검소한 생활을 이어갔고, 생활수준은 중류층 이상을 넘지 않았다.

1967년, 육 여사는 양지회 활동을 활발하게 하고 있었는데, 활동 가운데 하나는 '마을문고 보내기' 봉사였다. 그녀와 회원들은 책장에 서적을 넣고 포장한 뒤, 끈으로 단단히 묶은 내용물을 낙도나 벽지로 발송했다. 그런데 끈으로 묶다 보면 끈의 길이가 남아서 잘라야 할 때가 있다. 헌데, 육 여사는 몇 센티미터 되지 않는 끈 꼬투리를 버리지 않았다. 쓰다 버린 볼펜대에 챙챙 감아서 간수해 두곤 했는데, 테이프 조각들 역시 볼펜대에 붙어 있었다. 육 여사의 이런 모습을 보고 왜 그러는지 회원 한 명이 물었다. 그러자 그녀는 웃으며 이렇게 대답했다.

"아, 이거 말예요? 살림을 하다 보면 다 요긴하게 쓰일 곳이 있어요."

육 여사의 절약과 알뜰함은 생활화되어 있었다.

1971년에 이르러서는 정부에서 혼식을 권장했지만, 밀가루조차 외국에서 수입해 먹어야 하는 형편이었다. 육 여사는 밀가루를 대신할 수 있는 것을 찾다가 보릿가루를 생각해냈다. 우리나라의 기후를 보더라도 보리는 이모작을 할 수 있기 때문이다. 농림부에서는 보릿가루를 권장하고 있었는데, 이에 대한 내용을 먼저 발의한 것이 육 여사였다.

한 번은 지프를 타고 이동하던 중, 차창 너머 구멍가게에서 국화빵 굽는 모습을 보았다. 국화빵이 먹음직스럽게 보였기에, 육 여사는 사람을 동대문 철물점 시장에 보내 빵이 잘 구워지는 헌 기계를 하나 구해오도록 했다. 결국 헌것이 없어 새것을 구해왔고, 육 여사는 그 기계를 이용해 보릿가루를 섞은 빵을 구웠다. 청와대를 찾은 손님들에게도 보릿가루 빵을 권하며 이렇게 말했다.

"이거 빛깔은 약간 거무스름하지만 맛은 아주 그만이에요."

육 여사가 멀리한 것은 흰 것 세 가지였다. 흰 설탕, 흰 밀가루, 흰 쌀밥. 육 여사는 과학적인 근거와 구체적인 수치를 들어가며 기회가 있을 때마다 보릿가루를 권장했다.

여태까지는 감이 영양가는 별로 없이 그저 단맛으로만 먹는 것인 줄 알았어요. 아마 다른 분도 같으리라고 생각하는데, 우연히 어떤 책을 보니까 감 중에는, 특히 단감에는 비타민C가 사과의 다섯 배, 배의 여섯 배 하고도 4분의 1이나 더 들어있고, 비타민A도 많이 들어 있다더군요. 20~28세의 성장기 여성이 하루 감 한 개를 먹으면 일일 비타민C 필요량이 모두 공급된다고 해요. 또 감은 접목도 잘 되고, 기르기도 쉽잖아요. 감이 영양가가 많다는 이야기가 알려지면 아마 감 값이 올라갈걸요. 부업으로 장려하면 좋을 거예요.

- 『새농민』 1970년 4월호

육 여사는 난민촌이나 천막촌도 자주 찾았다. 신문기사의 내용을 보고 표시를 해두기도 하고, 주변의 이야기를 통해 어려운 국민들을 찾아나서기도 했다. 삼양동과 연희동, 구로동, 남가좌동 등 여러 곳에 난민촌이 있었다. 6·25전쟁 후 곳곳에 생겨난 무주택자와 판잣집 철거민들, 그리고 한강변의 수재민들이 모여 마을을 이루고 있었다.

이 무렵 육 여사는 의장 공관에 살고 있었는데, 공관 마루를 수리하자는 이야기가 나왔다. 썩어서 삐걱거리는 마룻바닥을 수리하려 목수를 부르려 할 때였다. 육 여사는 강하게 반대했다.

"안 돼요. 난민촌 사람들의 생활이 눈에 아른거려 그런 것 수리할 심정도 못 되지만, 지금 우리가 그런 수리를 할 처지도 아니란 말이에요. 공관의 마루 수리도 요긴한 일인 줄은 알아요. 그러나 불우한 사람을 돕는 일이 더 시급하지 않겠어요?"

육 여사가 서독을 방문하기 전이었다. 본격적인 방독 준비에 들어선 것은 9월 중순이었으며, 서독으로의 출발은 12월이었다. 육 여사에게 해외 방문은 처음이었다. 방독을 앞두고 육 여사는 서독의 뤼브케 대통령을 비롯해, 그곳에서 만나게 될 주요 인사들과 그들의 부인에 대해 공부했다. 육 여사는 독일의 역사와 경제, 문화를 비롯해 독일 국민들에 대해서도 공부했다.

육 여사는 치마저고리 한 감을 같은 천으로 끊는 일이 거의 없이 검소하게 생활했다. 그렇기 때문에 외국 방문 때 입고 갈 만한 마땅한 의상이 없었다. 여사는 무엇을 입어야 좋을지 한참을 고민했다. 그리고는 양장을 입기보다 한복을 입기로 마음먹었다.

"좀 불편하더라도 한복을 입기로 했어요. 그 머나먼 곳으로 가서 고생하고 있는 사람들(서독에서 일하고 있는 광부와 간호사들)에게는 우리 옷차림으로 나타나는 것이 따뜻한 느낌을 주고, 고국을 그리는 마음을 조금이라도 위로해 주는 일이 아니겠어요?"

"격식에 맞도록 양복을 입으려면 그 비싼 옷값을 무슨 수로 당해 내겠어요?"

무엇보다 한복을 고른 중요한 이유 중 하나는 한국의 전통의상이 갖고 있는 아름다움을 보여주고자 한 것이다.

어릴 적부터 재봉에 소질이 있었던 육 여사는 한복이 가지고 있는 섬세함과 아름다움을 십분 표현할 수 있도록 노력했다. 한복을 만드는 열흘 동안 육 여사는 재봉사 옆에 앉아 재단이며, 깃과 동정 심지어 끝동을 다는 것까지 세세하게 지시했다.

이런 정성 덕분에 육 여사는 독일 대통령 내외를 비롯해 독일 국민들에게 강한 인상을 심어줄 수 있었다. 독일 뤼브케 대통령의 부인은 이렇게 말했다.

"그동안의 동란과 줄기찬 반공 투쟁을 통해 우리가 한국인에게 받은

인상은 용감하다는 것뿐이었는데, 육 여사의 모습을 접한 지금부터는
한국의 미를 두고두고 잊지 않을 것입니다."

1970년 11월, 그해 첫 추위가 있던 날이었다. 서울 시민회관 대강당
에서는 여성 저축생활 중앙회에서 주관하는 '제4회 여성 저축생활 촉진
전국대회'가 열렸다. 육 여사는 이 행사에 참석해 격려사를 했다.
"우리 주부들은 좀 더 철저하게 가계의 진단을 거쳐서 먼저 적자 요
인을 없애고, 흑자 가계를 이룩하는 데 슬기와 인내와 노력을 아끼지
말아야 합니다. 그리고 할 수 있는 한 가장 한 사람의 수입에만 의존하
지 말고 자기의 소양과 처지에 알맞은 일거리를 찾아 여가를 생산적인
면으로 선용하여 다소라도 살림에 보탬을 준다면 저축 생활에 진일보
한 경지를 이룰 것입니다. 이와 같이 우리는 알뜰한 살림에서 이루어지
는 저축이 바로 우리를 잘살게 만드는 길인 동시에 잘사는 나라, 부강
한 나라를 건설하는 일이라는 것을 다시 한 번 명심해야 합니다."

육 여사에게는 뼛속 깊이 검소함이 배어있었다. 그렇기 때문에 국민
들에게 저축을 권장하면서, 본인 스스로도 한 명의 주부로서 여성 저축
생활 중앙회 종로지부의 회원으로 참가해 정기 적금을 들었다. 여느 가
정에서 그렇게 하는 것처럼, 육 여사 역시 매달 불입하기로 약속한 금
액을 납부하면서 돈을 모은 것이다. 정기 적금이 만기되면 정기 예금으
로 돌리고, 또 다른 정기 적금을 들었다. 알뜰한 육 여사의 모습이 잘
드러난다.

육 여사는 비록 대통령 부인이었지만, 결코 특별하지 않았다. 지만은 6학년이 되던 해 봄에 청운초등학교로 전학을 했다. 그리고 다른 아이들과 마찬가지로 도시락을 싸가곤 했다. 다른 아이들은 대통령의 아들이 어떤 반찬을 먹을지 굉장히 궁금했다. 점심시간이 되자 같은 반인 아이들이 지만을 둘러쌌다. 어떤 반찬을 싸왔을지 궁금하다며, 빨리 도시락 뚜껑을 열어보라고 난리였다. 하지만 막상 지만이 도시락 뚜껑을 열었을 때, 몰려들었던 친구들은 기대 이하라는 표정을 지었다.

보리쌀이 섞인 혼식 밥에 반찬이라고는 소시지 두어 쪽, 배추김치, 깍두기가 전부였다. 교육에 관심이 많은 육 여사였지만 결코 아이들의 생활이나 교육과 관련해서 결코 욕심을 부리거나 과하게 돈을 쓰는 경우는 없었다.

1971년 설날 아침이었다. 설날 아침이라면 으레 대단한 잔칫상을 생각하기 쉽지만, 이날의 식탁은 조촐했다. 박 대통령과 육 여사 그리고 근혜, 근영, 지만 이렇게 세 자녀만이 둥근 식탁에 둘러앉았기 때문이다. 다섯 가족은 설날 아침 떡국을 먹었는데, 이렇게 오붓한 식사는 청와대 생활을 시작한 후 처음이었다. 지금까지는 늘 설날 아침이면 청와대의 모든 식구들과 함께 떡국을 먹어왔기 때문이다.

육 여사는 연말연시가 되면 "물가가 들썩이는데 나라도 보탬이 되었으면 한다."는 씀씀이를 보여줬다. 그래서 청와대 식구들에게도 집에서 설을 쇠도록 했다. 상대를 배려하면서도, 국가 예산까지 염려하는 모습이었다.

근혜가 학창시절이던 때였다. 겨울이면 의자가 너무 차가웠다. 이에 육 여사는 오래된 털모자의 끝부분을 풀어 네모난 방석을 만들어 주었다. 쉽게 생각하기 어려운 아이디어로 솜씨 좋게 방석을 만들어 준 것이다.

전기를 아끼는 데에 있어서도 부족함이 없었다. 더위가 절정에 닿은 여름이었다. 육 여사는 평소 아끼던 조카와 그의 자녀들을 청와대로 초청했다. 그들은 에어컨을 켜지 않아 덥다고 투정을 부렸다. 하지만 육 여사는 에어컨을 켜지 않고 미소와 함께 그들을 달랠 뿐이었다. 에어컨을 켜려면 집안의 모든 에어컨을 켜야 하는데, 오늘은 쉬는 날이라 그럴 수 없다고 했다. 그리고 전기의 힘도 좋지만, 자연 그대로의 땀도 흘려야 하며, 유류 파동으로 기름과 전기를 아껴야 하는 것이 우리나라의 실정이기에 청와대 안살림에서부터 절약을 실천해야 한다고 했다.

육 여사는 근검절약과 관련해 이런 말을 했다.

"옛날 우리의 조상들에게는 돈이라는 것이 없었습니다. 딱딱한 돌멩이를 갈아 생활에 썼고 그 뒤에 쇠를 녹여 돈이라는 것을 만들었지요. 그렇다면 우리의 정신 앞에서는 쇠도 돈도 녹지 않겠습니까?"

일상에 근검 정신이 녹아 있었다.

아내의
사랑 노래

육 여사는 자신의 마음을 절제할 줄 아는 여성이었다. 남편을 사랑하고, 섬겼기 때문에 남편을 함부로 부르지 못했다. 남편에게 순종하는 전통적인 생활관을 갖고 있었기에 더욱 그러했다. 그녀는 남편을 부를 때 '여보' '당신' 혹은 '누구 아빠' 이런 말을 쓰지 않았다. 그냥 "드세요."라고 하거나 혹시, 남편을 지칭해야 할 상황에서는 "저 좀 보세요."라는 말로 남편을 부르곤 했다. 수줍게 남편을 부르곤 했지만 그것 역시 또 다른 애정 표현이었던 셈이다.

박 대통령 앞에서는 몸가짐에 더욱 신경을 썼다. 옷맵시가 나는지 살폈으며, 절대 맨발을 보이지 않았다. 그렇기 때문에 그녀는 언제나 버선을 신고 있었다.

박 대통령은 가끔 그림을 그리곤 했는데, 외국에서 돌아오는 비행기

함께 폴라로이드 사진을 보는 다정한 부부

속에서 아내의 초상화를 그려 마음을 보이기도 했다. 또 지방 순시를 할 때는 불쑥 폴라로이드 카메라를 꺼내 아내의 모습을 담기도 했다.

육 여사는 특별히 목련을 사랑했다. 봄이 오면 박 대통령 내외는 청와대를 산책하며 행복한 시간을 만끽할 수 있었다. 바쁜 일정을 쪼개어 함께 보내는 시간을 갖는 것이었다. 어머니와 아버지의 모습을 본 근혜의 말이다.

"조용하지만, 각별한 사랑을 나누던 두 분의 모습을 해마다 목련이 피는 4월 중순이면 청와대에서 뵐 수 있었습니다. 두 분이 목련 꽃송이의 바다 속에서 어깨를 나란히 하고 다정하게 산책하는 모습이 제 방창 너머로 보이곤 했습니다. 목련나무 밑에 머물러 유심히 꽃을 바라보다가 저편으로 사라지는 두 분의 모습은 목련과 아주 잘 어울렸습니다. 오랜만에 아버지와 산책을 즐기는 어머니의 웃음 띤 얼굴은 활짝 핀 목련과 아주 닮아 있었습니다."

제5장

그늘진 곳에 빛을

일하는 퍼스트레이디

진심을 다해

일하는 퍼스트레이디

1968년 육 여사는 서울대학교에 '정영사'를 설립했다. 정영사는 박정희 대통령과 육영수 여사의 이름 중 가운데 글자를 딴 것으로, 서울대 기숙사의 이름이다. 육 여사는 배움, 교육에 관심이 많았기 때문

1974년 정영사를 방문한 육 여사

에 그녀의 주도 하에 인재양성을 목적으로 설립되었다.

정영사에는 아무나 머물 수 없었다. 서울대학교 학생 가운데에서도 단과대학별로 성적이 가장 우수한 지방 학생 4명에서 5명가량을 모아 머물도록 했다. 학년별로는 30명에서 40명가량이었다. 정영사는 대한민국 최고의 엘리트들이 모인 기숙사였다. 지금의 서울대학교 병원이

정영사 출신 졸업생들을 청와대로 초청

있는 연건캠퍼스의 의과대학원 기숙사 자리가 정영사 터였다.

정영사는 당시 3학년생인 서울대학교 66학번 39명을 시작으로, 81학번까지 유지되다 폐지되었는데, 육 여사는 종종 정영사 출신 인물들을 청와대로 초청해 함께 자장면을 먹기도 했다.

육 여사는 청소년을 위한 복지재단인 '육영재단'을 1969년 4월에 설립했다. 육영재단은 서울 광진구에 자리하고 있는데, 청소년들이 올바른 국가관을 확립하고 과학지식이나 문화예술 등 건전한 사상을 가질 수 있도록 하기 위한 곳이다.

어린이에 관심이 많았던 그녀는 1967년 월간 어린이 종합잡지를 창간한다. 종합지 『어깨동무』의 초대 발행인 겸 편집인은 육 여사였고, 1974년부터 박근혜가 발행인이 되었다. 이 종합지는 우리나라의 미래를 이어받을 어린이들에게 기초적인 소양을 기를 수 있도록 도와주고, 지혜와 꿈을 가꾸어주는 것이 목적이었다.

『어깨동무』 1967년 3월호

여태까지 해 오던 일을 더 성실히 발전시키고 싶어요. 가능하면 근로 여성을 위한 여성 회관을 몇 개 더 짓고요. 그리고 어린이 정서 교육에 특히 힘을 써 보고 싶어요. 어려서부터 대한민국의 국민으로서 긍지와 품위와 예절과 애국심을 키워 주고 싶어요. 아마 머지않아 어린이 예법 책이 나올 거예요. 『어깨동무』라는 어린이 잡지도 그래서 시작한 셈이지요.

— 「중앙일보」 1967년 1월 1일

육 여사가 『어깨동무』를 창간할 당시에는 어린이 잡지가 없었다. 육 여사는 행정부의 크고 작은 도움을 받아, 도시의 어린이는 물론 농어촌, 두메산골, 심지어 외딴섬의 어린이들 모두가 볼 수 있도록 했다.

그리고 직접 편집하면서, 모든 어린이가 두루 읽을 수 있도록 당시 우리나라의 상황에 맞는 내용으로 구성하였다. 육 여사의 노력으로 이루어진 어린이 잡지 『어깨동무』는 어린이 잡지의 선도적 구실을 한 것으로 높이 평가받고 있다.

그녀는 『어깨동무』를 보낸 뒤 어린이들에게서 받는 감사 편지에도 일일이 답해주었다. 때론 어린이들이 보내오는 조개껍데기, 난초, 버섯, 오징어 같은 것에 무척이나 감동을 받으며 고마운 마음을 표현하곤 했다. 그녀는 어린이들에게 많은 답장을 보냈다. 그중 한 편이다.

조영숙, 이선주, 김윤희, 이연희, 양미영 어린이들에게
보내 온 편지는 모두 잘 받아 보았어요.
하얀 물거품이 일고 있는 파도, 끝없이 수평선 위를 오가는 똑딱선, 모두

전설처럼 아늑한 섬 고장의 정경 속에 살고 있는 그곳 어린이들에게 이번에 재미있는 읽을거리가 많이 생기게 되어 한층 기쁘겠군요. 도서관을 차려 주신 전남일보사 아저씨들에게도 늘 고마운 마음을 가져야 되겠지요.

그리고 그동안 내가 보내주고 있는 『어깨동무』는 잘들 받아 보고 있겠지요. 몇 해 전에는 흑산초등학교 어린이들로부터 『어깨동무』를 잘 받아 보고 있다는 서신을 받은 기억이 있어요.

그곳 섬 고장에도 새마을 운동의 불길이 일어 잘사는 고장이 되어가고 있다니 매우 반가운 마음이며, 어린이들도 어린이들이 할 수 있는 일들을 통해 새마을 사업에 참여해야 되겠지요.

끝으로 이 서한을 통해 그곳 섬에서 각별히 수고하시는 교장 선생님을 비롯하여 여러 선생님과 어린이들에게 나의 안부를 전하기로 하며, 이동희 분관장에게도 안부 부탁하겠어요.

그럼 모두 안녕.

1973년 2월 15일, 육영수

『어깨동무』는 1967년 1월 1일 발간 이후, 1975년 4월호까지 모두 5백만 권을 발행했다. 그중에서 10퍼센트가량에 해당하는 50여만 권이 농어촌이나 낙도, 벽지 어린이들에게 무료로 보내졌다.

1974년 1월, 『어깨동무』 창간 7주년을 맞는 기념식장에서 제1회 〈어깨동무 가족상〉 시상식이 있었다. 이 상은 학교 성적이 우수하고 부지런한 학생 중에서 선발해 주어지는 것이었다. 그날 수상자들은 청와대를 방문하였다.

1월 20일 오후 2시, '어깨동무 가족' 20명을 여사는 대접견실에서 만나 다과회를 베풀어 격려해 주었다.

수상자 중 경남 삼랑진읍 송진초등학교에 다니는 6학년 박왕흠 군은 소아 마비를 앓아 신체가 부자유스러웠다. 그는 장애자임에도 성적이 뛰어나게 우수했고, 근면하기로도 학교에서 모범이었다. 여사는 그런 학생이 더욱 갸륵하게 여겨졌다. 머리를 쓰다듬어 주고, 손을 잡아 주며 격려해주었다.

— 김명주 저, 『육영수, 아름다운 내조가 천하를 얻는다』 중에서

처음에는 육 여사의 개인적인 사업의 하나로 『어깨동무』를 발행했다. 하지만 1969년, 청소년의 복지증진을 위해 설립된 재단법인 육영재단에 통합되어 발행처도 육영재단으로 바뀌게 되었다. 육 여사의 애정 어린 관심과 노력으로 발행됐던 『어깨동무』는 1987년 5월에 종간되었다.

이어 1968년 5월에는 농어촌 여성 계몽지인 『희망의 등불』이 양지회를 통해 발간되었다.

책머리에서 육 여사는 아래와 같이 밝히고 있다.

"저마다 자립해야겠다는 마음이 앞서는 날, 우리나라는 보다 부강한 나라가 될 것이라고 믿는다. 이러한 분들에게 희망의 등불이 되기를 바라면서 이 책을 발간하기에 이르렀다."

비록 가난하고 환경은 좋지 않았지만, 그런 가운데에서도 자립한 이들의 이야기가 『희망의 등불』에 서려있었다.

책에는 12년간 식모살이를 하며 모은 17만 1천 6백 원으로 고향의 폐산 13만 평을 사서 개간해, 지금은 어엿한 봉당골 여사장이 된 김정애 양의 이야기를 비롯해, 오랫동안 밑바닥 생활을 해왔으나 굳건한 의지로 성공한 16명의 수기가 담겨있다. 또한 이 책은 매년 10만 부씩 찍혔는데, 전국 각 농어촌에 무료로 배부되었다.

1집에 이어, 2집은 69년에 발간되었다. 그리고 3집과 4집에 이어 1972년 2월에 5집이 발간되었는데, 5집을 끝으로 『희망의 등불』 발간은 중단되었다. 이 무렵 정부에서 새마을 운동을 활발하게 진행함에 따라 사업내용에 중복이 많았기 때문이다.

5년에 걸쳐 38만 부 넘게 발간된 『희망의 등불』은 농민과 농어촌 부녀자들을 일깨우는 데 큰 역할을 했다.

1968년 새해를 맞으며 가진 잡지와의 인터뷰에서 어머니는 '한 나라의 부강은 여성의 손에 달려있다'고 분명하게 말씀하셨고, 같은 해 농촌 주부들에게 보내는 글에서는 '농촌 여성들이 나서서 누에치기라도 한다면 각각의 농가는 여성들에 의해 목돈을 마련할 수 있는 좋은 기회를 얻는 결과'라고 하여 여성의 역할이 나라와 가정의 발전에 지대한 영향을 미치고 있음을 강조했습니다. 이런 주부의 마음, 여성의 마음이 모이면 가정에서 뿐만 아니라 사회적으로도 큰일을 할 수 있다는 것을 어머니는 체험을 통해 이미 알고 있었습니다. 그러므로 여성의 힘을 모으고 그런 여성들에게 용기를 주기 위한 일을 마련하느라 애썼습니다.

1971년, 어머니는 여성들의 힘으로 식생활을 개선하여 국민의 체위 향상을 꾀하는 운동을 전개했습니다. 전국에서 모인 3천여 주부들과 함께 '국민체위 향상을 위해 각 가정의 부엌과 식탁에서부터 혼 · 분식을 실천하자'고 결의한 뒤, 대통령에게 혼 · 분식을 제도화하는 행정조치와 분식품에 대한 과세율 인하 등을 요청하는 건의문을 보내기까지 했습니다. 여성들의 합해진 힘의 위대함을 어머니는 몸소 보여 주었던 것입니다.

— 박근혜 저, 『나의 어머니 육영수』 중에서

육 여사는 여성 근로자에 대해서도 신경을 많이 썼다. 법률적으로 봤을 때만 성 평등이지 실질적으로 봤을 때는 어떤 일에 있어 기회조차 균등하지 않다고 보았다. 그리고 남성보다 낮은 임금이나 결혼 후에는 일을 그만둬야 하는 상황들을 볼 때 너무나 마음 아파했다.

"이제는 여성이 남성보다 훨씬 괴로운 시대가 아닌가요? 아이 교육도 이제 엄마가 맡게 되고, 더 잘살기 위해 직장에도 나가고, 임신 분만의 고통, 가사의 중책 등 2중 3중의 고통을 짊어지고 있는데 기회를 주지 않고 임금도 낮고 임신 출산을 싫어하는 기업주를 그대로 놓아두는 정부의 잘못도 있다고 봐요."

육 여사는 여성 권익을 담당할 수 있는 보좌관제를 대통령에게 건의했다. 여성 근로자의 대우가 좋고, 여성이 일할 수 있는 분야가 넓어져야 남편의 부정부패를 막을 수 있다는 것이 육 여사의 생각이었다. 남편과 아내가 함께 벌면 경제적으로 여유도 생기고, 집안의 분란이 적어진다는 것이다.

여성에 대한 관심에 이어 어린이에 대한 관심도 많았다. 이에 육 여사는 양지회원들과 함께 어린이 문고를 낙도와 벽지의 초등학교에 보내기도 했다. 이때 보냈던 책들 중에는 『희망의 등불』이나 『성웅 이순신』 등이 있었다.

육 여사는 "이 책들이 어린이들의 정서와 슬기를 함양하는 데 알뜰히 이바지되기를 바란다."는 말을 전하기도 했다.

이뿐 아니라 육 여사는 어린이날에 맞춰 어린이 대공원과 어린이 회관의 건립도 주도해 1972년엔 부산에 어린이 회관을 세웠다.

서울에 세워진 어린이 회관은 1970년 5월 25일 문을 열었다. 당시 동양 최대 규모를 자랑하는 어린이 회관은 서울 남산 어린이 놀이터 옆에 위치했다. 건물은 지하 1층, 지상 18층 규모였는데, 건물 내부에는 체육관과 수영장, 무용실 등 다양한 체험실이 있었고, 과학실과 미술 음악실, 도서관, 새 서울 전망대 등이 고루 갖춰져 '어린이의 파라다이스'라는 말이 붙을 정도였다.

이날 기념식은 오전 11시부터 진행되었고, 낮 12시 30분부터 17층 새 서울 전망대에서는 육 여사가 서울시내 210개 초등학교에서 뽑힌 각 1명의 대표들과 함께했다. 육 여사는 샌드위치 등 어린이들이 좋아하는 음식을 준비해 오찬을 베풀었는데, 이 자리에는 박 대통령과 자녀들도 함께했다.

어린이들에게 쏟았던 애정의 결정체가 바로 '어린이 회관'이라 할 수 있다. 하지만 "시설을 확장하려 해도 도심에 있어 어렵고, 또 건물이 너무 높아 어린이들에게 위험을 준다."고 말하면서 더 좋은 시설을 만들지 못한 것에 대해 안타까운 마음을 보이기도 했다.

이어 육 여사는 어른들이 사용하는 골프장 '서울 컨트리 클럽'의 넓은 잔디밭을 어린이 대공원으로 만들었다. 어린이 대공원은 1973년 5월 5일, 어린이날에 맞춰 개장했다. 어린이 대공원은 지금도 많은 가족들이 찾는다. 잔디밭 약 9만 평, 시설물 4만 평으로 된 총 22만 평의 공원이다.

1972년 11월 3일. 어린이 대공원 기공식에서

육 여사는 동화실, 영사실, 과학실, 민속실, 미술실 등 어린이들이 자유롭게 상상하고 즐길 수 있는 공간을 마련했다. 또한 야외 음악당에서는 5,000여 명이 잔디밭에 함께 앉을 수 있게 하였고, 시내에 살고 있는 어린이들이 자연 생물과 익숙하게 지낼 수 있도록 신경을 많이 썼다. 어린이 대공원의 식물원에는 쉽게 볼 수 없는 열대 식물들이 가꾸어져 있으며, 동물원에는 애완동물과 조류가 사육되고 있다.

육 여사는 어린이와 동행하는 어른들을 위해 휴게소인 육각정과 전망대 격으로 이용되고 있는 팔각정 등을 설치하도록 했다. 그리고 어린이들이 좋아하는 놀이동산도 만들었는데, 놀이동산 아이랜드iLAND에는 하늘차를 비롯해 번개차, 회전그네, 요술집, 꼬마기차 등 아이들이 좋아하는 오락시설들이 설치됐다.

육 여사는 난민을 돕고, 어려운 처지에 있는 국민들에게 희망을 이야기하곤 했지만 쉽지 않은 일이었다. 일을 할 수 있도록 기계를 들여 주어도 제품을 팔 수 있는 유통망이 마련되지 않아 어려움은 쉽게 해소되지 않았다. 게다가 일부 작업장에서는 지도비, 교재비, 교통비 등의 이유로 공동 수익금을 멋대로 지출해 결국 손해를 보는 상황에 이르렀다.

처음 육 여사가 생각한 것과 다른 방향으로 일이 진행되어 그녀는 협동 정신이나 자립심을 기를 수 있는 또 다른 방안을 모색하기에 이르렀다. 무엇보다 교육과 훈련이 절실한 상황이었다. 그래서 거의 모든 난민촌에 공민학교를 마련해 학습에 동참할 수 있는 여건을 만들었다.

1973년에는 어려운 청소년들의 직업보도를 위해 '정수 직업 훈련원'을 설치했다. 정수 직업 훈련원은 육 여사가 불우이웃돕기사업에 힘을 기울이고 있다는 사실을 알게 된 미국 하원의원의 도움을 많이 받았다.

한해 전인 1972년 당시 미국 하원 오토 패스먼 의원은 육 여사에게 25만 달러를 기금으로 보냈고, 이 기금을 바탕으로 불우청소년들을 공업입국의 기수로 양성하기 위해 훈련원을 설립한 것이다. 설립부터 육 여사의 정성이 깃든 이곳에는 실습장, 기숙사 등 훈련원 곳곳에 육 여사의 손길이 닿아 있는데 박정희 대통령의 '정'자와 육영수 여사의 '수'자를 딴 '정수'라는 이름에서부터 알 수 있다.

공사가 한창 진행되고 있던 1973년 6월의 어느 날이었다. 이날은 비가 많이 내려서 공사장이 진창이었다. 그런데 육 여사는 아무런 예고도 없이 공사 현장에 나타났다. 현장 상황이 어떤지 모두 둘러보고는 인부들을 향해 이렇게 말했다.

"이 집은 앞으로 불우청소년들의 영원한 보금자리가 될 곳이니 내 집을 짓듯 튼튼히 지어 달라."

생활이 어려워 상급학교로 진학을 할 수 없게 된 훈련생들은

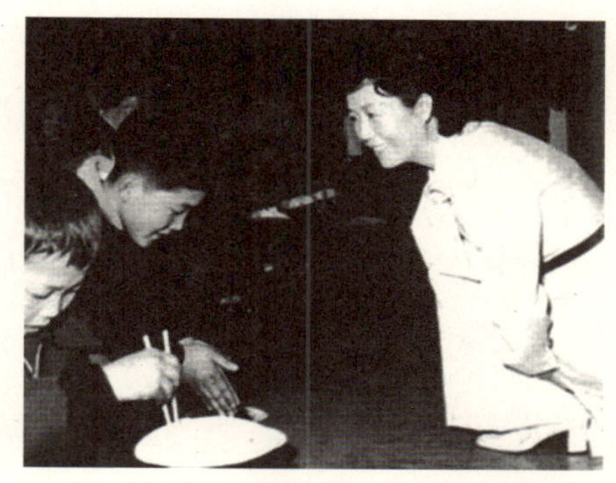

정수 직업 훈련소의 훈련생들을 돌아보는 육 여사

국내 산업을 이끌어 갈 미래의 주역이었다. 가난하지만, 배움에 대한 의지가 강한 청소년들에게는 희망의 산실이었다.

1973년 10월 17일, 개원식에는 박 대통령과 육 여사가 함께 참석했다. 이 자리에서 육 여사는 훈련생들에게 이렇게 말했다.

"가정형편이 어렵다는 시련을 극복하여 용기와 슬기를 갖고 유능한 기술인이 되어 달라."

그리고 개원식이 끝난 뒤에는 훈련생들을 일일이 한 명씩 불러 옷차림 등을 살펴보고, 그들에게 용기와 당부의 말을 전했다. 또한 훈련원의 식당 영양사에게도 당부의 말을 잊지 않았으니, 훈련생들을 내 자식같이 여겨 밥을 잘해 먹여달라는 말이었다.

개원식이 있고 얼마 지나지 않아 날씨는 쌀쌀해졌다. 겨울이 되면서 에너지파동으로 모든 국민들이 심한 추위 속에서 힘든 나날을 보내던 때였다. 육 여사는 느닷없이 훈련원에 전화를 걸어, 실습장의 온도가 몇 도인지 물었다. 섭씨 10도라고 하자, 교육을 받고 있는 훈련생들이 몹시 춥겠다며 그들을 위해 겨울 내의를 한 벌씩 보내주기도 했다.

육 여사의 정성과 훈련생들의 노력은 좋은 결과를 보여줬다. 훈련원은 개원한 지 11개월만인 1974년 9월 2일에 1기 졸업생을 배출했다. 훈련생들은 개원 1년도 채 되지 않은 74년 7월 6일, 기능경기대회에서 우수한 성적을 올렸다. 육 여사는 훈련생들의 소식을 듣고는 자기 일처럼 기뻐하며, 입상한 훈련생과 교직원을 청와대로 초청했다. 또한 설이나 추석과 같은 명절에는 잊지 않고 훈련생들을 위해 떡과 고기 등을 보내며 따뜻한 어머니의 마음으로 사랑을 전하기도 했다.

진심을 다해

육 여사는 나환자에 대한 관심도 각별했다. 당시 나환자촌을 돌던 육 여사를 많은 사람들이 기억하고 있다.

1965년 봄이었다. 육 여사는 그해 식목일을 맞아 꽃씨 상자 9개를 9개의 나환자 마을에 보냈다. 몸은 조금 불편하지만, 꽃을 보며 마음만은 밝고 환했으면 하는 바람을 담았다. 이후 그녀의 꽃씨를 받은 나환자들이 맨드라미, 봉숭아, 백일홍이 예쁘게 핀 사진을 감사 편지와 함께 보내왔다. 육 여사는 이듬해에도 꽃씨를 다른 나환자 마을에 보냈다. 꽃씨 보내기는 해를 지나며 계속되었고, 나환자들과의 소중하고 따뜻한 인연이 이어졌다.

나환자들과 편지를 자주 주고받으며, 육 여사는 나환자들이 일반 목욕탕에 갈 수 없다는 사실을 알게 되었다. 그리고 그들만을 위한 공중 목욕탕을 지어주었다. 전남 나주군에 있는 현애원에 공중목욕탕을 지어주자 고맙다는 편지가 여러 통이 전해졌다. 육 여사는 그 편지들을 잊지 않고 챙겨보며, 나환자들에게 목욕탕이 꼭 필요하다는 사실을 다시금 알게 되었다.

육 여사는 사회적 약자인 나환자에 대한 관심을 예전보다 더욱 갖게 됐고, 1970년 6월엔 한 사람의 비서와 함께 직접 나환자 마을을 찾았다. 경기도 양주군에 있는 성생농장과 천생원이 그곳이었다.

성생농장에 들어선 육 여사에게 나환자들의 모습이 보였다. 코는 뭉그러져서 제대로 된 형태가 아니었다. 손가락도 마디가 몇 개씩 떨어져 있었다. 살점이 뚝뚝 떨어져 나간 것 같은 모습은 참혹했다. 하지만 그 사람들 사이에 보이는 아이들의 모습은 너무 해맑았다. 게다가 아이들의 얼굴이나 몸은 일반인과 다르지 않았다. 육 여사는 그곳을 둘러보

나환자 촌에 방문한 육 여사

고, 아이들의 얼굴을 하나하나 들여다보던 중 한 아이가 코를 흘리고 있는 것을 보았다. 아직 어린이 아이는 엄마의 치마를 붙들고 있었다.

"내가 코를 닦아줄까?"

육 여사는 아이 앞으로 다가간 뒤, 아이를 안아 올렸다. 그리고는 가방을 열어 손수건을 꺼내 아이의

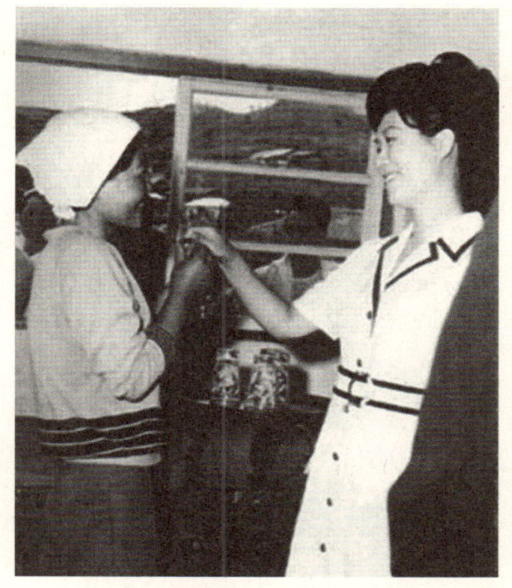

나환자의 손을 거리낌 없이 잡는 육 여사

코를 닦아 주었다. 이 모습을 보고 있던 나환자 마을 사람들은 크게 감동을 받았다.

아이의 어머니는 미안한 마음에 어쩔 줄 몰라 했지만, 육 여사는 대수롭지 않게 여겼다. 그리고는 진작 들렀어야 했는데, 너무 늦게 찾아와서 미안하다며 인사를 건넸다. 육 여사는 마을 사람들에게 인자한 미소를 띠며 인사를 한 뒤, 지도자의 손을 잡아 악수를 했다. 사람들은 다시 한 번 놀랐다. 이어 육 여사는 곁에 있는 사람들의 손을 잡으며 상냥하게 물었다.

"만나게 돼서 반갑습니다. 고생이 많으시죠? 아이는 몇이나 되세요? 농사는 잘되시나요?"

육 여사는 사람들과 이야기를 나눈 뒤, 전에 보내준 꽃씨가 무럭무럭 자라 마을을 환한 꽃밭으로 만들어 놓은 모습을 보았다. 육 여사는 마

을 지도자, 주민과 함께 회의장으로 들어갔다. 그러자 한 아이가 육 여사에게 다가와 음료수를 한 병 건네고는 고개를 까딱이며 수줍게 인사를 한 뒤 도망치듯 달아났다. 육 여사는 음료수는 조금 있다 마시겠다며, 냉수를 한 그릇 달라고 했다. 잠시 후 대접을 받아든 육 여사는 맛있게 냉수를 들이켰다. 그동안 자신들을 벌레처럼 대하는 사람들만 만나오던 나환자들에게 육 여사의 모습은 놀라울 뿐이었다. 진심으로 그들을 인격체로 대해주었기에 그들은 감동할 수밖에 없었다.

육 여사는 나환자들과 함께 이야기를 나누었다. 그들의 이야기를 들어주며, 나환자로 살아가는 고충을 들었다. 그리고 마을의 소득을 올리기 위해 어떤 방법이 좋을까 생각하던 중, 돼지 사육에 대한 이야기가 나왔다. 육 여사는 돼지와 관련해 조금 더 연구해 보겠다는 말을 남기고 마을을 떠났다.

육 여사는 성생농장에 이어 천생원에도 방문했다. 그리고 성생농장에서 그랬던 것처럼 나환자들의 손을 일일이 잡고, 안부를 물으며 그들과 허물없이 이야기를 나눴다. 천생원에 살고 있는 나환자들도 가장 중요한 문제로 소득증대를 들었다. 육 여사는 이곳에서도 주민들과 함께 소득을 높일 수 있는 방안에 대해 고민했다. 그리고는 성생농장에서 나왔던 양돈 사업 얘기를 이곳에서도 했다.

청와대로 돌아온 육 여사는 나환자촌 얘기를 박 대통령에게 했다. 박 대통령은 "당신다운 일을 했다."며 흐뭇해 했다.

나환자를 돕는 구라救癩사업은 더욱 활기를 띠었다. 1970년에는 새마을 운동이 진행됐는데, 이 무렵은 육 여사가 본격적으로 구라사업을 펼

치던 때였다. 육 여사의 구라
사업은 새마을 운동과 연계되
어 그 어느 때보다 활발했다.

　육 여사가 경기도 양주의
성생농장과 천생원에 다녀갔
다는 소식이 전해지며, 나환
자 마을에서는 육 여사의 방
문을 손꼽아 기다렸다.

현애원에 선물로 준 씨돼지를 흐뭇하게 보는 육 여사

　당시 나환자 마을의 실태는 다음과 같다.
　① 생계유지에 지장이 없는 마을 : 12개 촌
　② 가까스로 의식주를 해결하는 마을 : 40개 촌
　③ 생계를 이어가기가 불안한 마을 : 23개 촌
　④ 외부 보조 없이는 생계를 이어갈 수 없는 마을 : 11개 촌

　육 여사는 생계유지가 가능한 12개 마을과, 외부 보조가 반드시 필요
한 11개 마을을 제외한 63개 마을에 대해 특별히 관심을 기울였다.

　육 여사는 양지회에서 구라사업을 진행할 수 있도록 했다. 그리고 나
환자 마을을 위한 모금 운동을 수시로 벌였고, 크리스마스를 앞두고는
크리스마스 씰을 팔았다. 또 음악회로 모금 활동을 하고, 헌 옷을 팔기
도 했다. 이렇게 모여진 기금은 나환자 마을의 양돈 사업에 쓰였다.

사업을 진행함에 있어서는 몇 가지 원칙이 있었다.

첫째, 돼지는 다섯 가구당 한 마리씩 지원하며, 지원한 돼지는 반드시 다섯 가구의 공동재산으로 해야 한다.

둘째, 축사와 사료는 자치적으로 해결해야 한다.

셋째, 기증받은 돼지가 처음 새끼를 낳으면 암돼지 두 마리를 양지회에 기증해야 한다. 이는 다른 나환자 마을을 돕기 위해서이다.

육 여사는 나환자들을 인격적으로 대했다. 그들과 일반인의 차이는 단 한 가지였다. 나병에 걸렸느냐, 걸리지 않았느냐. 그들에게는 자립심을 키워줄 필요가 있었다. 스스로의 능력을 기르는 데 도움을 주는 방법이었다.

육 여사는 마을 지도자들이 자신의 뜻을 온전히 받아들일 수 있도록 최선을 다해 설명했다. 그리고 마을 지도자들 역시 육 여사의 뜻을 충분히 이해했다. '씨돼지 보내기 운동'은 활발하게 진행됐다.

육 여사는 관심을 갖던 63개 나환자 마을 중에서 1차로 37개 마을에 씨돼지 470마리를 공급했다. 처음엔 다섯 가구당 한 마리였다. 나환자들은 최선을 다해 돼지를 길렀고, 돼지의 수는 크게 늘어났다. 이에 어떤 사람들은 자신의 몫으로 돌아온 돼지를 방에서 기를 정도로 정성껏 보살피기도 했다.

양돈 사업은 크게 번창했다. 나환자들은 양돈에 이어 양계에도 눈을 돌리기 시작했다. 육 여사의 든든한 지원과 주민들의 노력이 합쳐져 사업은 계속된 순풍을 맞았다.

게다가 이 무렵 새마을 운동도 또 다른 지원자가 됐다. 집집마다 상수도가 들어오고, 튼튼하지 못했던 벽과 옛날에 지어진 부뚜막에는 시멘트가 발라졌다. 주변 환경은 크게 달라졌고, 나환자 마을 사람들은 열심히 하면 잘살 수 있다는 희망을 가질 수 있었다. 또 마을에 전기를 끌어와 세상이 밝아졌다.

육 여사는 1973년 10월 한국기독교 구라회 초청으로 서울에 수학여행 온 나병 치유자 자녀들을 청와대로 초청했다. 40여 명의 학생들은 소록도의 성실고등공민학교와 경북 의성의 경매농원, 전남 남원의 보성농원 분교에 다니는 학생들이었다. 이들에게 다과를 베푼 육 여사는 당부의 말을 했다.

"여러분은 나병 치유자의 자녀라는 부당한 차별 때문에 불우한 조건에 놓여 있으나 그럴수록 더욱 마음을 강하게 먹고 남보다 열심히 일해 불우한 사람들을 도울 수 있는 훌륭한 사람이 되어 주길 바랍니다."

김두영 전 청와대 비서관은 육 여사의 활동을 회상하며 말했다.

육 여사의 나환자 정착촌에 대한 애정은 특별했다. 그들을 만나면 손가락이 온전치 않은 손을 덥석 잡으며 반가움을 나누었다. 그들이 육체적으로 불행했지만 누구보다 순수하고 진실하다는 것을 믿고 있었다. 멀리 전북 익산에 있는 음성나환자촌 상지원을 방문했을 때는 집집마다 찾아가 부엌까지 들여다보며 사는 모습을 살폈다. 전국 37개 정착촌을 골라 육 여사를 중심으로 모인 지도층 부인들의 봉사단체인 양지회를 통해 오 백여 마리의 새끼 돼지를 나누어주기도 했다.

- 『인터뷰 365』 2009년 8월 4일

육 여사는 나환자 정착촌인 십정농장에서 살고 있는 한하운 시인에게 편지를 보냈다. 이 편지에는 육 여사의 서명과 양지회의 일원이었던 김종필 총리 부인인 박영옥 여사의 서명도 함께 있다.

한하운 귀하

남달리 어려운 처지에서 그간의 시련을 극복하고 이제 자립의 경지에 이른 귀 정착장의 발전을 축하하며, 앞으로 더욱 보람찬 내 고장 건설을 위해 애쓰는 귀하와 그곳 십정농장 주민 여러분의 노고를 높이 치하하는 바입니다.

익산 한센인 정착마을에서 육 여사를 전 주민이 배웅하는 모습

그동안 우리 양지회에서는 어려운 사정 하에 있는 전국 나정착장 주민들의 자활능력을 증대시켜 보고자 노력한 끝에 다소의 재원이 마련되었기에, 아직 자립의 터전을 마련치 못한 동료 정착장의 양돈 사업을 전개키로 하면서 우선 전국 86개 정착촌에 영농서적 등을 갖춘 책을 한 상자씩 보내주기로 했습니다.

이제 자립의 터전을 확보함으로써 후진 정착장 동료 여러분에게 새로운 가능성을 실천으로써 보여주고 있는 여러분의 노고를 다시 한 번 높이 치하하며 귀 십정농장이 더욱 모범되고 빛나는 고장이 되기를 간곡히 바라는 바입니다.

귀하를 통하여 그 고장의 동료와 주민 여러분에게 우리들의 각별한 안부를 전하고자 하며, 여러분 가정에 항상 행복과 보람이 함께하기를 바랍니다. 안녕히 계십시오.

1971년 11월 20일 육영수

나환자들의 복지, 자활을 돕는 단체인 '사단법인 한빛복지협회' 회원은 아직도 매년 8월 14일이 되면 국립묘지에 들러 육 여사 추도회를 열고 있다.

1968년 여름이었다. 서울 지방에는 엄청난 비가 내렸다. 7월 3일 밤 늦게부터 내리기 시작한 비는 집중호우로 돌변했다. 서울은 늦은 밤 때 아닌 폭우를 맞아야 했다. 영동 지역 잠원동 일대의 150가구는 시간이 지나며 기하급수적으로 불어나는 강우량 때문에 고립될 위험에 놓이

기도 했다. 결국 동민들은 급한 대로 짐을 싸서 가족과 함께 신동초등학교로 대피했다. 그들은 몇 명씩 조를 나누어 교실 몇 개를 차지하고, 비가 그치고 물이 빠지기를 기다리고 있었다.

육 여사는 집중호우로 국민들이 어려움에 처했다는 소식을 듣고 가만히 있을 수가 없었다. 늦은 시간이었지만, 몇 가지 구호물품을 차에 싣고 비서 한 사람과 함께 주민들에게로 향했다.

청와대에서 동작동국립묘지 앞을 지날 무렵, 강물은 이미 넘쳐나 차를 타고 이동할 수 없는 상황이었다.

결국 그녀는 나룻배를 불렀다. 하지만 뱃사공은 "한강이 넘쳐날 정도로 비가 내리고 있어 위험하다."며 선뜻 배를 띄우려 하지 않았다. 우여곡절 끝에 뱃사공을 설득하여 나룻배는 한강을 건넜다. 육 여사와 비서는 나룻배를 대기시켜놓고 걸어가기 시작했다. 신동초등학교까지는 아무리 가까워도 2킬로미터는 족히 넘을 거리였다.

나룻배에서 내려 밟은 땅은 흙탕길이었다. 발목까지 빠져 제대로 발을 옮길 수도 없는 상황이었으며, 육 여사가 신고 있는 고무신은 벗겨지고 또 벗겨졌다.

다시 한 번 비서는 육 여사에게 돌아갈 것을 권했지만, 그녀는 주민들을 꼭 만나고 가야 한다며 앞으로 발을 내딛었다. 비서가 그녀의 머리 위에 우산을 씌워 주었지만, 강우로 인해 젖지 않을 수는 없었다. 흙탕물은 육 여사의 치맛자락을 젖게 만들었으며, 나중에는 비서도 구두를 벗어야만 걸을 수 있을 정도였다.

시간이 많이 흘렀지만 비는 계속해서 내리고 있었다. 한강의 수위는 갈수록 높아져만 갔고, 지상에 들어찬 물도 좀처럼 빠질 기미가 보이지 않았다. 대피한 사람들 중에는 몸이 아픈 사람도 생겨나기 시작했다. 씻지도 못하고, 잠도 제대로 잘 수 없었으며, 먹을 것도 넉넉하지 않은 상황이었다.

마을 사람들은 불안한 마음으로 교실 안에 웅크리고 앉아 있었다. 그런데 그때 물웅덩이로 변해버린 운동장을 지나 교정으로 걸어오는 한 여인이 보였다. 여인의 앞을 젊은 청년이 안내하고 있었다.

교실 안으로 들어온 여인은 머리에 쓰고 있던 수건을 벗었다. 이미 온몸이 비로 흠뻑 젖은 상태였다. 하지만 사람들은 한눈에 알아볼 수 있었다. 이렇게 자신들을 만나기 위해 힘든 길을 마다하지 않고 달려와 준 사람이 바로 영부인이라는 것을. 아무리 도와달라고 외쳐도 누구 하나 선뜻 나서지 않는 곳으로 영부인이 달려와 준 것이다. 목숨이 위태로울 수 있는 위험한 지역에 온몸이 젖는 어려움을 이겨내고 온 것이다. 상상할 수 없는 일이었고, 주민들은 모두 감격하지 않을 수 없었다.

교실에 모여 있던 사람들은 촛불을 들고 육 여사에게로 모여들었다. 그녀는 수건으로 젖은 얼굴을 닦으며, 사람들에게 인사를 건넸다. 가져 간 구호품을 사람들에게 나눠주며, 힘을 내라고 격려했다. 그녀는 한 시간쯤 지난 뒤 다시 발을 옮겨야 했는데, 돌아가는 길 역시 문제였다. 나룻배를 세워둔 곳까지 가는 것도 힘겨운 일이었다. 한강은 넘쳐, 무 엇 하나 보이지 않았다. 뱃사공은 올 때보다 한강의 수위가 더 높아져 위험하다며 도강을 만류했다. 하지만 아무런 방도가 없었다. 결국 목숨 을 걸고 깊은 밤, 한강을 건넜다.

그해 여름, 서울은 폭우로 수난을 겪었지만 전라남도 지역은 가뭄이 심했다. 60년 만에 맞은 대한해大旱害라는 말이 나올 정도였다. 전국적으로 가뭄이 심했지만, 특히 전라남도 지역의 가뭄은 상상을 초월하고 있었다. 신문에서는 연일 '곡창이 타들어간다'라는 표제로 기사를 내보냈다. 당시 상황을 그리고 있는 보도이다.

> 곡창지대 전남의 들이 또다시 타고 있다. 작년 8월 이후 비 같은 비, 물다운 물은 구경조차 못한 전남의 대지가 빈사 상태에서 물을 찾는 사자처럼 헐떡이고 있다. 물줄기를 찾아 곳곳에 파 놓은 구덩이가 메마른 아가리를 벌리고 있고, 논바닥은 거북이 등처럼 갈라졌다. 원망스럽기만 한 하늘을 우러르며 농민들은 주문처럼 되뇌고 있다. 비! 비! 비! 그러나 33도를 웃도는 더위 속에 하늘은 맑기만 하다.
>
> - 「조선일보」 1968년 7월 25일

1967년에도 영산강은 바닥을 드러냈다. 전라남도 광주 지역에서는 소방차를 동원해 식수를 공급하곤 했다. 힘겨운 한 해를 보냈건만, 다시 찾아온 여름도 비를 주지 않은 것이다.

68년 8월 초가 되면서, 육 여사는 광주에 매일 두 대의 열차에 식수를 실어 보내도록 했다. 풍족한 식수 지원이 되지는 못했지만, 어려운 시기를 함께 극복하자는 깊은 마음을 전달하기에는 충분했다.

그녀는 매일, 아침저녁으로 도지사에게 전화를 걸었다. 직접 상황을 살필 수 없었기에 전화를 통해서라도 상황을 점검하려 했던 것이다. 날씨가 어떤지, 국민들의 형편은 어떤지에 대해서 손수 확인하고자 했다.

결국 연일 보도되는 가뭄에 대한 기사를 보다 못해, 8월 11일 백철 교수, 이숭녕 교수 등과 함께 직접 피해 상황을 살펴보려 전라남도 지방으로 내려갔다. 일요일이었고 무척이나 더운 날이었다. 직접 본 전라도의 상황은 안타까운 마음을 이루 말로 할 수가 없을 정도였다. 그와 관련해서 이런 기사가 있다.

> 내외분이 공통으로 가졌던 관심사는 한해 지방 문제. 소나기만 와도 관계 부처의 장관과 전화를 하곤 했던 대통령의 내심을 부인은 '당연한 일'이라고 생각한다. 정책을 펴는 사람들의 위치에서 보면 시책의 계획에 차질도 올 것이고, 국가의 손해에 대한 구체적인 실감도 할 테니 국민보다 더 걱정하고 초조해 하는 것이 마땅한 일이라고. 그러면서도 그 정경을 옆에서 보자니 안타깝고 딱해서 걱정을 함께 하고, 가족이 진해로 간 사이 일요일을 이용하여 한해 지방을 돌아보러 간 것.
>
> — 「주간한국」 1968년 8월 25일

물론 도지사에게 연락해 경호와 관련된 부분은 일체 하지 못하도록 일러두었다. 일행은 광주에 도착한 뒤, 나주 군청에 들러 공산면으로 향했다. 당시 한해가 가장 심했던 지역이었다.

한 방울, 한 줄기의 비가 절박하던 때였다. 마을 주민의 얼굴에는 희망의 줄기가 전혀 보이지 않았다. 절망이 가득할 뿐이었다. 물이 없어 땅은 갈라질 대로 갈라져 있었고, 상황이 그렇게 되자 농민들의 마음

역시 찢겨질 뿐이었다. 불볕더위 앞에서 주민들은 맥 빠진 모습이었다. 메마른 논에 간신히 뿌리내린 벼는 새까맣게 탄 모습이었다. 그 어디에서도 생기를 찾아볼 수 없었다.

"너무 낙담해서는 안 돼요. 얼마 안 있어 정부미가 내려올 테니, 이런 때일수록 힘닿는 데까지 애써 보세요. 너무 낙담 마세요."

실의에 빠진 농민을 위로하고 있었지만, 눈앞에 펼쳐진 광경을 보며 육 여사의 목소리는 점점 떨리고 있었다. 육 여사의 한마디에 그 자리에 있던 여인들도 눈물을 흘렸다.

육 여사는 논두렁길을 걸어갔다. 거북이 등처럼, 아니 거북이 등보다 더 갈라진 메마른 논이었다. 말라 타 버린 논 구석에서는 내팽개쳐진 양수기가 있었다. 누군가 희망의 끈을 잡고 젖 먹던 힘을 다해 돌렸을 양수기. 육 여사는 논 구석으로 가 그 양수기를 보았다. 그리고는 양쪽 장대를 잡고 올라서서 양수기를 직접 발로 밟아 보았다.

메마른 양수기는 조금씩 소리를 내며 돌아가기 시작했다. 육 여사는 울고 있었다. 빈 양수기를 밟으며, 육 여사는 소리 없이 울고 있었다. 도지사 부인이 다가가자 육 여사는 손수건으로 눈물을 닦으며 양수기에서 내려왔다. 구름 한 점 없는 맑은 하늘이 야속할 뿐이었다.

육 여사는 천 켤레의 고무신과 오백 상자의 구호품, 의료품을 마을에 나눠 주었다. 그리고 『희망의 등불』을 마을 부녀자들에게 전해주면서 시련을 이겨내라고 당부했다.

"한해의 역경 속에서도 웃음을 잃지 않고, 명랑한 표정을 보여준 전라남도 주민들의 지혜로운 수난 대처 태도가 올 여름에 느낀 보람의 전부라고 할 수 있겠어요. 공산면에서 만난 노인들이 밥을 실컷 먹고 싶다고 하던 말이 아직도 안쓰럽기만 해요."

육 여사가 함께 있던 기자에게 건넨 말이다.

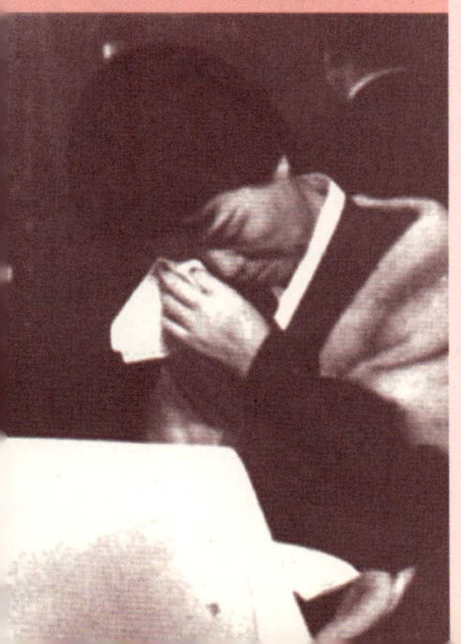

하늘의
눈물

하오 7시

군악대의 장송곡

하오 7시

1974년 8월 15일, 해방 29주년 되는 광복절이었다. 육 여사는 전날 밤, 서재에서 밤이 깊도록 민원을 처리하며 하나하나에 정성을 기울여 답장을 보냈다.

8월 15일, 조간신문을 통해 본 날씨는 다음과 같다.

"고기압 골이 통과하는 중부 지방은 한때 비가 온 후 차차 개겠으나, 남부 지방은 구름이 다소 끼고 소나기가 오겠다."

이날은 우리나라에 처음으로 지하철이 개통되는 날이었다. 박 대통령 내외는 오전 10시 광복절 기념식에 참석한 뒤, 11시엔 서울 지하철 개통식에서 시승식을 갖기로 했다. 게다가 저녁 6시 반부터는 광복절 축하 연회에도 참석해야 했다.

광복절의 의미도 뜻깊지만, 우리나라에 지하철이 개통된 것도 대단한 일이었다. 공사가 시작되고 3년 4개월 동안 총공사비 6백억 원, 연인원 4백만 명의 동원 끝에 완공된 지하철이었다. 지하철을 계획했을 때는 그 누구도 성공을 믿지 않았다. 하지만 대한민국에도 지하철 시대가 시작된 것이다. 당시의 감격스러움을 신문지면은 이렇게 보도하고 있다.

지하철 시대의 부저가 울렸다. 이 땅에 철마를 선보이던 경인선 등 수도권의 각 선에서는 쾌속의 전철이 들어서서 철도사의 새로운 장이 펼쳐졌다. 수도권에서는 화려한 축제가 벌여졌다. 거리는 들뜬 시민들로 술렁이고 곳곳에 마련된 기념아치와 현수막은 축제 무드를 더해 주었다

– 「서울신문」 1974년 8월 15일

그런데 어째서인지 이날따라 발길이 떨어지지 않았다. 어머니가 지난밤부터 청와대에서 머물렀지만, 오랜 시간을 함께할 수 없었다. 분주한 일정이 계속되었기 때문이다.

육 여사는 머리를 매만지며 외출 차비를 한 뒤 서둘러 식당으로 갔다. 분주한 날이었고, 아직도 처리하지 못한 일들이 있었다. 육 여사는 아침을 얼마 들지 못하고 수저를 놓았다. 그리고 어머니를 만나서는 이렇게 말해다.

"어머니, 주사 맞으시고 집에서 꼭 텔레비전을 보세요. 오늘 제가 텔레비전에 나올 거예요. 잘 나오나 보세요."

육 여사는 남편 박 대통령과 함께 검은 세단을 타고 청와대를 떠났다. 광복절 기념식과 지하철 개통식으로 거리에는 온통 태극기 물결이

었다. 대통령 일행의 차가 청와대를 떠나자, 딸이 말했던 것처럼 텔레비전을 켰다.

박 대통령 내외는 오전 10시 정각, 국립극장에 도착했다. 문공부장관, 서울시장, 국립극장장이 나와 박 대통령 내외를 맞아주었다. 국립극장으로 오르며 육 여사는 극장장과 간단한 인사를 나누었다.

국립극장은 남산 중턱에 지어진 현대식 건물로 지난해 10월에 개관된 건물이었다. 경축식은 국립극장의 대극장에서 진행되었다. 아래층에는 독립유공자와 유가족들이 자리하고 있었으며, 2층에는 국회의원과 각 부처의 장관과 주한외교사절단이 함께하고 있었다. 그리고 3층엔 해외 교포, 단상 바로 아래에는 시립교향악단, 단상 왼편에는 성동여자고등학교 합창단이 있었다.

대통령이 특유의 빠른 걸음으로 앞장서서 걸어갔다. 육 여사는 앞서가던 박 대통령을 보며 말했다.

"저 좀 보세요. 천천히 함께 가세요."

박 대통령은 육 여사의 말을 듣고, 걸음을 늦추었다. 박 대통령 내외가 단상에 오르자 대극장에 있던 사람들은 모두 자리에서 일어나 박수를 보냈다. 박 대통령은 한 손을 높이 들어 답례를 하고 정해진 자리에 앉았다. 오렌지색의 고운 한복을 입은 육 여사도 박 대통령의 옆 자리에 앉았다.

식순에 따라 경축식이 시작되었다. 먼저 국민의례가 있었고, 애국가 제창이 이어졌다. 그리고 순국선열에 대한 묵념을 마치자, 박 대통령의

1974년 8월 15일, 광복절 기념식장에 들어서는 박정희 대통령과 육영수 여사

경축사가 시작됐다. 박 대통령은 검은색과 흰색이 들어간 넥타이를 단정히 매고 있었다.

박 대통령 특유의 음성이 마이크를 타고 장내에 울려 퍼졌다. 2층 왼편에 자리한 보도진의 카메라가 조용히 돌아가고 있었다. 박 대통령의 경축사는 '평화 통일 3단계 기본 원칙'에 대한 것이었다.

"오늘 감격과 희망의 광복절 29주년을 맞이하여 나는 먼저 남북의 5천만 동포 여러분과 더불어 뜻깊은 이날을 진심으로 경축하는 바입니다. … 조국 통일은 반드시 평화적인 방법으로 이루어져야 한다는 것을……."

바로 그때였다. 아래층 뒷줄 가운데 쪽에서 총성이 울렸다.

"탕!"

대통령은 총성을 듣지 못했고, 경축사를 이어갔다.

"우리가 그동안······."

검은 옷을 입은 정체불명의 사내가 앞으로 뛰쳐나오고 있었다. 남자는 단상을 향해 뛰어가며 계속해서 방아쇠를 당기고 있었다.

"탕! 탕! 탕!"

대통령은 연단 뒤로 몸을 피했다. 곁에 있던 경호실장이 검은 옷을 입은 괴한을 향해 총을 쐈다. 경축식은 아수라장으로 변하고 있었다.

꼿꼿한 자세로 앉아 있던 육 여사의 상체가 순간 옆으로 힘없이 쓰러졌다. 10시 23분, 첫 총성이 울리고, 모두 일곱 발의 총성이 오가기까지의 시간은 채 20초가 되지 않았다. 괴한의 총알은 연단 뒤에 있는 태극기에 맞았고 대통령 경호원의 총에 여고생 장봉화 양이 맞아 희생되었다.

대통령과 한 남성의 목소리가 라디오에 녹음되어 전해진다.

남성 : 가만히 계십시오.

대통령 : 잡혔나?

남성 : 네.

육 여사의 피격을 가장 먼저 발견한 사람은 박 대통령이었다. 박 대통령은 영부인이 있는 곳을 가리키며 손짓하였다. 의식을 잃은 육 여사가 경호원에게 업혀 급히 무대 밖으로 나갔다. 육 여사를 태운 검은색 차량은 서둘러 서울대학교 의과대학 부속 병원으로 달려갔다. 구름으로 잔뜩 흐렸던 하늘에서는 비가 내리기 시작했다.

박 대통령은 괴한이 잡혀가고, 부인인 육 여사가 사라진 뒤 연단에 다시 섰다. 보리차를 한 모금 마신 뒤, 중단됐던 연설이 이어졌다.

총성이 있고, 10분이 지난 10시 33분. 박 대통령의 경축사는 끝이 났다. 대통령이 기념사를 끝내자, 장내에 있던 사람들은 모두 기립박수를 보냈다. 대통령은 대극장에 입장할 때와 같이 손을 들어 그들에게 답례를 했다. 여학생 합창단은 광복의 노래를 불렀고, 경축식의 폐회 선언이 이어졌다. 대통령은 다시 한 번 손을 들어 답례했다.

대통령은 부인 육 여사가 앉았던 자리를 살폈다. 초록색 의자에는 붉은 핏자국이 가득했다. 그리고 그 주위에는 여사의 고무신과 핸드백이 주인을 잃은 채 덩그러니 떨어져 있었다. 박 대통령은 아내의 고무신과 핸드백을 챙긴 후 식장을 나섰다.

치안국은 오전 10시 25분, 전국 경찰에 갑호 비상 경계령을 내렸다.

피를 흘리고 있는 육 여사를 태운 차량은 오전 10시 32분에야 서울대학병원에 도착했다. 응급실로 육 여사를 옮긴 뒤, 응급실장인 김진복 박사의 지휘로 응급조치가 취해졌다. 총탄은 왼쪽 뇌 정맥을 뚫고 나갔다. 육 여사의 출혈이 심했고, 호흡을 위해 기관지 절개 수술을 했다.

경축식을 마친 뒤 병원에 도착한 박 대통령은 침통한 표정으로 수술 상황을 보고 받았다. 그리고 가족들이 모여 있는 3층으로 이동했다. 가족실에는 작은 딸 근영, 아들 지만, 처제 육예수 씨가 있었다. 당시 큰 딸은 프랑스에 유학 중이었다.

시간이 지나고 계속해서 비가 내리고 있었다. 병원 주위에는 육 여사의 안부가 궁금해 모여든 시민들이 많이 있었다. 대통령은 말이 없었다. 지하철 개통식은 침울했으며, 시민들은 육 여사의 소식에 놀라고 걱정하기 시작했다.

박 대통령은 처음부터 주치의인 민헌기 박사로부터 육 여사의 상태를 보고 받았다. 왼쪽 뇌 정맥의 손상, 거의 절망적이라고 했다. 하지만 박 대통령은 의사들이 최선을 다해 수술해 줄 것을 믿었고, 아내 육 여사가 깨어날 것을 믿고 있었다. 한 줄기 희망의 빛을 남겨두고 있었던 것이다. 입원실 302호실은 육 여사가 바로 입원할 수 있도록 준비되었다. 날이 더웠기에 에어컨을 가져다 두었고, 옷가지도 준비했다.

육 여사의 수술은 5시간 40분 동안 진행됐다. 육 여사의 출혈이 커 수혈이 필요하다는 뉴스가 나왔다. 이 소식을 접한 시민들은 수혈을 하겠다며 몰려들었다. 수혈을 하겠다는 사람 중에는 학생들도 있었고, 외국 국적을 가진 사람도 있었다.

시간이 지나며 육 여사의 상황을 묻는 전화도 빗발쳤다. 방송국과 신문사, 청와대 비서실, 병원 등 육 여사와 관련된 곳으로는 전화가 끊임없이 울렸다. 국민들이 이처럼 육 여사의 용태를 궁금해 하고 있다는 말을 들은 박 대통령은 있는 그대로를 국민들에게 알리라 지시했다.

오후 5시, 청와대 대변인이 병원 서무과장실에서 첫 공식 발표문을 낭독한다.

"대통령 영부인 육영수 여사는 15일 상오 10시 40분부터 서울대 의대 부속병원에서 심보성 박사, 최길수 교수 등 신경외과 팀의 집도로

두부 관통 총상 수술을 받았다. 수술은 하오 4시 20분에 끝났다. 주치
의 민헌기 박사는 육 여사의 용태는 중태라고 말했다.”
　라디오와 텔레비전을 통해 육 여사의 용태가 전해졌다.

　박 대통령은 가족실에 함께 있던 처제에게 청와대로 가서 장모님을
모시라고 했다. 육예수는 병원 현관을 나서다가 이경령 여사와 마주쳤
다. 청와대에서 만류했지만, 이경령 여사가 하도 병원에 가겠다고 해서
결국 모셔 왔다는 것이었다.
　저녁 7시, 병원 유리창은 갑자기 환히 빛났다. 종일 흐리고 비구름이
가득하던 날씨였건만 갑작스레 온 하늘이 노을빛으로 붉게 물든 것이
었다. 그리고 그 무렵, 오렌지색의 노을 속에 비서실장의 얼굴이 창백
해졌다. 비서실장은 박 대통령에게 입을 가리고 무어라 말했지만, 함께
있던 사람들은 직감할 수 있었다. 육 여사의 운명을.
　대통령은 육 여사를 보고 오겠다며 방을 나섰다. 가족들이 머물던 곳
에는 조금 전보다 더욱 밝은 빛이 스며들고 있었다. 모두들 놀란 마음
에 창밖을 내다보니 맑고도 환한 주황색 노을이 하늘을 물들이고 있었
다. 이 신비하고도 찬란한 빛은 서울에서만 보인 것이 아니었다. 서해
안 일대를 비롯해 육 여사의 고향인 충북 옥천까지도 비추어졌다.
　비서실은 서둘러 프랑스 주재 한국대사관을 통해 큰딸 근혜가 귀국할
수 있도록 했다. 그리고 그날 저녁 8시 10분, 청와대 김성진 대변인은
육 여사 서거를 공식 발표했다.

박정희 대통령 영부인 육영수 여사는 15일 하오 7시 서울대학교 의과대학 부속병원에서 운명하셨다. 육 여사의 유해는 병원 의료진들의 애도 속에 병원을 출발하여 8시 15분 청와대에 도착했다.

박 대통령은 병원에서 육 여사의 운명을 지켜본 뒤, 수술을 집도했던 의사와 간호사들을 만나 일일이 악수를 했다. 그리고 수고했다며, 감사하다는 인사를 전한 뒤 발길을 옮겼다.

육 여사의 유해가 서울대학교 병원을 나설 때, 하늘도 함께 울었다. 조금 전까지만 해도 말간 모습을 보이던 하늘은 갑자기 세찬 소나기를 퍼부었다.

이튿날 새벽 2시, 빈소에 몇 사람이 남지 않았을 때다. 박 대통령은 갑자기 유해가 안치된 대접견실로 내려와 시신을 끌어안고 통곡하기 시작했다. 천지를 울릴 것만 같은 통곡이었다. 염을 하기 전에는 시신을 끌어안고 울었으며, 염을 한 후에는 육 여사의 관을 끌어안고 다시 울었다.

군악대의 장송곡

8월 16일, 국무회의를 통해 육 여사의 장례는 5일장으로 결정됐다. 육 여사의 서거 소식에 국민들은 헤아릴 수 없을 만큼의 깊은 슬픔에 잠겨야 했다. 국모를 잃은 애통함은 쉽게 누그러들지 않았다.

육 여사의 서거 소식을 들은 국민들은 경악과 함께 깊은 슬픔에 잠겼다.

영락교회를 비롯하여 많은 교회에서는 매일 울리는 종소리 대신 육 여사의 명복을 비는 애국가가 울렸고, 조계사에서는 육 여사의 명복을 비는 기원법회를 하루에 3번씩 일주일간 열었다.

육 여사의 서거 소식은 전파를 타고 세계로 전해졌다. 세계의 모든 신문도 1면 머리기사로 이 소식을 전했다. 뉴욕 타임스는 핼모만 특파원의 서울 발 기사를 1면에 게재했으며, 워싱턴 포스트 지, 뉴욕 데일리 지도 육 여사의 사진과 함께 1면에 이 비보를 실었다.

CBS, NBC, ABC 등 미국의 3대 방송은 육 여사의 서거를 가장 중요한 외신으로 다뤘으며, 시간마다 내용을 상세히 보도했다. 이들 매스컴이 보도한 내용을 정리하면 다음과 같다.

'육영수 여사는 우아하고 아름다우며 언제나 미소를 잃지 않는 한국의 퍼스트레이디였다. 그런 육 여사는 한국 국민으로부터 사랑과 존경을 받았으며 박정희 대통령의 정치생활에 큰 자산이었다'

일본신문들은 15일 석간에 1면 머리기사로 육 여사 저격 사건을 대대적으로 보도했고, 라디오와 텔레비전도 시간마다 사건의 전말을 보도했다.

제럴드 포드 미국 대통령, 발터 셀 서독 대통령, 자유중국 총통, 필리핀 대통령, 태국 국왕, 말레이시아 수상, 뉴질랜드 수상 등 수많은 외국 원수들은 박정희 대통령에게 애도의 뜻을 표해왔다.

– 남지심 저, 『자비의 향기 육영수』 중에서

육 여사의 서거에 대해 우리 언론은 이런 내용을 전했다.

겨레의 으뜸가는 경축의 날, 광복절 식전에서 박 대통령의 영부인 육영수 여사는 흉탄에 쓰러졌다. 3천만 겨레는 하나같이 비통에 잠겨 쾌유를 비는 애끓는 기원을 보냈으나 영영 못 올 길을 떠나고 말았다. 이 무슨 청천벽력 같은 민족의 비극인가.

그가 떠나는 날, 하늘도 땅도 흐느껴 우는 듯 종일토록 비가 내렸다.

처절한 비애에 젖은 방방곡곡에서 겨레는 울었고 분노에 떨었다. 백만 신도가 운집하여 성령의 폭발을 다짐하는 '엑스플로 74'의 광장에서도 행사를 멈추고 애절한 육 여사의 추도기도를 올렸다.

비단 슬픔은 우리만의 것이 아니라 온 세계에서 우방의 국가원수를 비롯한 수많은 사람들의 애도의 뜻이 전해지고 있다.

이제 그 온화하고 자상한 성품, 언제나 상냥하고 인자스런 미소를 잃지 않던 그 다정한 모습, 청아한 모습은 구천에 사무치는 겨레의 한을 안고 영영 저승길로 떠나고 만 것이다.

이 땅의 어린이들을 친자녀처럼 사랑하고, 외롭고 어려운 사람들을 위해서는 두메산골이나 나환자촌도 가리지 않고 몸소 찾아가 위로와 도움을 잊지 않던, 그늘에 사는 사람들의 친근한 벗이요, 협조자였던 육 여사는 하루의 영일도 없이 그들을 보살피는 데 온 정성과 노고를 쏟아왔다.

대통령과 국민 사이의 가교와 같은 소임을 맡아 국민들의 답답한 사정, 어려운 일에 노심초사하고 전심전력을 나라와 겨레 위한 사랑에 쏟아 온 육영수 여사였다.

우리는 그 나라의 어머니요, 나라의 아내와 같은 상징을 잃었고, 하나의 마음의 지주를 졸지에 꺾인 아픔을 견딜 수 없다.

29년 전의 그날, 해방의 기쁨과 감격으로 뭉쳤던 겨레의 한마음은 오늘 더 없는 슬픔으로, 다시 한 덩어리의 마음으로 응결되었다. 우리는 언제까지 슬퍼만 할 것이 아니라 그 하나로 뭉친 또 하나의 8·15를 길이 가슴마다 간직하고, 너도 나도 없는 '하나의 우리'로서 철석같이 단결하여 벅찬 시련을 극복해야 할 것이다.

영부인을 잃은 박 대통령의 더 없는 슬픔을 위무하면서 우리는 육 여사를 대신하여 모두가 그의 뜻을 받들고, 보필하는 역군이 되도록 공산당의 야욕을 꺾고 평화통일의 대도를 향한 줄기찬 전진을 다짐하자.

삼가 故 육영수 여사의 영전에 깊은 애도의 뜻을 표하며, 거듭 그의 거룩한 순국이 남긴 슬픔을 국민적 단결로 승화케 되기를 바라마지 않는다.

- 「경향신문」 1974년 8월 16일

대통령 부인 육영수 여사가 15일 저녁 7시 박정희 대통령과 영식, 영애 그리고 기타 가족들이 임종을 지켜보는 가운데 운명했다는 소식이 전해지자 청와대 비서진들은 온통 울음을 터뜨렸다.

이날 박 대통령은 광복절 기념행사를 끝내자 곧 서울대학교 부속병원에서 수술중인 육 여사를 찾아 수술을 지켜본 후 이날 오후 2시 30분까지 병원에 머물렀다. 박 대통령은 잠시 청와대에 들른 뒤 다시 오후 4시 30분 병원으로 가 수술경과를 살폈는데 이 자리에서 의사들에게 "월남전에서 두부 관통상을 입은 군인들 중에도 생명을 건진 사람이 있다."는 말을 듣고 "내 마음은 다 가라앉았어."라고 침착하게 응답하면서 김정렴 비서실장에게 "전방 경계태세는 어떠냐."고 묻더라고.

이날 밤 육 여사의 유해가 청와대에 도착한 후 김종필 총리 등이 문상하자 박 대통령은 "고맙다."고 침통한 어조로 인사했으며 슬퍼하는 빙모를 위로했다.

육영수 여사가 운명했다는 비보가 전해지자 국회 여성의원들은 고인의 후덕한 성품을 되새기면서 한결같은 애도의 뜻을 표시했다.

이범준 의원은 "육 여사는 가진 자보다는 없는 자 편에, 행복한 사람보다는 불행한 사람 편에 서서 일을 해왔다."면서 "한 달 전 가족법 관계로 청와대를 방문했을 때도 억울한 사람의 진정 청원 처리에 몰두하고 있었다.”고 회고했으며, 서영희 의원도 “육 여사는 대통령께 ‘하십시오’보다는 ‘안 됩니다’라는 말을 많이 한 것으로 안다.”라면서 “지난 5월 대구 계명대학교 학생들의 교양강좌 요청에 따라 대구에 내려갈 때도, 엔진성능 유지상 한 달에 두 번은 운항케 돼 있는 대통령 전용기가 쉬고 있으니 타고 가도록 권했으나 굳이 기름 값이 비싸다는 이유로 KAL기를 타고 갔다.”고 회고했다.

신민당의 김윤덕 의원도 “몇 달 전 청와대를 들어갔을 때 ‘이왕 들어왔으니 싫은 소리도 많이 하겠다’고 말했더니 대통령으로부터 핀잔을 많이 받는다면서 ‘김 의원은 국회의 야당이지만 나는 청와대의 야당이니 기탄없이 얘기해 달라’고 말씀하셨다.”고 전했다.

대통령 저격 사건과 육 여사의 운명에 대해 신민당 인사들도 한결같이 충심으로 조의를 표명. 고흥문 부총재는 16일 “큰 충격을 받았다. 육 여사께서 타계하신 것을 충심으로 애도하면서 박 대통령에게 조의를 표한다.”고 말했고 이철승 국회부의장은 “참으로 비통한 일로 이 같은 폭력 사태가 없도록 만전을 다해야 할 것”이라고 애도했으며 신도환 사무총장은 “어려운 시기에 특히 참된 얘기로 대통령에게 내조해 온 육 여사의 서거는 형용할 수 없는 아픔”이라고 비통한 표정을 지었다.

— 「동아일보」 1974년 8월 16일

참으로 믿고 싶지 않은 악몽이었다. 너무나도 충격적인 비운, 흉변의 순간들이었다. 15일 국립극장 8·15광복기념식장에서 돌발한 박 대통령 저격사건과 육 여사의 피격, 운명 소식을 전해들은 온 국민은 경악과 분노에 몸을 떨었다. 쾌유를 비는 애절한 기원의 보람도 없이 흉탄과의 사투 9시간 만에 비운에 간 육 여사의 서거에 오열과 마음 아픔을 가누지 못했다. 지금 온 국민은 이 악몽과도 같은 흉변 앞에서 고인의 명복을 비는 애도의 마음을 가누지 못하며 오열하고 분노하고 있다.

대통령 부인 육영수 여사가 서거했다는 비보가 전해진 15일 밤 시민들은 이 갑작스런 슬픔을 가누지 못했다.

텔레비전과 라디오는 정규프로를 전면중단하고 육 여사 추모 프로그램을 마련, 평소 서민적이면서도 우아했던 고인의 모습을 되새겼으며 붐비던 번화가에는 행인의 발걸음마저 뜸했다.

눈물처럼 비가 내린 이 날 밤 시민들은 텔레비전과 라디오 앞에 모여 육 여사의 죽음을 함께 애도했다.

특히 어린이와 부인들은 한결같이 슬픔을 참지 못하면서 "인자하시던 그 분이 가시다니 믿어지지 않는다."며 고개를 떨구었다.

밤늦게까지 골목길을 메우던 무교동거리도 이날 밤만은 한산했으며, 술집들도 일찍 문을 닫았다.

평소 육 여사가 불공을 드리던 서울 성북구 수유동에 있는 도선사에서는 비보를 접하고 온 경내에 등불을 켜고 육 여사 명복을 비는 특별 불공을 올렸으며 이날부터 49일간 육 여사를 위한 특별 기도를 드리기로 했다.

또 여의도 광장에서 열리고 있는 기독교신자 대집회인 '엑스플로 74'에 모인 70만 기독교 신자들도 공식일정을 바꾸어 육 여사 명복을 비는 특별 기도회를 가졌다.

빗줄기와 슬픔 속에 보낸 15일 밤이 지나고 태양이 빛나는 16일 아침이

밝자 믿으려 하지 않았던 비보가 뚜렷한 사실로 밝혀지며 온 국민은 육 여사
의 '포근한 미소'를 잃은 데 다시 한 번 허전함에 일을 잡지 못했다.

– 「매일경제」 1974년 8월 16일

육 여사를 추모하는 조문객들은 매일 밀려들었다. 청와대는 분향소
를 두 곳에 두었다. 청와대 대접견실과 국민들의 조문을 받기 위한 청
와대 입구의 접견실이었다. 장남 지만은 청와대 입구에 있는 분향소에
서 참배객을 맞았다. 빈소 중앙에는 검은 리본을 드리운 육 여사의 영
정이 걸려있었다. 일반 조문객은 아침 10시부터 저녁 5시까지 받을 수
있게 했지만, 육 여사의 넋이라도 만나고자 하는 국민들로 인해 첫날
오전 9시에 이미 조문객은 만 명을 넘어서고 있었다.

조문객의 행렬은 끊이지 않았다. 그 행렬의 길이가 청와대에서 경복
궁 입구까지 이어질 정도였다. 무더운 8월 삼복더위 속에서 사람들은

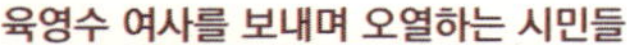
육영수 여사를 보내며 오열하는 시민들

눈물을 머금은 채 자신의 차
례를 기다릴 뿐이었다.

현역 군 장병들은 군복을
입고 빈소를 찾아 군의 의식
에 따라 조의를 표했고, 종교
계에 종사하고 있는 사람들
은 자신의 종교에 맞게 조의
를 표했다. 육 여사의 모교인

세종로 사거리를 지나는 육영수 여사의 장례 행렬

배화여고 학생들도 빈소를 찾았으며, 한국으로 수학여행을 온 제일교포학생들까지도 빈소를 찾아 분향했다. 육 여사의 영정 앞에서 분향하는 사람들은 신분과 연령, 성별을 초월했다. 대한민국의 국민으로서 육 여사의 죽음을 다 함께 슬퍼할 뿐이었다.

통행금지가 해제되는 새벽 4시부터 청와대 일대에는 조문객이 몰려들었다. 서울에 있는 사람들뿐만 아니라 지방에서 조문 오는 사람도 적지 않았다. 이에 장례위원회는 각 도청 청사와 주요 도시에 빈소를 마련했다. 장례가 치러지는 8월 19일까지 모두 30여만 명의 조문객이 육 여사의 빈소를 찾았다. 한 나라의 어머니이자, 마음의 어머니였던 육 여사를 잃은 슬픔을 국민들은 이루 표현할 수 없었던 것이다.

장례식이 치러지기 하루 전, 박 대통령은 근혜, 근영, 지만과 함께 육 여사의 유품을 정리했다. 세 자녀와 함께 빈소에서 꼬박 밤을 새운 뒤,

운구차를 붙잡고 슬퍼하는 박정희 대통령

박 대통령은 일반 빈소로 내려왔다. 일반 빈소에 마련된 육 여사의 영정을 물끄러미 바라보던 박 대통령은 향로에 향을 꽂은 뒤 고개를 숙였다. 그리고는 빈소에 함께한 사람들에게 고맙다는 인사를 남겼다.

육 여사의 유해가 국립묘지로 향하던 19일 아침. 대한민국은 슬픔에 잠겼다. 박 대통령은 영정을 향해 왼쪽엔 근혜를 세우고, 오른쪽으로 근영과 지만을 세운 뒤 함께 묵념했다. 떠나는 아내에게, 떠나는 어머니에게 보내는 가족의 마지막 인사였다. 육 여사를 태운 운구차가 움직이기 시작했다.

운구차가 청와대 정문 가까이 이르자 박 대통령은 차마 아내를 보낼 수 없는 듯 차 뒤의 국화꽃을 움켜잡고 어깨가 들먹이도록 오열했다. 운구차는 두 분에게 이별의 시간을 주려는 듯 정문 앞에서 잠시 멈춰 섰다. 그러자 박 대통령은 국화꽃으로 장식한 운구차를 쓰다듬고 또 쓰다듬으며 아내와 마지막 작별을 하고 있었다. 잠시 후, 다시 움직이기 시작한 운구차가 대형 태극기 두 개가 반기로 가로지른 정문을 벗어나자 박 대통령은 운구차가 시야에서

육 여사의 빈소앞에서 눈물 흘리는 이경영 여사와 조의를 표하는 포드 대통령

완전히 사라질 때까지 서 있었다. 청와대 정문 기둥을 잡고 서서 아내의 마지막 가는 모습을 지켜보고 있는 박 대통령의 모습은 국민들 가슴속에 슬픔으로 깊이 각인되었다.

— 남지심 저, 『자비의 향기, 육영수』 중에서

운구차는 효자동을 지나 중앙청 앞 광장의 영결식장에 이르렀다. 영정 속의 육 여사는 생전에 그랬던 것처럼 인자한 미소를 보이고 있었다. 사람들은 영정을 바라보며 오열했다. 바닥을 치며 통곡하는 사람도 있었다.

9시 57분, 군악대의 장송곡이 연주되며, 중앙청 동문으로 운구차가 들어왔다. 가난한 사람, 외롭고 힘겨운 사람, 마음이 지친 사람과 몸이 아픈 사람에게 희망이고 등불이 되어줬던 육 여사. 49세라는 생애를 돌아보며 육 여사의 은은하고 따뜻한 성품을 기억한다.

중앙청에서 박순천 여사의 조사, 김수환 추기경의 축도, 한경직 목사의 기도, 이서웅 조계종 총무원장의 독경 등이 이어졌다. 그리고 고인의 육성 녹음이 조용히 중앙청 내에 울렸다.

거리를 가득 메운 추모 인파

"대통령께서 월남전 파병을 결정하실 때 일주일간 주무시지 못하고 하룻밤에 담배를 4갑이나 피우시면서 고민하셨어요. 그런 모습을 지켜보면서 그분이 너무 고독하게 보여 아내로서 안타까움을 느꼈어요. 국가의 중요 정책 결정을 최종적으로 하는 것도, 그 정책에 대해 최종적인 책임을 지는 것도 결국 국가원수임을 저도 차차로 알게 되었지요.

그분은 결혼 후 한 번도 제 생일을 잊은 적이 없으셨어요. 이런 말씀을 드려도 될지 모르겠는데 이번에도 제가 밖에서 일을 보고 들어오니까 그분이 가까운 친척들을 부르고 조촐한 생일상을 준비해 놓으셨더군요. 그분의 그런 자상한 모습을 접하게 될 때마다 아내로서 행복감을 느끼게 돼요."

고인의 음성이 울려 퍼지자, 조문객들은 다시금 흐르는 눈물을 닦아야했다. 육 여사가 평소 즐겨 듣던 〈그네〉〈고향의 봄〉과 같은 가곡이

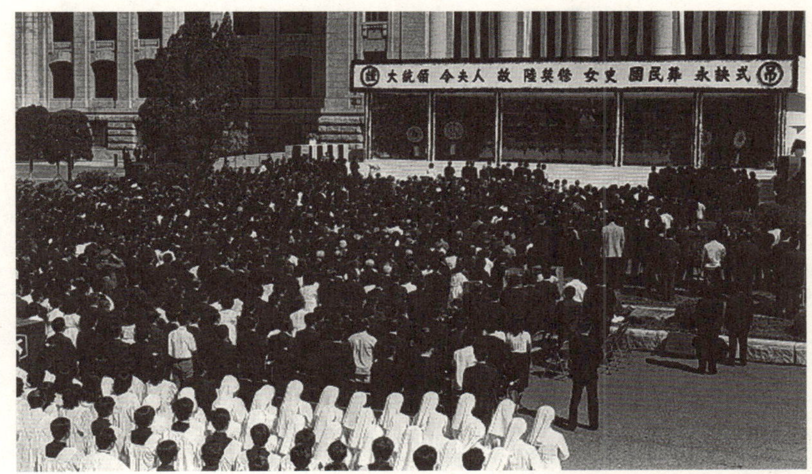

국민장으로 치뤄진 육영수 여사 영결식

잔잔하게 흘렀다. 헌화 의식이 진행됐고 배화여고 합창단의 조가, 3군 의장대의 조총의례를 끝으로 육 여사의 영결식은 막을 내렸다. 운구차는 중앙청 정문을 나와 광화문으로 향했다.

8월의 한더위에도 불구하고 전국각지에서 몰려든 조문객들이 늘어서서 육 여사의 마지막 길을 지켜보았고, 이날 1시 40분, 고인의 관이 유택에 내려졌다. 관이 내려지는 모습을 바라보며 유족들은 또 다시 아픈 가슴을 주체하지 못하고 눈물을 흘렸다. 관 위에는 '대한민국 대통령 영부인 육영수 여사 지구'라고 쓴 명정이 덮이고, 다시 대형 태극기가 덮였다.

박 대통령은 청와대에서 장례의식을 텔레비전 생중계로 지켜보았다. 오후 3시가 지난 뒤, 장례의식을 마친 유족들이 청와대로 돌아왔다.

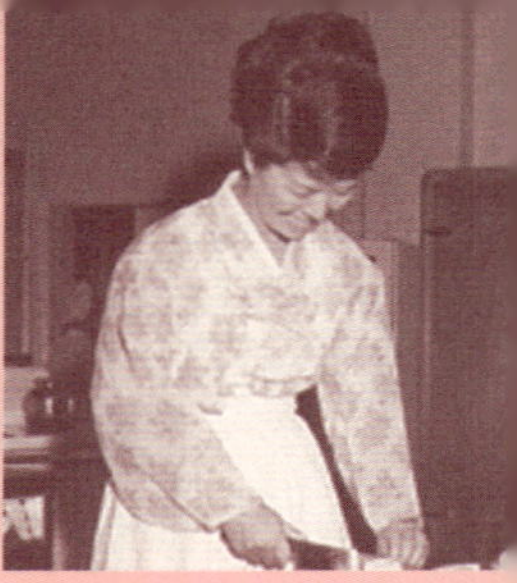

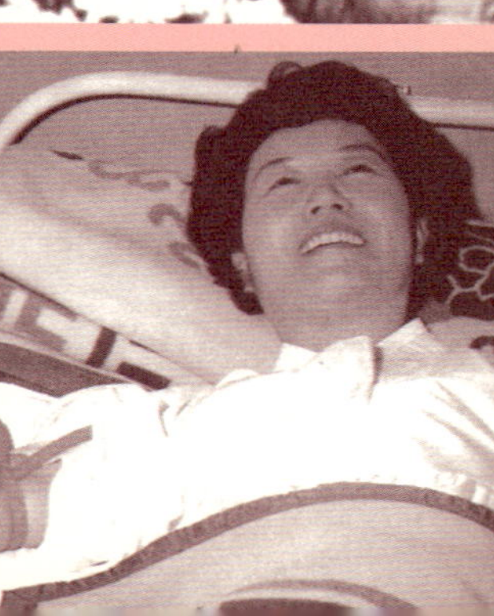

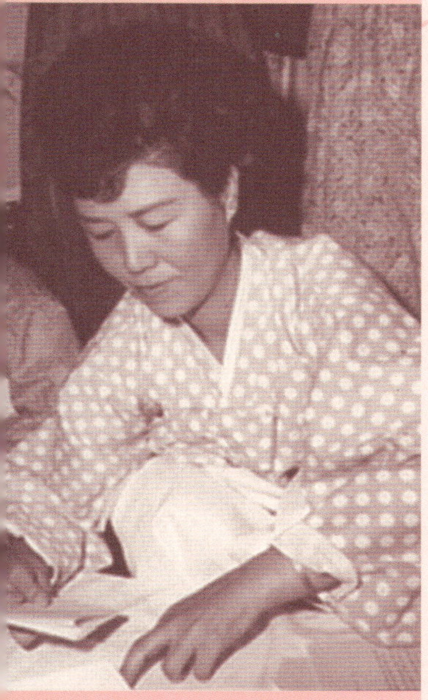

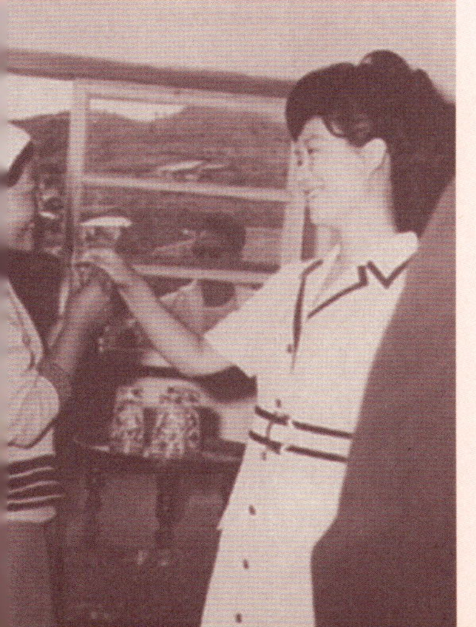

제7장

잊지 못할
큰 사랑

나환자들의 비문

육영수 여사 추모글

묘소를 찾는 사람들

한센인의 편지

나환자들의 비문

1975년 3월 27일, 전라남도 나주군 노안면 유송리 현애원 사람들과 충북 음성 나환자촌 주민들은 생전에 육 여사의 사랑에 깊은 감사를 느꼈다. 이들은 돈 11만 5천 원을 모아 육 여사 추모비를 건립했다. 비문에는 이런 내용이 있다.

故 육영수 여사님의 크신 사랑 앞에

사랑의 등불로 우리에게 어둔 길을 밝혀주시던
故 육영수 여사님은 유명을 달리하셨습니다.
여기 천병天病을 겪고도
햇빛보다는 그늘에서 삶을 영위하는 현애원에까지
자애로운 선물과 희망의 씨앗을 주셨으니

우리는 그이로 하여금 자활과 애국애족을 배웠으며
사랑의 정신을 일깨웠습니다.

두 차례나 벽지인 이곳을 찾아오시어
남이 꺼려하는 손을 어루만지시고
머리를 쓰다듬어 주셨기에
우리는 그이가 뿌리신 거룩한 씨앗을 키우려 합니다.
생존 시에 은덕비를 세우려던 것이
추모비로 바뀌어진 것을
참으로 가슴 아프게 여기면서
조그만 정성을 새겨
故 육영수 여사님의 명복을 삼가 비옵니다.

육영수 여사 추모글

이 프란체스카 (이승만 전 대통령 부인)

조국 광복의 끈질긴 투쟁과 험난한 역경을 지나 지금은 유명을 달리하신 부군 이승만 박사와 해방의 기쁨을 나눈 지가 엊그제 같은데 바로 그 감격의 날, 이토록 놀랍고 가슴 아픈 소식을 접하게 되다니……. 처음엔 커다란 충격으로 전율을 느끼며 희망적인 보도만을 기다렸었다. 하나님께 쾌유를 도와주시도록 간절히 기도드렸건만 모든 기원도 헛되이 애통함과 깊은 슬픔 속에 잠겨 있는 청와대 빈소에 소복으로 분향재배하고 돌아올 때의 내 심정은 그렇게 고독하고 허무할 수가 없었다.

언제나 약한 자와 가난한 자의 편이셨던 훌륭하신 육영수 여사님께서 비명에 떠나시다니 너무도 비통하기 그지없으나 그 아름다운 영혼을 다소나마 위로하고 깊이 애도하며 명복을 비는 마음으로 황망히 추모의 글을 적는다. 하필 하나님께서는 우리 모두가 이토록 육 여사님을 절실히 필요로 하는 시기에, 더욱이 이토록 젊은 나이에 데려가셨는지……. 참으로 안타깝고 애석하기 그지없다.

육 여사님께서는 운명의 순간까지 아내의 도리를 다하셨고 비길 데 없이 훌륭한 내조자로서 항상 헌신적으로 대통령을 보좌하시며 자녀교육도 훌륭하셨던 좋은 어머니셨다. 그리고 내 손자들에 관해서까지도 자상하게 물어보시던 분이었다.

또한 생전에 자애로우신 육 여사님께서는 불우한 어린이들, 역경에 처해 있는 여성들, 특히 의지할 곳 없는 노인들은 물론, 가난한 예술가들의 일까지도 발 벗고 도와주신 것으로 알고 있다. 그러한 일이란 마음은 있어도 쉬운 일이 아니다. 환히 밝은 육 여사님의 곱고 우아한 모습의 뒤에 그처럼 강인한 실천력이 있었음을 생각할 때 더욱 애모의 정을 누릴 길이 없다. 여사님께서는 곱고 착한 마음씨의 소유자였을 뿐만 아니라 그 어진 마음을 실천에 옮기는 슬기로움을 지니고 계셨다고 생각된다.

인상 깊게도 처음 만난 순간부터 티 없이 맑은 미소를 띠고 알뜰하신 배려와 다정하고 따뜻한 말씀으로 위로해 주셨고 공사다망하신 가운데에도 한결같이 정성 어린 선물로 과분한 정의를 보여주셨다. 해마다 내 생일을 기억해 주시고, 특히 작년엔 나를 청와대로 초청해서 정성껏 오찬을 준비하여 생일을 축하해 주시고 우리 손자들에게 갖다 주라고 케이크까지 들려 주셨다. 나도 그분의 세 자녀분이 생각나서 케이크의 반을 드리면서 자못 한 가족이 된 듯한 느낌이 들었다. 자주 만났거나 이야기를 나눌 기회는 많지 않았지만 서로의 어렵고 힘든 위치와 처지를 이해하였으며, 나는 솔직히 말해서 우리의 대통령 영부인 육 여사님을 퍽 자랑스럽게 생각했다.

우아하고 기품 있는 한복 차림의 모습과 꾸밈없는 성격과 고운 마음씨, 참으로 내가 사랑하는 우리나라의 고유한 미덕을 고루 갖추신 그윽한 향기를 지니셨던 분으로 느껴졌다.

특히 이화장을 찾아주신 국내외의 친지들도 여사님의 청와대 안주인다운 인품을 극구 찬양하고 내 며느리도 육 여사님은 신사임당처럼 본받을 점이 많은 분이라고 존경하고 흠모하였다.

무엇보다도 나라와 겨레를 끊임없는 노력과 심혈을 기울여 이룩하신 탁월한 업적과 남다른 용기와 신념은 세계 어느 퍼스트레이디도 따르지 못할 것으로 생각하며, 이 헌신적인 봉사활동이야말로 깊이 경의를 표하고 싶다. 어둡고 찬 곳을 따뜻한 양지로 바꾸고, 메마른 곳을 풍성한 숲으로 이룩하고자 하나하나 심고 가신 사랑과 봉사의 씨앗은 나날이 모든 국민의 가슴 속에서 자라난 더욱 많은 열매를 맺고 꽃을 피울 것이며 영원불멸할 것이다.

육 여사님께서 지니셨던 아름다운 모습과 고귀한 인품과 유덕을 마음 속 깊이 기리며 정성을 다해 명복을 빈다.

끝으로 박정희 대통령 각하를 구해 주신 하나님께서 각하와 영식 · 영애, 그리고 육 여사님의 팔순 노모님의 깊은 슬픔을 위로해 주시기를 두 손 모아 기도드린다.

－「서울신문」1974년 8월 23일

이 영 희 (한국일보 문화부장)

아름다운 의지처럼 곧은 자세로 하늘을 향해 피는 백목련의 정결함, 단아하고 끝없이 사랑하시던 육영수 여사님께서는 정녕 백목련처럼 아름다운 의지로 사시다 가셨다.

"청초한 차림새와 창의성이 넘치는 교양을 갖춘 여성을 보면 어떤 미인보다도 아름다워 보여요."

여성미를 이렇게 개념 지어 말씀하시던 육영수 여사님께서는 당신이 바로 그와 같이 청초하고 창의성 넘치는 교양을 갖추고 계셨다. 한 번 만나 뵈면 영 잊히지 않는 매력을 갖추신 분.

하얀 치아를 살짝 눈부시게 드러내며, 감미롭고 명쾌한 목소리로 다정하게 이야기를 전개하시며 마주앉은 사람의 마음을 영락없이 사로잡는 신비로운 매력을 가지신 분이었다. 기품과 슬기와 따뜻함을 고루 갖춘 드물게 뛰어난 여성, 어쩌면 영도자의 부인이 되실 품성을 타고나신 듯싶은 여성이기도 했다.

내가 육 여사님을 처음 뵌 것은 63년 가을, 최고회의 의장 부인으로 장충동 공관의 분주한 살림을 하고 계실 무렵이었다. 군정이 민정으로 수로를 바꾸려던 때이므로 "오늘로 군복은 마지막"이라며 감회 깊은 표정에 미소를 띠어 보이시며 박정희 장군께 인사할 기회를 주시기도 한 그날의 육 여사님은 화사한 연분홍 치마저고리 차림의 상냥하고 슬기로운 안주인의 인상으로써 내 가슴에 강렬히 인화되었다. 부군께서 국가의 최고 지위에 계시다는 사실과는 관계없이 한 여성, 한 인간으로서 진실로 사랑스럽고 바람직한 아내의 이상형 같은 것을 엿볼 수 있었던 까닭이다. 그로부터 10년 남짓한 세월이 지났으나 육 여사님처럼 꾸준히 변함없고 한편 '꾸준히 변모되어 오신' 분도 내가 알기엔 별로 없다.

10년을 하루같이 언제나 변함없이 따스하고 자상한 일방, 무던히도 각고하시며 눈부신 자신의 성장을 이룩하여 더욱더 우아한 지성미를 완숙시켜 오신 그 놀라운 노력의 흔적에 항상 경탄과 부러움을 금치 못했음을 새삼 돌이키게 되는 것이다. 참으로 자학에 가까우리 만큼 스스로를 다스리는 분이셨다. 하루는 누에 이야기를 들려주시며 한숨 진 듯 말씀하셨다.

누에는 깨알 같은 유잠에서부터 1만 배나 크게 자라고 나서는 네 번이나 탈피하여 유리알처럼 고운 몸매가 된다. 그러고는 삼킨 뽕잎 양식을 다시 토하며 살아온 자취를 남기지 않는가. 그 피나는 성자의 생리를 교훈 삼아야겠다는 이야기였다. 사에 최선을 다하며 노력하다 보면 육신은 항상 고달프셨다.

"늘 수면부족 상태예요. 잠이나 실컷 잤으면 원이 없겠다 싶은 때가 한두 번이 아니지만……."

생전의 육 여사님께서는 가끔 이렇게 호소하듯 하셨다. 자신의 성장을 위해 스스로 매질하시는 한편, '삐뚤어진 일'을 감내하지 못하시고 '가엾은 일' 외면하지 못하시는 성품이 퍼스트레이디라는 '최고 주부의 자리'를 마냥 가시방석 같게만 한 것이다. 전국 구석구석에, 각계각층에 육 여사님의 보살핌의 손길이 널리 고루 미쳐 훈훈한 화제의 꽃씨를 거두게 된 것은 퍼스트레이디로서의 의무감 이전에 이 같은 성품이 있으셨기 때문이었다고 믿어진다. 단순한 의무감만으로는 차마 해내기 어려운 일까지도 육 여사님께서는 진지하게 처리하셨다. 최근 수삼 년 사이엔 특히 나병환자들에게 마음을 쓰시고 그들의 치료와 자립생활 등에 온갖 뒷받침을 아끼지 않으셨는데 전국의 나환자촌을 두루 찾아 다니시면서 그들과 함께 음식을 나눠 드시며 격려하시어 수행하던 이들을 놀라게 하고, 현지 환자들을 감루에 젖게 하셨다. 생래의 따스함과 성실함 없이는 육 여사님처럼 '완전히' 대통령 영부인의 자리를 완수하기란 어려웠을 것이다. 말하자면 남에게 관용스럽되 자신에겐 혹독하고 깔끔한 퍼펙셔니스트(완벽주의자)이셨다고나 할까.

초대면한 얼마 후에 내 저서 한 권을 드렸다. 동화집이었다. 목차며 내용을 정성스럽게 훑어보신 후에 몇 살 정도의 어린이에게 가장 알맞은 책이며, 주제는 무엇이냐고 물으셨다. 그리고 책 커버를 살펴서 벗기시더니 약간 삐뚤어져 접혀 있는 것을 반듯하게 바로잡아 접으시곤 다시 책에다 씌워주시는 것이었다. 순간 가슴이 철렁했다. 보통 분이 아니구나 싶어서였다. 무신경했던 나 자신이 조용히 돌이켜지기도 했다. 항상 완전을 지향하시던 그 서럽도록 진실하시던 생활 자세 때문에 갈수록, 뵐수록, 외경감을 나에게 안겨 주시었던 육 여사님은, 49세라는 짧은 인생을 총총히 살다 가시느라고 그처럼 밀도 높은 생활을 포개면서 스스로를 불태우셨던가. 거듭거듭 가슴이 메지 않을 수 없다.

ㅡ『세대』 1974년 10월호

한국 걸스카우트 명예회장직을 맡아 오늘날 걸스카우트가 이만큼 자랄 수 있도록 음양으로 도와주신 그 은혜를 잊을 수가 없다.

한번은 걸스카우트 창립기념일을 맞아 주한 외국대사관 관저에서 기념 축하연이 베풀어졌다. 이 자리에서 나는 처음으로 여사님을 만나 뵙고 인사를 드렸다. 그때 여사님께서는 "우리 청소년들의 희망에 찬 앞날을 위해 만들어진 걸스카우트의 뜻깊은 창립기념일을 우리 손으로 축하하지 못하고 외국 대사관에서 축하연을 베풀게 하는 것은 떳떳하지가 못하다." 하시면서 "앞으로 걸스카우트 창립기념일은 언제나 축하해 주겠다."는 고마운 약속을 해주었다.

그리고 그 약속은 충실히 지켜져 해마다 우리는 명예회장님인 육 여사님을 모시고 조촐한 창립 잔치의 기쁨을 누릴 수가 있었던 것이다. 육 여사님께서 걸스카우트 유니폼과 같은 빛깔인 수박색 치마에 흰 저고리를 받쳐 입으신 모습으로, 손수 축하 케이크를 자르시던 우아한 자태가 아직도 눈에 선하다.

약한 사람들의 말에 귀를 기울이시고 노인에게 더욱 친절하시며 불우한 여성들에게 도움을 줄 수 있는 일에 끊임없이 따뜻한 손길을 아끼지 않으셨던 자상한 성품은 특히 자라나는 어린 소녀들에게 각별한 관심을 쏟으시게 했었던 듯하다. 종종 불우한 아동들에게 둘러싸여 담소를 나누시던 모습을 발견할 수가 있었다.

여성의 가장 중요한 역할 중의 하나는 성장기의 자녀를 올바르게 이

끌어 주고 교육시키는 일이라고 하시던 대로, 교육에 대한 육 여사님의 열의는 지극한 것이었다. 이것은 곧 여성교육의 문제, 여성지위의 향상 문제에 대한 관심으로 이어져 각 여성단체마다 육 여사님의 체취가 골고루 스며들었다고 생각한다.

물론 개인적으로 깊은 흠모의 정을 느끼고 있었지만 공적으로 종종 만나 뵐 때도 "일일이 청와대까지 찾아오는 수고를 하지 말고 사무적인 일은 전화로 직접 얘기하자."고까지 배려를 해주시던 음성이 지금도 귓전에 울린다.

걸스카우트가 번듯한 회관을 지니게 된 것도 오로지 여사님의 힘에 의한 것이었다 해도 과언이 아니다. 마땅한 회관이 없어서 곤란을 겪다가 65년 종로 경찰서 맞은편에 10층 건물을 짓고 이사, 개관하던 날 "돕기 위해 애는 썼지만 회관이 아직도 미흡한 것 같다."고 겸양하기에, "저희는 이것으로도 너무 과분합니다."라고 말씀드린 일도 있었다. 회관 건립 후 걸 스카우트의 발랄한 소녀들이 더욱더 뚜렷이 총기를 지닌 청소년으로 성장하는 것을 기꺼워하시던 육 여사님이셨다.

걸스카우트에 대한 여사님의 지극한 정성은 각층 사회활동과 봉사정신, 청소년 교육에 쏟으신 열성 중의 일부분에 지나지 않는 것이지만, 그것은 육 여사님의 견실한 생활철학을 상징해 주는 것이었다.

육 여사님과는 걸스카우트라는 공적인 일로 맺어졌으나 몇 년을 두고 가까이 모시는 동안, 소박한 가정주부다운 면모와 서민적인 음성과 생활이 우리 마음에 깊이 새겨져 추모의 염을 이루 헤아릴 수 없게 한다.

－「동아일보」1974년 8월 18일

이 서 구 (극작가)

지난번 낙성대 제향날이었다. 그때 나는 서울특별시 문화위원으로서 참석했었다. 때마침 육 여사께서 임석, 우리는 모두 2열로 서서 경의를 표하게 되었다. 나는 후열에 서서 목례를 드렸다. 그런데 그 뒤 뜻밖에도 육 여사님께서 만나기를 원하신다는 비서실 연락을 받고 나는 곧 청와대로 뵈러 들어갔더니 "저번에 만나 뵈었을 때 어쩐지 선생님 신관이 그전만 못해 뵈어서 마음이 언짢았어요." 하시었다. 작별 인사를 나눌 때 내 아내의 안부를 물으시기에 바른대로 내 아내의 용태를 말씀드렸다. 실은 아내가 며칠 전 교통사고를 당해 세브란스병원에 입원 중이라고……. 그 말씀을 듣고 여사님께서는 깜짝 놀라시며 "그래서 그렇게 안 되어 보이셨군요. 부인을 잘 위로해 드리세요. 빨리 완쾌하셔야 선생님을 돌봐 드리실 텐데요." 하셨다.

실상 난 아내의 불의의 사고로 크게 충격을 받았던 터에 여러 가지 위로의 말씀을 듣고 크게 용기를 얻었었다. 돌아오는 길에 아내에게 들러 이야기를 했더니 눈물을 글썽이며 감격을 하였다. 이튿날인가, 과일 바구니가 병실로 왔다. 펴보니 늘 두고 잡수시는 듯한 과일이 이것저것 골라 담아졌고, 특히 청와대 뒤뜰에서 땄다는 버찌열매가 조그만 비닐봉지에 따로 담아져 있었다. 생각할수록 새삼 여사님의 자상하신 마음씨가 하나하나 생각나 눈물을 감출 수가 없다. 아내도 머지않아 걷게 되어 함께 뵈러 가겠다고 말씀을 드린 터에 이런 비보를 들으니 가슴이 아프다. 저녁 때 아내와 난 서로 얼굴을 피하며 울었다. 작년 익산 나환자 정착촌에 함께 모시고 갔던 사진이 머리맡에 붙어 있어, 나 같은 무위무관의 한사까지도 그렇듯 찾아 부르시는 자상한 마음씨, 모두가 그분을 따르고 사모하는 연유도 여기에 있다고 본다. 따뜻한 마음씨의 국모, 현명하신 국모, 이루 다 일컫기 어려운 그분의 미덕을 이제 찾을 길 없으니……. 주여, 부디 아름답고 고우신 영혼에게 축복을 내려주소서.

-「주간한국」1974년 8월 25일

이 정 수 (강원일보 기자)

내가 육 여사님을 가까이 뵐 수 있었던 날은 제3회 전국 새마을 양잠 시범대회가 열린 5월 6일 춘성군 신북면 산천리에 마련한 강원도 특산물 전시장에서였다. 그날 회견을 지시받은 나는 어쩜 접근이 어려워 지시를 어길 수밖에 없을 거라는 근심을 하고 있었는데 육 여사님은 내가 충분히 말씀을 드릴 수 있도록 분위기를 만들어 주셨다. 한마디로 말해 그분은 미소와 인자, 친절과 자상함으로 뭉쳐진 분인 것 같았다. 누구나 그분 앞에서는 굳어진 표정을 지어 보일 수 없을 만큼 그분과 만난 사람은 그분의 분위기에 말려들지 않고는 못 배길 것이었다. 그분은 전국 각 도 대표 모범 여성 양잠가들이 소개될 때, 그들의 손을 쥐고 양잠의 어려움을 당신 경험을 통해 설명하시고 노고를 치하하시면서 어느 도 대표 앞에 이르러서는 "이 처녀는 부잣집 맏며느릿감 같아. 누구 결혼 앞둔 아드님 가진 분 안 계세요?" 하시며 주위를 훑어보시며 딱딱한 분위기를 부드럽게 만들어 주셨다. 우리(사진부 홍훈자 기자)가 인사를 드리자 "아! 강원일보!" 하시며 마치 얼싸안듯 반겨 주셨다.

미리 마련해 둔 의자에 앉기를 끝내 사양하시고 주위 분들에게 찬 음료수를 일일이 권하신 육 여사는 잠실에서는 누에를 만져가며 고치 고르기의 시범도 보여주셨다. 골든벨 호에서 있었던 비단잉어 방류식 때는 가까이 서 있는 분들에게 모두 배에 오르도록 마음을 쓰셨고 소양댐을 설명하는 현장에서도 다른 분들이 의자에 앉는다는 태도를 보시고서야 의자에 앉으셨다. 그날은 5월치고 유난히 무더워 땀을 흘리고 피로해 있었는데 육 여사님께서만은 화장기 하나, 머리칼 한 올 흐트러짐 없이 시종일관 미소를 띠고 계신 모습을 보고 퍼스트레이디는 그런 면에서도 다른가 보다고 혼자 감탄했다.

"강원도 여성은 충청도 여성과 비슷한 느낌을 주나 더 부지런한 것 같아요. 이건 쓰지 마세요. 충청도 여성들이 화를 낼 테니까. 이 말은 충청도 출신인 나를 가리키는 것뿐이에요." 하시며 유머를 찾으셨을 때 그곳에서 만나신 홍훈자 기자를 이내 알아보시고 홍 기자가 양잠대회 때 어떤 옷을 입었던 가도 기억하셨다. 홍 기자와 나에게 선물을 보내주실 만큼 자상한 면까지 보여주신 육 여사님의 그 인자한 미소를 이젠 다시 못 뵙고 "여러분 또 만납시다."라고 약속하신 말을 육 여사님 자신이 어길 수밖에 없게 되었으나 한 정치가의 아내에 앞서 훌륭한 여성이며, 어머니셨다. 소박한 그분의 성품 앞에 깊이 머리를 숙여 삼가 명복을 빈다.

－「강원일보」 1974년 8월 17일

정 구 용 (조선대학부속병원)

위수령이 내리고 감돌던 흐린 가을, 육 여사님의 초청으로 소아과학회원들이 청와대를 방문했다. 청와대 밖에 비해 안은 생각보다 훨씬 부드러웠다. 칵테일파티 형식으로 간담회가 시작되었다. 시종 꼿꼿이 서서 웃음을 잃지 않으시며 어떤 말을 해도 괜찮다 하시고, 평소 느낀 바를 이야기해주면 힘은 없으나 대통령께 말씀드려 선처하겠다고 하셨다.

대화의 문을 스스로 여시고, 취직시켜 달라는 편지가 하루에도 여러 통씩이나 오고 청와대가 취직시키는 데가 아니라고 정중히 거절을 해도 계속 편지를 보내오는 예도 있다며, 때로는 어려운 사정이 해결되고 나도 뒤 소식이 없어 섭섭할 때가 있다고 하셨다.

참석한 사람들은 이분이 국모이시라는 생각을 잊고 소박하고 유쾌한 대화를 하고 있다고 착각하고 있는 것 같았다. 이때 K형이 "육 여사님! 상당히 미인이십니다."라고 해서 폭소가 터졌다. 그러자 K형에게는 "결혼은 하셨냐."고 물으셨다. "미혼인데 저의 조건만 좋으면 따님께 청혼해보겠다."고 이 친구가 또다시 반농담으로 받아넘기자, 여사께서도 조건이 나쁜 것도 아니라고 격려(?)하시며 그의 농담을 스스럼없이 받아 주시기도 했다.

같이 간 사람들 중 정부시책에 비판적인 사람들도 입을 모아 찬사를 아끼지 않았다. 그에 K형은 그의 독특한 독설로써 이 사회의 부패상과 부조리, 그리고 이것들을 과감히 시정하실 분도 박대통령뿐이라고 감사하다는 내용의 말을 이었다. 우리들은 K형에게는 곧 청와대에서 부르실 것이니 목욕을 깨끗이 하고 기다리라고 농담까지 했다. 이토록 여사께서는 혹시 있을지도 모르는 국민과의 대화 단절에 무척 신경을 쓰시고 이 점을 위해 초인간적 노력을 기울인 것이 아닌가 생각된다.

일전에 무의촌 진료를 갔다가 갑자기 실명이 된 30대 청년이 찾아왔다. 그는 가정형편으로 치료조차 받지 못한다는 말을 하여 나는 3년 전에 만나 뵈었던 육 여사님의 인자하신 모습이 떠올라 청와대 육 여사님께 청원을 해보라고까지 했을 정도였다.

그분의 급작스러운 서거에 온 국민이 애도의 뜻을 표하는 것은 단지 현직 대통령 영부인이라는 의미에서만은 아닐 것이다. 삼가 영전에 명복을 빈다.

– 「전남매일신보」 1974년 8월 17일

박 준 규 (서울대학교 교수)

늘 겸손하신 이웃 사모님 육 여사님의 뜻하지 않은 비보를 듣고 받은 충격은 뭐라고 말로 다 표현할 수가 없다. 이 청천벽력 같은 참변에 제하여 애석하고 원통한 심사를 어찌할 수 있으랴. 인생무상이라 체념하기에는 너무나 고귀한 희생이라 슬픔을 억제할 수가 없다.

옛날에 옷깃을 스쳐도 전생의 인연이라 하였는데 그 댁과 우리집과는 보문동 한 동네에서 이웃해 살았고, 또 나의 내자는 조석으로 사모님을 뵈올 수 있었던 것이다. 돌이켜 보면 짧은 기간의 이웃 간이었지만, 인상에 남은 이 일 저 일들이 우리 내외의 뇌리에서 약동한다.

인생역정의 아주 자그마한 인연으로 해서 우리는 그 댁의 사정을 가까이서 알게 되었다. 요즈음의 각박하고 거친 도시생활에서는 찾아보기 힘든 이웃간의 친교가 있었던 것은 근 20여년 전 환도 직후의 일이다.

6·25동란을 맞아 부산으로 피난갔다가 서울로 복귀한 직후 내가 자리 잡은 곳은 지금의 보문동 파출소에서 멀지 않은 언덕배기에 오똑 솟은 자그마한 주택 영단집이었다.

휴전 직후의 극도의 혼란과 무질서 속에서 하루 빨리 학계로 돌아갈 날을 기다리던 불안과 초조의 나날, 호구지책으로 인쇄·출판업계에 손을 대고 있던 시절, 우리집 바로 뒷집 그러니까 내집 뒤뜰이 그 댁의 안마당과 통하고 있었다.

육 여사님께선 그때 전방의 포병 사령관으로 근무하시던 박 대통령의 부인이셨다. 그런데 그 동네가 언덕 위에 위치했던 때문인지 우리집에는 수돗물이 잘 나오는데 그 댁에는 물이 나오질 않았다. 그래서 박대령댁과 우리집은 수돗물을 함께 나눠 쓰게 되었고, 사모님도 자주 우리집에 오셔서 물을 길어 가시곤 했다. 수도 사정이 좋지 않아서 물이 잘 나오지 않을 때에는 수도 계량기통에 다가 직접 고무호스를 꽂아 물을 끌어 올려야 했기 때문에 물고생을 많이 했던 시절이었다.

내가 내자한테서 듣고 지금도 기억하는 것은 사모님은 계량기통의 고무호스가 찢어지거나 끊어지기가 무섭게 새 호스를 사다가 갈아끼우시곤 하셨다 한다. 얼마 안되는 돈이지만 고무호스 값을 우리에게 부담시키지 않으려는 자상하신 마음씨였다. 그리고 고급장교의 부인으로선

아주 검소하고 성실하신 사모님의 생활태도를 내자는 여러 번 나에게 들려준 것을 기억한다.

그 당시 사모님께서는 늘 수돗물 값에 신경을 쓰시고 월말이 되면 "물값을 같이 물게 해달라."고 잊지 않고 제의하셨다고 한다. 그래서 우리 내자는 "수도꼭지도 없고 계량기도 고장이 나서 그런지 수도요금이 안 나옵니다. 그만두세요." 하고 말씀드리면 "그럴리가 없다."면서 신경을 쓰셨다고 한다.

그 댁과는 담장도 없고 해서 내자는 아이들을 데리고 자주 그 댁을 놀러가곤 했었다. 한 번은 이런 일이 있었다. 박 대령께서 전방부대에서 귀가하실 때는 지프차로 오셨는데 그 댁 마당에는 지프차가 들어갈 수 없는 구조라서 우리집 앞마당에 주차하는 일이 있었다.

하루는 운전병의 사소한 부주의로 내 집 판자문이 약간 부러진 적이 있어 나는 곧 망치와 못으로 떨어져 나간 판자쪽을 다시 붙여 놓았다. 그런데 사모님께서는 그러한 아무것도 아닌 일을 가지고 얼마나 미안하게 생각하시던지 내자가 오히려 송구스러울 정도였다고 한다.

그후 2, 3일 후엔가 사모님은 기름진 영광 굴비를 두어 두름 가져오셔서 내자에게 건네시는 것이었다. 내자는 왜 이런 것을 가져오시느냐고 사양을 했더니 "우리는 굴비를 안먹는답니다." 하시며 기어이 놓고 가시는 바람에 우리집은 굴비를 포식했던 일도 있었다. 그로부터 한동안 어리석은 우리 내외는 그 댁을 정말로 "굴비 안 잡수시는 박 대령댁인가." 생각하기도 했다.

나의 내자는 사모님과 연하여서 그분을 극진히 공대하고 지내며 시장에도 같이 가고 아이들과 함께 놀기도 하는 등 극히 짧은 기간이었지만 잊을 수 없는 시절이었다.

내 집사람이 기억하는 것으로 이런 일도 있었다. 그때 청계천 4가에 환도 후 처음으로 천일백화점이 개점하는 날 그 댁 사모님과 함께 개점식 구경을 간 적이 있었다. 백화점을 죽 둘러보신 사모님은 포목점으로 가서 푸른색 양단치마 한 감을 끊으시며 "이것이 결혼 후 처음 끊어 보는 양단 옷감"이라며 매우 기뻐하시는 표정이었다 한다. 그때 그 댁의 첫 아기인 근혜 양의 나이가 3살쯤 되고 근영 양은 갓난아기였던 것으로 기억되며 우리집의 큰놈이 5살, 둘째놈이 3살이어서 가끔 같이 어울려서 놀았고, 사모님께서 주시는 과자도 나누어 먹곤 하였다곤 한다.

이렇게 박 대령댁과 이웃에서 가까이 지내다가 다음해 봄 박 대령께서 준장으로 승진하여 광주의 포병학교 교장으로 영정하시게 돼 우리집과는 소식이 끊어지고 말았다.

그후 5·16이 일어났을 때 나는 미국의 하버드대학에서 공부를 하고 있었는데 집에서 온 내자의 편지에서 최고회의 의장에 취임하신 박정희 장군이 옛날의 박 대령님이라는 사실을 알고 나는 한편으로 반가운 마음을 억제할 수가 없었다.

지난 1968년 4월 말의 어느날 나는 연구실에서 강의안을 정리하던 중 오후 2시경인가 서무과에서 전화로 육 여사님께서 나를 찾으신다는 전갈을 받았다. 그때 육 여사께서는 "전화로 말씀드리는 것은 다름이 아니라 선생님을 뫼시고 국제정치 방면에 관한 강의를 들었으면 해서입니다. 학교 일로 바쁘시겠지만 시간을 좀 내주셨으면 감사하겠습니다.”고 정중히 말씀하셨다.

나는 순간 여러 해 전 바로 뒷집에서 사실 때의 일들을 상기하면서 몹시 반가우면서도 직접 전화를 걸어주신 데 대해 약간 당황하기도 했다. 대통령 영부인께 강의를 해드림으로써 복잡하게 돌아가는 국제정치에 대한 이해에 다소라도 참고가 돼 드릴 수 있다면 하는 생각에서 “아는 것은 없습니다만 성의껏 해보겠습니다.”라고 그 자리에서 승낙을 했다.

강의가 시작되던 첫날 내가 영부인께 그 옛날 그 댁과 이웃에서 살던 이야기며 내자한테서 들은 이야기를 해드렸더니 놀라시며 반겨주시는 것이었다(옛날 내가 직접 영부인을 뵌 일은 없었기 때문에).

강의 수준은 대체로 대학원 강의 수준에 준하고 영부인의 응접실에서 탁자를 앞에 두고 강의를 하였다. 영부인께서는 국제정세에 깊은 이해와 관심을 가지시고 석 달 동안 한 번도 빠지는 일이 없이 2시부터 계속되는 백 분 강의를 꼬박 경청하였다.

강의가 끝나면 다과를 베푸시면서 강의의 내용이나 당시의 국제정세의 변동하는 상황에 관하여 질문도 하셨다. 영부인께서는 그날그날 신문과 라디오를 통해 숨가쁘게 돌아가는 한반도 주변정세를 면밀히 파악하고 계시는 것 같았고 특히 국사와 세계사에 조예가 깊으셨다. 그리고 그 바쁘신 중에도 내가 소개한 참고서는 애써 구독하셨다.

강의가 끝나던 날 영 부인께서는 우리 내외에게 만찬을 베푸시면서 옛날 앞 뒷집에 살던 시절의 이야기를 들려 주셨다. 참으로 즐거운 저녁이었다. 이것이 우리 내외가 육여사님을 마지막으로 뵌 것이 될 줄

이야 꿈엔들 상상할 수가 있었겠는가.

장례식장에서 울려퍼지는 고 육영수 여사님의 생전의 음성을 들을 땐 아직도 살아계신 것만 같았다. 작은 지면에다가 '인간 육영수 여사'의 모습을 나대로 표현해 보려 했으나 부족한 점이 많은 것 같다. 삼가 고인의 명복을 빌 뿐이다.

―『여성동아』 1974년 10월호

묘소를 찾는 사람들

"작년 8월 21일부터 시작했습니다. 성남시에서 새벽 5시에 출발하면 걸어서 60리 길인 탓에 4시간 걸리지요. 5분 동안 참배하고 집으로 돌아갑니다. 갈 때는 차를 타기도 하지만 대부분 걸어서 다녔어요. 걸어서 집에 도착하면 어두워질 무렵이 됩니다."

5분 동안 참배하면서 임 할아버지는 '천국에 가시길' 빈다고 말했다.

비록 짧은 시간이긴 하지만 이 순간만큼은 그 어느 누구도 침범할 수 없는 할아버지만의 세계. 유택에 고이 잠든 자상하고 인자한 육 여사와 마음속으로 말을 나누는 것이다. 이렇게 1년 열두 달을 빠짐없이 참배해온 까닭을 임 할아버지는 옷깃을 여미면서 조용조용히 들려준다.

작년 8월 14일 새벽 4시.

임 할아버지는 꿈을 꾸었다. 대통령 내외분이 참석한 어떤 대회였는데 갑자기 육 여사를 향해 괴한이 덤벼드는 꿈이었다. 어찌나 놀랐는지 고함을 지르며 꿈에서 깨어났다. 꿈의 내용을 경찰에라도 얘기해서 육 여사의 신변을 조심스럽게 경호하도록 하는 게 좋겠다고 생각했다. 그러나 꿈 얘기 가지고 이러쿵저러쿵하다가 오히려 미친놈 소리 들을까 봐 그만두었다.

"미친놈 소리 듣는 한이 있더라도 청와대에 달려가 못 가시게 막았어야 했던 것을……."

그때 얘기 못한 죄책감에 칼로 도려내듯 마음이 아프다는 임 할아버지, 임 할아버지는 그때 죄스러움을 육 여사의 유택 앞에서 고백하며 사죄하고 또 명복을 빌어드린다고 했다.

- 「소년서울」 1975년 8월 31일

보름마다 새벽참배 홍우청 할아버지 내외

"뭐 남달리 얘기할 것도 또 자랑할 것도 없습니다. 그저 살아 계실 때 너무도 자상히 국민의 어려움을 돌봐주시던 그분의 명복을 빌고 있을 뿐입니다."

마음 같아서는 평생을 육 여사의 묘소 옆에 지켜 서 있어도 모자란다는 홍 할아버지는 한 달에 두 번밖에 참배 못하는 자신이 오히려 부끄럽다고 말했다.

"꼭 극락세계에 가시길 빕니다. 우리 겨레의 소망인 남북통일을 빌구요. 그리고 얼마 후에 저 세상에서 만나 뵙게 되길 빕니다."

별로 길지도 않고, 꾸밈도 없이 들려주는 말이지만 이들 할머니, 할아버지의 영부인에 대한 추모와 존경은 여간 깊은 게 아닌 것 같다.

홍 할아버지와 김 할머니가 육 여사의 묘소를 찾기는 작년 삼우제 때부터. 그 후 지금까지 1년을 한 번도 빠짐없이 초하루와 보름마다 새벽 참배로 고인의 명복을 빌어 왔다고 한다.

"나병환자들의 일그러진 손을 거리낌 없이 잡아주시던 그 사랑, 농촌의 늙은 할아버지와 불우한 어린이들을 마치 내 아버지, 내 자식처럼 아껴 주시던 그 인자함은 그분만이 할 수 있었던 일입니다."

대통령 영부인이기 이전에 한 사람의 여인이요, 가정주부로서 보여준 육 여사의 그 자상함과 인자함이 이들 노부부를 오늘도 사무치게 하는가 보다.

홍 할아버지는 특히 생전에 육 여사가 불우한 사람들을 돕기 위해 애쓰시던 모습을 지금도 뜨겁게 간직하고 있다면서 잠시 숙연한 표정을 짓는다.

오래전부터 육 여사의 이런 마음에 감격해 왔었다는 홍 할아버지는 그래서 "빈 담뱃갑이라도 모아 그분 하는 일에 조금의 보탬이라도 해드리려고 했는데 이를 직접 바치기도 전에 눈을 감으셨다."면서 눈시울을 적신다.

"거리에서 다방에서, 시장에서 닥치는 대로 모은 담뱃갑 2만 개는 그 후 육 여사의 영전에 바쳐졌습니다."

지난 3월에도 두 번째로 빈 담뱃갑을 모아 바쳤다는 홍 할아버지는 요즘도 열심히 어서 그동안 또 5천 갑 가량이나 모았단다.

초하루, 보름과 무슨 때면 꼭 할아버지가 시장 봐 온 과일로 묘소를 참배해 왔다는 홍 할아버지 부부는 이번 1주기 추모제 때도 떡 1말을 정성 들여 빚어 갖고 왔다고 했다.

– 「소년서울」 1975년 8월 31일

한센인의
편지

아무리 아름다운 미인이라 해도 여러 가지 장식품으로 아름다움을 돋보이려고 하지만 목련은 아무런 꾸밈없이 그리고 잎새 한 장의 도움 없이 앙상한 가지 꼭대기에 꽃만 홀로 피어 은은한 향기를 발산할 뿐 아니라 꽃잎이 지는 것을 보면 때로는 외경스럽기까지 하다.

이 글은 어머님이 좋아하시던 백목련을 보고 직접 쓰신 글입니다. 그래선지 어머님 생존 시에나 돌아가신 지 34년이 지났음에도 지금도 우리 국민들은 어머님을 백목련에 비유하고 존경하고 있습니다.

어머님께서는 그토록 좋아하셨던 백목련과 같이 항상 밝고 티 없는 미소와 청아한 모습으로 우리 한센인들을 돌보아 주셨습니다. 부모형제와 고향을 찾을 수도 없고 사람들 앞에 나설 수도 없었던 우리들 가슴속에 따뜻한 모정을 심어주셨고 용기와 희망을 안겨주셨습니다. 우리들 가슴에 자애롭고 자상한 어머니로서 조금도 아낌없이 정을 나누고 기쁨과 슬픔을 같이 하셨습니다. 그러나 지금은… 지금은 너무도 먼 곳에 계십니다. 그래서 더욱 그립습니다.

그리운 만큼 세월이 너무 빨리 흘러갑니다. 어머님께서 비명에 가신 지 어언 34년. 그동안 세상은 변해 헐벗고 굶주리던 국민들이 배고픔에서 해방된 지 오래고 대한민국 구석구석 어디를 둘러보아도 풍요와 여유가 넘쳐나고 있습니다. 그리고 우리들도 지금은 어머님께서 그토록 바라시던 사회 참여와 보통사람으로의 삶을 살고 있습니다.

어머님, 올해는 아주 특별한 소식을 가지고 어머님 앞에 섰습니다.

지난 4월 9일 대한민국 제18대 국회의원 선거에서 한센인 대표가 당당히 국회의원에 당선되었습니다. 천대와 멸시의 대명사, 우리 한센인이 대한민국 국회의원이 되었다는 이 놀라운 소식을 어머님 영전에서 알려드릴 수 있어서 오늘은 너무나도 기쁩니다. 불과 30여 년 전만 해도 우리 한센인들은 사람들과 어울려 살 수 없는 존재였는데 어머님이 가시고 난 34년 후 국민의 대표인 국회의원이 된 것입니다. 이는 사람으로도 살 수 없었던 우리들을 사람들과 함께 살 수 있도록 만들어 주신 어머님의 은덕이 아니면 감히 상상조차 할 수 없는 일입니다. 그래서 이 특별한 소식을 이렇게 어머님 영전에서 알려드리는 것입니다.

어머님, 기억이 나십니까? 1970년대 초, 정착마을을 이루려던 우리들은 우리의 거주를 막으려는 지역주민의 반대 때문에 청와대로 편지를 보냈습니다. 마을의 사정과 지역주민들의 강력한 반대 상황을 적은 이 편지의 골자는 우리 마을에 영부인님이 한 번만 다녀가시면 좋겠다는 것이었습니다. 그랬더니 영부인님께서 꼭 우리 한센마을을 방문하시겠다는 답장을 보내주셨죠. 우리는 주변 동네에 자랑스럽게 말했습니다.

"대통령 영부인께서 우리 마을에 오시기로 했다."

그랬더니 주변 동네 주민들이 언제 그랬냐는 듯이 우리들의 정착마을 건설을 방해하지 않았습니다. 그러나 국정에 바쁘신 어머님께서 약속한 날짜에 오시지 못했습니다. 그러자 이제 지역 주민들의 방해는 더욱 기승을 부렸습니다. 그리고 그들은 비아냥거렸습니다.

"대통령 영부인이 어디 할 일이 없어서 너희 같은 문둥이들을 찾아오신단 말이냐?"

이들은 우리가 거짓말을 했다고 더욱 무서운 기세로 우리를 몰아내려 했습니다. 사정이 급해진 우리는 이 사실을 적은 편지를 급히 청와대로 보냈지요. 그리고 드디어 우리들의 구세주이신 어머님께서 헬리콥터를 타시고 우리 마을에 오셨습니다.

이로써 모든 상황은 정리되었습니다. 지역 주민들은 어머님께서 서로 도와주며 화합해서 잘살아 달라고 말씀하신 그대로 다시는 우리들의 정착마을 건설에 대한 방해를 하지 않았습니다. 그리고 우리들은 그곳에 우리들의 보금자리를 만든 뒤 안심하고 삶을 살 수가 있었습니다. 그 후 우리들의 정착을 그렇게 반대하던 이웃마을 사람들은 오히려 우리들을 돕는 위치로 바뀌어 졌습니다.

어디 그뿐입니까? 한 번은 이런 일도 있었죠.

뜨거운 여름, 아마 삼복더위가 아니었나 싶습니다. 강원도 어느 한센인 마을을 방문하신 어머님께서 목이 마르셨던지 타고 오신 차에서 내리자마자 마침 우물가에 있던 마을의 한센인 여자에게 물을 좀 달라고 하셨습니다. 그러나 그 여자는 바가지를 가리키며 직접 떠 마시라고 했습니다. 이는 그 여자가 어머님께 결례를 한 것이 아니라 자신의 손이 이미 한센병 후유증으로 뭉그러진 상태였으므로 그 손으로 물을 떠드릴 수 없었기 때문입니다.

그러나 어머님께서는 전혀 개의치 않고 물을 떠 달라 하시고 그 물을 맛있게 드셨습니다. 그리고 몇 걸음 더 가시다가 감자를 쪄서 먹고 있던 한센인들 옆에 가 앉으시며 배가 고프니 감자를 하나 달라고 하시며 그것을 맛있게 드셨습니다. 이런 장면을 직접 목격한 수행원들과 지역 공무원, 그리고 지역 주민들은 너무도 놀랐습니다.

그들은 그때까지 우리 한센인들을 사람으로 취급하기는커녕, 짐승보다도 못하게 여긴 사람들이기 때문입니다. 우리 아이들이 자기 아이들 다니는 학교도 다니지 못하게 하여 끝내 닭장을 교실로 한 분교에 다니게 했던 사람들인데 영부인께서 직접 찾아오시고 한센인들과 같이 먹고 마시며 뭉그러진 손을 만지고 등을 쓰다듬어 주시는 현장을 보면서 그들은 얼마나 놀랐겠습니까?

그 후 그들은 완전히 바뀌었습니다. 우리를 이웃으로 대했고 우리가 같이 버스를 타도 개의치 않았습니다. 우리 한센인들의 인권은 급격히 신장하게 되었습니다. 그렇게 세월이 흐르고 이제 한센인이 대한민국의 국회의원이 되었습니다. 한센인이 국회의원이 된 것은 한국에서는 말할 것도 없고 세계에서도 처음 있는 일입니다. 우리는 오늘의 이 파격적인 현실이 아직도 잘 믿어지지가 않습니다. 어머님이 살아 계시면 얼마나 좋아하실 일입니까?

그래서 저희는 아마도 이 일이 생전에 우리를 그토록 사랑하시던 어머님께서 우리에게 내리신 선물이 아닌가 하는 생각을 합니다. '내가 땅에서 너희를 도울 수 없으니 이제 너희가 국회의원이 되어 한센인 문제를 직접 해결하라'라는 뜻으로 그렇게 하신 것은 아니신지요?

사랑하는 어머님.

그런데 어머님의 은덕으로 우리 한센인이 국회의원이 될 정도로 이 땅은 인권국가도 되었고 세계 11위의 경제통상국가가 되었지만 여전히 이 시대 최고의 화두는 경제 살리기입니다. 그리고 아직도 우리 국민의 절대적 관심은 잘 먹고 잘사는 것, 그뿐입니다.

보릿고개를 이기지 못해 초근목피로 연명하던 시절이 불과 40여 년 전이며, 쌀이 귀했던 70년대 박정희 대통령께서 직접 혼식을 하시며 분식을 장려했던 시절도 겪어왔는데 지금은 대한민국 국민 모두가 쌀밥을 마음껏 배불리 먹을 수 있는 환경으로 바뀌었어도 여전히 먹고 사는 문제인 경제 살리기가 화두인 것입니다. 그래서 더욱 어머님이 그립습니다. 경제가 정말로 어려울 당시 내핍을 솔선수범하며 근면의 모범을 손수 보여주신 故 박정희 대통령과 영부인이신 어머님의 그 애국애족이 그래서 더욱 그립습니다.

내핍과 근면의 모범을 보이신 대통령과 영부인의 영향을 받은 국민들의 자발적 참여로 인해서 오늘의 발전된 대한민국이 건설되었고 우리 한센인들까지 이제는 사람답게 살고 있지 않습니까? 그러나 어머님 생존 당시와는 비교할 수 없는 경제성장을 이뤘음에도 아직 어렵다며 경제타령을 합니다. 그리고 내핍과 근면은 그 단어 자체도 없어져 버린 것 같습니다.

사랑하는 어머님.

어머님이 가신 지 34년이 된 2008년 대한민국은 엉뚱하게도 미국산 쇠고기 때문에 매우 시끄럽습니다. 참으로 격세지감을 느끼는 사태입니다.

보리밥이라도 배불리 먹는 것이 소원인 국민들이 살았던 나라, 초등학교 졸업자 50% 이상이 '밥' 때문에 공부보다는 일자리를 찾아 취직을 해야 했던 시절이 바로 엊그제인데 지금은 진학률이 거의 100%요, 대졸 미취업자가 100만 명이라는 말을 하는 나라가 되어 있습니다.

하지만 이들이 정말 일할 곳이 없어서가 아니라 자기 마음에 드는 일자리가 없다는 이유로 좋은 일자리만 찾고 있기 때문이기도 합니다. 그리고 이 모든 것이 부지런히 일해서 부자가 되기보다는 정상적인 방법이 아닌 투기로 돈을 번 사람이 더 많은 사회가 된 때문이기도 합니다.

그래서 저희들은 박정희 전 대통령과 어머님이 더욱 그립습니다. 지도자가 더욱 근면하고 내핍하면서 어려움을 이기자고 국민들을 리드했던 그 리더십이 정말 그립습니다.

국민의 양심을 깨우고 진실과 정의, 절약과 근면을 실생활로 보여줌
으로 국민 통합에 동참하게 했던 지도자가 매우 그립습니다. 그러나 잘
될 것입니다. 우리 국민은 근본적으로 근면하며 성실하기 때문에 지금
의 어려움은 금방 극복될 것입니다. 지도자의 리더십이 '원칙과 정도'
안에서 행사된다면 우리 국민들은 이런 지도자를 따르면서 이 어려움
을 극복해 낼 것입니다.

그 희망으로 저희들은 다시 힘을 낼 것입니다. 그래서 내년 편지에는
더욱 기쁘고 희망찬 내용을 드릴 수 있게 되기를 바랍니다. 어머님, 그
때까지 안녕히 계십시오.

2008년 8월 14일 전국 한센인 일동 올림

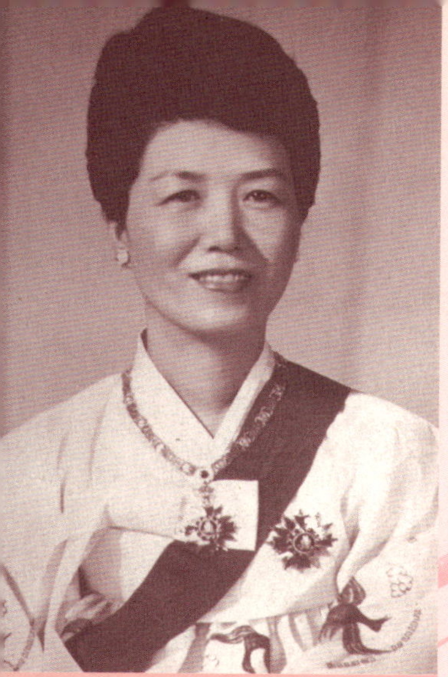

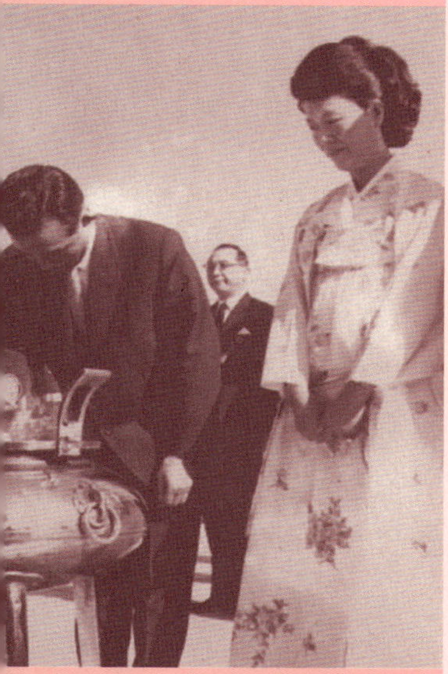

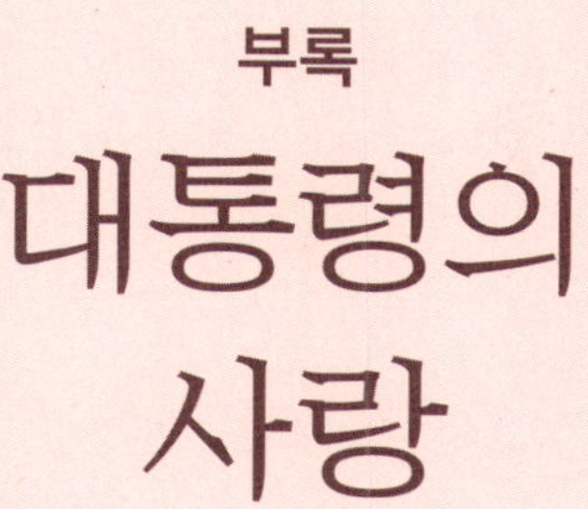

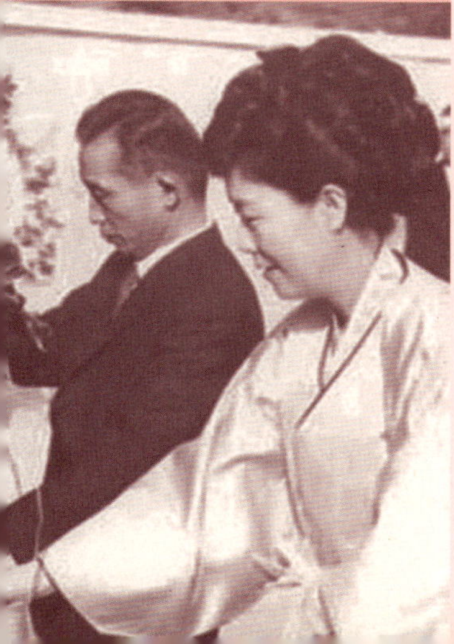

대통령의
사랑

박정희 대통령은 생전

육영수 여사를 향한 사랑을

시와 일기로 표현하였다

1954년 6월 14일

일전에 다고마에서 보낸 편지가 영수의 손에 들어갔을까 하고 생각해본다. 번잡한 서울 한 모퉁이에서 내가 돌아올 날만을 고대하고 있을 영수! 인천부두에서 기다릴 영수의 모습이 눈에 떠오른다. 근혜를 안고 "근혜 아빠 오셨네." 하고 웃으면서 나를 반겨 맞아 줄 영수의 모습!

나의 어진 아내 영수, 그대는 내 마음의 어머니다. 셋방살이, 없는 살림, 좁은 울안에 우물 하나 없이 구차한 집안이나 그곳은 나의 유일한 낙원이요, 태평양보다도 더 넓은 마음의 안식처이다. 맑은 마음의 우물이 샘솟는 나의 집이거늘 없는 것이 무엇이랴.

영원한 마음의 양식이 우리 가정을 지켜줄 것이다.

불원 우리 가정에는 새로운 회보가 기다리고 있다. 남아일까 여아일까. 무엇이든 관계할 것이 없다. 다만 영수와 내가 부모로서 최선을 다할 뿐. 이것만이 우리들이 할 일. 이름은 무엇으로 할까. 남아일 때는 태평양 상에서 본 구름과 같은 기운을 상징시켜 운雲자를 넣을까. 시운時運, 수운秀雲, 일운一雲, 일운逸雲, 일훈一薰, 여아일 때는 근숙槿淑, 운숙雲淑, 근정槿貞, 근랑槿娘, 운희雲姬…. 영수와 상의하여 결정하기로, 결정권은 영수에게 일임하자.

한 송이 목련이 봄바람에 지듯이

– 1974년 8월 20일

상가喪家에는 무거운 침묵 속에

씨롱 씨롱 씨롱

매미 소리만이

가신 님을 그리워하는 듯

팔월의 태양 아래

붉게 물들인 백일홍이

마음의 상처를 달래주는 듯

한 송이 흰 목련이 봄바람에 지듯이

아내만 혼자 가고 나만 홀로 남았으니

단장斷腸의 이 슬픔을 어디다 호소하리

추억의 흰 목련

– 1974년 8월 31일

하늘도 울고 땅도 울고

산천초목도 슬퍼하던 날

당신의 마지막 가는 길을 지켜보는

겨레의 물결이 온 장안을 뒤덮고

전국 방방곡곡에 모여서 빌었다오

가신 님 막을 길 없으니

부디 부디 잘 가오 편안히 가시오

영생극락하시어

그토록 사랑하시던

이 겨레를 지켜주소서

불행한 자에게는 용기를 주고

슬픈 자에게는 희망을 주고

가난한 자에는 사랑을 베풀고

구석구석 다니며 보살피더니

이제 마지막 떠나니

이들 불우한 사람들은

그 따스한 손길을

어디서 찾아보리

그 누구에게 구하리

극락천상에서도

우리를 잊지 말고

길이길이 보살펴주오

우아하고 소담스러운 한 송이

흰 목련이 말없이

소리 없이 지고 가 버리니

꽃은 져도 향기만은

남아 있도다.

백일홍

– 1974년 8월 31일

당신이 먼 길을 떠나던 날

청와대 뜰에 붉게 피었던 백일홍과

숲속의 요란스러운 매미 소리는

주인 잃은 슬픔을 애달아하는 듯

다소곳이 흐느끼고 메아리쳤는데

이제 벌써 당신이 가고 한 달

아침 이슬에 젖은 백일홍은

아직도 눈물을 거두지 못하고 있는데

매미소리는 이제 지친 듯

북악산 골짜기로 사라져가고

가을빛이 서서히 뜰에 찾아 드니

세월이 빠름을 새삼 느끼게 되노라

여름이 가면 가을이 찾아오고

가을이 가면 또 겨울이 찾아오겠지만

당신은 언제 또 다시 돌아온다는
기약도 없이

한번 가면
다시 못 오는 불귀의 객이 되었으니
아 이것이 천정天定의 섭리란 말인가
아 그대여, 어느 때 어느 곳에서 다시 만나리

아는지 모르는지

– 1974년 9월 1일

비가와도 바람 불어도

꽃이 피고 꽃이 져도

밤이 가고 낮이 와도

당신은 아는지 모르는지

해가 뜨고 달이 져도

여름이 가고 가을이 와도

당신은 아는지 모르는지

잊어버리려고 다짐했건만

– 1974년 9월 4일

이제는 슬퍼하지 않겠다고

몇 번이나 다짐했건만

문득 떠오르는 당신의 영상

그 우아한 모습 그 다정한 목소리

그 온화한 미소 백목련처럼 청아한 기품

이제는 잊어버리려고 다짐했건만

잊어버리려고 다짐했건만

잊어버리려고 하면 더욱 더

잊혀지지 않는 당신의 모습

당신의 그림자

당신의 손때

당신의 체취

당신이 앉았던 의자

당신이 만지던 물건

당신이 입던 의복

당신이 신던 신발

당신이 걸어오는 발자국 소리

“이거 보세요” “어디계세요”

평생을 두고 나에게

‘여보’ 한 번 부르지 못하던

결혼하던 그날부터 이십사 년간

하루같이 정숙하고도 상냥한 아내로서

간직하여온 현모양처의 덕을

어찌 잊으리. 어찌 잊을 수가 있으리.

당신이 그리우면

– 1974년 9월 30일

당신이 이곳에 와서 고이 잠든 지 41일째

어머니도 불편하신 몸을 무릅쓰고 같이 오셨는데

어찌 왔느냐 하는 말 한마디 없소

잘 있었느냐는 인사 한마디 없소

아니야, 당신도 무척 반가워서 인사를 했겠지

다만 우리가 당신의 그 목소리를 듣지 못했을 뿐이야

나는 당신의 목소리를 들을 수 있어

내 귀에 생생히 들리는 것 같아

당신도 잘 있었소 홀로 얼마나 외로웠겠소

그러나 우리는 언제나

당신이 옆에 있다 믿고 있어요

언제까지나 언제까지나

당신이 그리우면 언제나 또 찾아오겠소

고이 잠드오

또 찾아오고 또 찾아올 테니

그럼 안녕

1974년 10월 23일 토 강설(첫눈) 종일 흐림

7시 45분 포드 대통령이 이한 인사차 청와대 내방.

키신저 장관과 같이 잠시 담소 후 김포로 향발.

연도에 이른 아침인데도 학생 시민이 많이 나와서 열렬히 환송하다.

8시 조금 지나 포드 대통령 비행기 이륙.

김포공항에서 돌아오는 길에 동작동에 들러 아내 유택을 찾다.

그저께 제막한 비석이 퍽도 깨끗하고 아담하게 서 있고

비문도 단정하고 맵시 있게 부각되어 있다.

애쓰신 분들에게 마음속으로 감사를 드린다.

당신이 여기에 묻혀 그 앞에 비석이 설 줄이야.

당신이 여기에 잠들어 風雨星霜(풍우성상) 춘하추동

가고 오고, 오고 가도 아는지 모르는지?

어찌 모를 리가 있으랴.

당신이 사랑하는 이 조국과 이 겨레의 삶의 모습을

낱낱이 지켜보며 보살펴 주고 사랑해 주고 올바른 길로 인도해 주오.

아내가 그토록 정성들여 애쓰던 지난날이 주마등처럼 지나간다.

저 깜박거리는 네온불빛이 동작동에서도 보이겠지.

우주의 저 멀리 돌아오지 않는 육 여사

– 1974년 11월 1일

한국의 밤은 깊어만 가고

초생달 밤하늘에 은빛의 별

슬픔을 안겨준 국민의 벗이여

꽃같이 아름답고 우아한 마음

우주의 저 멀리 돌아오지 않는 육 여사

한국의 바다에 해가 저물고

산 하늘의 새 날아가도다

세월은 유사같이 행복은 사라지고

꽃같이 아름답고 우아한 마음

우주의 저 멀리 돌아오지 않는 육 여사

1975년 3월 9일 일 비

하루 종일 봄비가 소리 없이 내리다. 서재에서 멀리 남산을 바라보니 구 어린이회관이 안개 속에 우뚝 솟아 보인다. 어린이들이 마음껏 즐기고 놀 수 있고 또 배울 수 있는 회관을 건립하겠다고 늘 벼르던 아내의 꿈이 처음으로 실현된 것이 저 회관이었다.

시간만 있으면 자주 가서 어린이들과 어울리기도 하고 어린이 지도를 위해 또는 경로잔치를 베풀고 노인들을 위로하기도 했다.

건물이 너무 높고 광장이 없는 것이 흠이라 해서 작년 초 어린이 대공원으로 옮기기로 작정, 목하 공사 중이다. 금년 8월 15일에 준공을 목표로 공사가 촉진 중이다.

전국 도道마다 회관을 하나씩 건립하자는 것이 일차적 목표였다. 재작년에는 부산에 어린이 회관을 세우는 데 여러 가지 지원을 하고 작년 9월 5일에 준공을 하게 되어 행사에 참석한다고 자신의 휘호를 저도猪島 휴양 중에 정성들여 썼다.

〈웃고 뛰놀고 하늘을 쳐다보며 생각하고 푸른 내일의 꿈을 키우자〉

써놓고 나에게 "내일의 푸른 꿈을 키우자" 하는 것이 더 좋지 않겠느냐고 묻기도 했다. 이 휘호가 아내의 절필絕筆이 되고 말았다.

아내는 가도 아내가 그처럼 사랑하던 이 나라의 어린이들은 착하고 슬기롭게 자라서 길이길이 이 나라를 지키리라.

1975년 3월 27일 목 맑음

전남 나주군 노안면 유송리 현애원 음성나환자촌 주민들이 아내가 생전에 두 번이나 방문하여 격려해 주고 지원해 준 데 감사하여 주민들끼리 돈 11만 5천 원을 모아 육여사 추모비를 건립하고 제막식을 거행한 내용과 사진을 보내왔다. 비문에는 "고 육영수 여사님의 크신 사랑 앞에" 사랑의 등불로 우리에게 어둔 길을 밝혀주시던 고 육영수 여사님은 유명을 달리하셨습니다. 여기 천병天病을 겪고도 햇빛보다는 그늘에서 삶을 영위하는 현애원에까지 자애로운 선물과 희망의 씨앗을 주셨으니 우리는 그이로 하여금 자활과 애국애족을 배웠으며 사랑의 정신을 일깨웠습니다.

두 차례나 벽지인 이곳을 찾아오시어 남이 꺼려하는 손을 어루만지시고 머리를 쓰다듬어 주셨기에 우리는 그이가 뿌리신 거룩한 씨앗을 키우려 합니다. 생존시에 은덕비를 세우려던 것이 추모비로 바뀌어진 것을 참으로 가슴 아프게 여기면서 조그만 정성을 새겨 고 육영수 여사님의 명복을 삼가비옵니다."라고 씌어져 있다고 한다.

사랑이란 참으로 고귀하고도 소중한 것이다. 참으로 인류애, 동포애, 조국애는 삼세三世에 걸쳐서 영원히 빛나고 참되고 아름다운 것이다. 이 비문을 아내 영전에 바쳐 그대가 이 세상에 남기고 간 따뜻한 동포애와 참된 사랑의 뜻을 길이길이 이 땅 위에 키우고 가꾸고자 합니다.

사람이 이 세상에 태어난 것은 신의 뜻을 받들어 사랑을 인간사회에 심고 펴고 가꾸기 위해 온 것이다. 부모형제의 사랑, 이웃간의 사랑, 동포의 사랑, 나라를 사랑하는 조국애, 그리고 전 인류에게 공헌하기 위한 인류애, 이것을 위해서 삶의 보람을 찾아야 할 것이다.

부모와 처자의 사랑도 모르고 이웃과 동포애도 모르고 조국을 사랑할 줄도 모른다면 그는 인간으로서 이 세상에 태어난 참뜻을 모르고 사는 불쌍한 인간일 수밖에 없다. 인류사회의 모든 도덕과 윤리의 밑바탕이 되는 것은 〈사랑〉이다. 이것을 터득하고 성실히 실천하고 노력하다가 간다면 참으로 보람된 인생일 것이다.

아내는 이것을 실천하였다. 그것을 실천하려고 자기의 최선의 노력을 다하다가 갔다. 그대는 보람있는 삶을 살다 갔고 영생永生하리라.

1975년 6월 25일 수 흐림

1950년 6월 25일(일) 새벽4시. 1백 55마일 38선 전선에서 북한 공산군이 일제히 포문을 열고 기습공격을 개시, 민족사상 가장 처절한 혈투가 전개되었다. 불의의 기습공격이었다.

그러나 우리는 남침징후를 약 6개월 전에 예측했었다. 육군본부 정보국에서는 적의 남침 가능성이 농후하다는 것을 군 수뇌부에 누차 보고하였다. 그러나 이 판단서를 믿으려고 하지 않았다. 군 수뇌, 정부당국, 미국고문단 모두가 설마하고 크게 관심을 표시하지 않았다.

1949년 말 정보국 작전판단서는 전쟁이 발발 후 포로와 적 문서에 의하여 또는 귀순자들의 제보에 의하여 너무나 정확하게도 적중하였다. 알고도 기습을 당했으니 천추의 한이 되지 않을 수 없다. 무능과 무위와 무관심이 가져온 국가재산과 인명, 문화재의 피해가 그 얼마나 컸던가. 후회가 앞설 수는 없지만 너무나 통탄한 일이라 아니할 수 없다. 4백 년 전 임진왜란 때 우리조상들이 범한 과오를 우리 시대에 또 되풀이하게 되었으니 말이다.

오늘의 정세는 흡사 6 · 25 전후와 비슷하다. 우리 세대에 또 다시 이러한 과오를 범한다면 후손들에게 영원히 죄를 짓고 조상들에게도 면목이 없다. 전 국민이 시국의 중대성을 깊이 인식하고 총력안보 태세를 철통같이 다져서 추호의 허虛도 없이 조국을 수호하는 데 심혈을 경주해야 할 때다.

1950년 6월 25일에 나는 고향집에서 어머님 제사를 드리고 문상객들과 사랑방에서 담화를 하고 있었다. 12시 조금 지나서 구미읍 경찰서에서 순경 1명이 급한 전보를 가지고 왔다. 정보국장 장도영 대령이 경찰을 통해서 보낸 긴급전보였다.

"금조 미명未明 38선 전역에서 적이 공격을 개시, 목하 전방부대는 적과 교전 중, 급히 귀경"의 내용이었다. 새벽 4시에 38선에서 전쟁이 벌어졌어도 12시까지 시골동네에서는 누구 한 사람 아는 사람이 없었다. 이 동리에는 라디오를 가진 사람이 한 집도 없었기 때문이다.

오후 2시경 집을 떠나 도보로 구미로 향하다. 경부선 상행열차에 병력을 만재한 군용열차가 계속 북행하는 것을 볼 수 있었다. 25일 야간 북행열차를 탔으나 군 병력 전송 관계로 도중 도중이나 역에서 몇 시간씩 정차를 하고 기다려야 했다. 이 열차가 서울 용산 역에 도착한 것은 27일 오전 7시경이었다.

거리를 다니는 사람들의 표정은 모두가 불안에 싸여 있고 위장을 한 군용차량들이 최대한도로 거리를 질주하고 서울의 거리에는 살기가 감돌기만 하였다.

용산 육본 벙커 내에 있는 작전상황실에 들어가니 25일 아침부터 밤

낮 2주야를 꼬박 새운 작전국 정보국 장병들은 잠을 자지 못하여 눈이 빨갛게 충혈이 되어 있고 질서도 없고 우왕좌왕 전화 통화 관계로 실내는 장바닥처럼 떠들썩하고 소란하기만 했다.

저도의 추억

– 1975년 8월 9일

맴맴맴맴 씨르릉 씨르릉

일년만에 다시 찾아온 정든 섬에는

매미와 물새들이 옛주인을 반기는 듯

상하의 태양이

백사장과 파도위에

은빛같이 쏟아져서

눈부시게 반짝이고

암벽과 방파제에 부딪혀

산산이 부서진 백옥같은 파도가

일파一派 이파二波

또 삼파三波 사파四波

온종일 반복해도 지칠줄 모르고

만고 풍상 가 겪은

이끼 낀 노송은

해풍과 얼싸안고

흥겹게 휘청거리네

지평선 저쪽에서

흰구름 뭉게 뭉게 솟아오르니

천봉 만봉

천태만상 현멸무상現滅無常이로세

밤 하늘의 북두칠성은

언제나 천고의 신비를 간직하고

서산에 걸린 조각달은

밤이 깊어감을 알리노니

대자연의 조화는 무궁도 하여라

해마다 여름이면

그대와 함께 이 섬을 찾았노니

모든 시름 모든 피로 다 잊어버리고

우리 가족 오붓하게

마음껏 즐기던 행복의 보금자리

추억의 섬 저도

올해도 찾아왔건만

아, 어이된 일일까

그대만은 오지를 못하였으니

그대와 같이 맨발로 거닐던 백사장

시원한 저 백년 넘은 팽나무 그늘

낚시질하던 저 방파제 바위 위에

그대의 그림자만은 보이지 않으니

그대의 손때 묻은 가구집기

작년 그대로 그 자리에 있는데

미소 띤 그 얼굴

다정한 그 목소리

눈에 선하고 귀에 쟁쟁하건만

그대의 모습은 찾을 길 없으니

보이지 않으니 어디서나 찾을까

해와 달은 어제도 오늘도 뜨고 지고

파도소리는 어제도 오늘도

변치 않고 들려오는데

임은 가고 찾을 길 없으니

저 창천蒼天에 높이 뜬 흰구름 따라

저 수평선 너머 머나먼 나라에서

구만 리 창천 은하 강변에

푸른 별이 되어 멀리 이 섬을 굽어보며

반짝이고 있겠지

저-기 저 별일까!

저 별일꺼야!

님이 고이 잠든 곳에

― 1975년 8월 14일

님이 고이 잠든 곳에

방초만 우거졌네

백일홍이 빵긋 웃고

매미소리 우지진데

그대는 내가 온 줄 아는지 모르는지

무궁화도 백일홍도

제철이면 찾아오고

무심한 매미들도

여름이면 또 오는데

인생은 어찌하여

한번 가면 못 오는고

님이 잠든 무덤에는

방초만 우거지고

무궁화 백일홍도

제철 찾아 또 왔는데

님은 어찌 한번 가면

다시 올 줄 모르는고

해와 달이 뜨고 지니

세월은 흘러가고

강물이 흘러가니

인생도 오고 가네

모든 것이 다 가는데

사랑만은 두고 가네

1975년 8월 15일

상가세월이라더니 벌써 아내가 간 지 1년이 되었구나. 세월은 과연 유수와 같이 빠르도다. 작년 이날, 생각하기조차 괴로운 이날.

작년 이날 9시 45분경, 아래층 집무실에 오렌지색 한복차림으로 내려온 당신과 같이 식장으로 향하였다. 그것이 당신이 청와대를 생전에 마지막 하직하는 길이었다. 작년의 오늘은 나의 일생 중 가장 긴 하루요 가장 괴롭고도 슬픈 하루였다. 이 세상에서 모든 것을 다 잃어버린 것 같은 허탈에 빠진 그날이었다. 모든 것이 다 귀찮고 나의 심신에서 모든 용기와 의욕을 잃어버리게 한 그날이었다. 그로부터 1년이란 세월이 벌써 흘렀다. 지난 1년 남모르게 수없이 많이 혼자 울기도 했다. 모든 것을 다 버리고 야에 묻혀 버리고 싶은 생각이 몇 번이고 일어났다. 그러나 이 엄청난 정신적 타격과 실의에서 벗어나기 위해 인내와 인내로써 스스로를 격려하면서 용기를 되찾기에 안간힘을 다 썼다. 그럴 때마다 아내 영정 앞에 앉아 아내와 대화를 했다. 아내는 언제나 나에게 격려와 용기를 일깨워 주었다. 아내의 유지를 받들어 아내가 다 펴지 못한 뜻을 성취하기 위하여 실의를 박차고 일어서야 했었다. 고인의 그 지성을 받들고 그 숭고한 정신을 구현하기 위하여 더욱 분발할 것을 몇 번이고 다짐했다. 이렇게 하는 것이 고인의 유지를 받들고 희생을 헛되게 하지 않는 길이라고 나는 굳게 믿고 있다.

오늘도 동작동 국립묘지에는 아내의 산소를 참배하는 행렬이 이른 새벽부터 종일 계속되었다. 15만 명이나 된다고 한다. 팔순의 노인, 몸이 불편한 상이군인, 맹인, 불구자, 가정주부, 학생, 시골서 원로에 올라온 각계 국민, 외국 인사 등 8월의 태양이 쪼이다가 소낙비가 쏟아지기도 했는데 질서정연하게 순박한 참배객의 행렬이 끊일 줄을 모른다. 저녁 TV에서 이 광경을 보고 눈시울이 뜨거웠다. 고인의 평소 몸에 밴 인간성과 누구에게나 부드럽고 겸손한 사랑의 열매가 모든 사람들 마음속에 깊숙이 뿌리박은 유덕의 소치일 것이다.

1975년 8월 19일

구름 한 점 없는 청명한 날씨다. 그러나 낮에는 섭씨 33~34도를 오르내리는 노염老炎이 기세를 부린다. 작년 8월 19일, 나의 사랑하는 아내를 영원히 돌아오지 못할 유택으로 떠나보내고 마지막 작별을 하던 날이다.

벌써 1년이 갔구나. 정든 청와대를 마지막 떠나며 한 마디 인사도 없이, 한 번 뒤돌아보지 않고….

청와대 정문에서 당신을 마지막 떠나보내고 꽃수레가 현무문 앞에서 왼쪽으로 꺾어서 중앙청으로 소리 없이 사라져가는 뒷모습을 바라보며 피눈물을 머금던 그날. 그 생각이 새롭기만 하구나. 회자정리會者定離요 생자필멸生者必滅이라는 무상의 도리를 인간의 힘으로 어찌하랴.

오늘도 저 남산 중허리에 우뚝 솟은 구 어린이회관을 창밖으로 바라보면서 하염없이 당신의 그 단아하고 다정스럽던 모습을, 그림자를 그려보며 언제까지나 서 있다오. 구름 한 점 없는 저녁 하늘에는 티 없이 맑고 밝은 달이 둥실 떠서 장안을 비치고 있다.

1975년 12월 12일

– 결혼 25주년 일에

오늘이 아내와 결혼한 지 만 25년이 되는 날이다.

아내가 있었다면 은혼식을 올리고 축배를 올렸을 터인데…

1950년 12월 12일 대구시 모 교회에서 일가친척, 친지들의 축복을 받으며 식을 거행하고, 아내와 백년해로를 맹세하였다.

24년 만에 아내는 먼저 가고 말았다.

남들은 은혼식 금혼식을 올리며, 일생의 반려로 자손들의 축복을 받으며 노후를 즐기는데 아내와 나와의 사이는 어찌 24년밖에 시간을 주지 않았을까.

25년 전 오늘의, 그 착하고 수줍어하던 아내의 모습이 아직도 선한데, 이제 25년이란 세월이 흐르고 아내와는 유幽와 명明을 달리하게 되었으니 인생이란 과시果是 무상하도다.

저도 바닷가에 혼자 앉아서

– 1976년 8월 5일

똑딱배가 팔월의 바다를

미끄러듯 소리내며 지나간다

저멀리 수평선에 흰구름이 뭉개뭉개

불현 듯 미소짓는 그의 얼굴이

저 구름속에서 완연하게 떠오른다

나는 그곳으로 달려간다

그이가 있는 곳에는 미치지 못한다

순간 그의 모습은 사라지고 보이지 않는다

뛰어가던 걸음을 멈추고

망연이 수평선을 바라본다

수평선 위에는 또다시 일군의

꽃구름이 솟아오르기 시작한다

흰 치마저고리 옷고름 나부끼면서

그의 모습은 저 구름속으로 사라져 간다

느티나무 가지에서

매미소리 요란하다

푸른 바다 위에

갈매기 몇 마리가

훨훨 저건너 섬쪽으로 날아간다

비몽此夢? 사몽似夢?

수백년 묵은 팽나무 그늘 아래

시원한 바닷바람이

소리없이 스쳐간다

흰 치마저고리 나부끼면서 구름속으로 사라져

간 그대

비오는 저도의 오후

– 1976년 8월 6일

비가 내린다

그다지도 기다리던 단비가

바람도 거칠어졌다

매미소리도 멎어지고

청개구리소리 요란하다

검푸른 저 바다에는

고깃배들이 귀로를 재촉하고

갈매기들도 제집을 찾아 날아간다

객사 창가에 홀로 앉아

저 멀리 섬들을 바라보며

음반을 흘러나오는 옛 노래를 들으면서

지난날의 추억을 더듬으며 명상 속에

지난날의 그 무엇을 찾으려고

끝없이 정처 없이 비오는 저 바다 저 하늘을

언제까지나 헤매어 보았도다

시골 풍경을 그리워했던 당신

– 1977년 3월 7일

날씨가 완전히 풀려서 봄 날씨다. 역시 경칩이 지나니 추위는 물러가는 모양.

밤 10시 10분 KBS에서 육영수 여사 전기 낭독을 침대에서 듣는다.

1974년 5월 14일 한국자연보존협회 회원들이 청와대에 찾아와서 아내에게 협회 총재를 맡아달라고 청하던 날의 이야기가 나온다.

오후 4시경 식당에 회원들을 초대, 다과를 대접, 나의 집무실에 아내가 와서 잠깐 나와 회원들을 격려해 달라고 하여 따라 나가 인사를 하고 잠시 동안 환담을 나눈 당시의 이야기다. 엊그제 같은 이야기다. 아내가 타계하기 꼭 3개월 전의 이야기다. 아내는 남달리 자연을 좋아하고 아꼈다.

"이 다음에 이 자리 그만두거든 시골에 가서 조용한 산 있는 곳에 가서 조그마한 집 하나 짓고 살아요. 그리고 그 뒷산에는 바위가 있고 그 바위 밑에는 맑은 물이 나오는 그런 곳에서 살아요."

아내가 자주 하던 말이다.

아내는 그것이 소원이었다. 그 조그마한 소원을 이루지도 못하고 그는 갔다. 지금도 지방을 다니다가 나무 있고 바위가 있는 아담한 산이 있으면, 나는 유심히 그 산을 보게 된다. 그이가 저런 곳에서 조용히 살기를 원했는데 하고.

그러나 이제 누구와 같이 그런 곳에 가서 조용히 살까. 아내는 또 우리나라 재래식 한옥을 좋아하였다. 지방에 차로 같이 다니다가 재래식 기와집 반듯한 집을 보면 "저 집 참 좋지요. 저런 집 하나 짓고 살았으면 좋겠어요." 하고 처녀 시절 옥천 친정집에 살던 때 이야기도 자주 하였다. 대청마루에 돗자리 깔고 앉아서 달빛을 바라보는 시골의 풍경을 늘 그리워하였다. 그런 생활을 노후의 유일한 낙으로 생각하고 있었다.

그러나, 그러나 그이는 먼저 갔다.

[참고자료]

『육영수 여사』 박목월 저 - 자유 문학사

『대한민국 퍼스트레이디 육영수』 홍하상 저 - 작은 키나무

『한국의 퍼스트레이디』 조은희 저 - 황금가지

『절망은 나를 단련시키고 희망은 나를 움직인다』 박근혜 저 - 위즈덤하우스

『박정희 평전』 전인권 저 - 이학사

『자비의 향기 육영수』 남지심 저 - 랜덤하우스

『나의 어머니 육영수』 박근혜 저 - 사람과 사람

『육영수, 아름다운 내조가 천하를 얻는다!』 김명주 저 - 은금 나라

『훌륭한 어머니들』 홍은희 저 - 예담

『나는 여자다, 나는 역사다』 허문명 저 - 푸르메

『이희호 자서전 동행 고난과 영광의 회전무대』 이희호 저 - 웅진 지식하우스

박정희 대통령 인터넷 기념관

육영수 여사 전자기념관

박정희 대통령과 육영수 여사를 좋아하는 사람들의 모임

**이제 행복에너지와 함께
기부천사가 되어보세요.**

스마트폰 어플리케이션을 통해 간편하게!
별도의 부담 없이 생활 속의 기부를 실천하세요.

* 스마트폰으로 기부천사 앱을 다운받아 실행하면 통화 1분당 최고 4원의
  기부금이 적립됩니다.
  사용자에게는 **별도로 요금이 부과되지 않으며**, 통화시 분당 2원이 적립
  금으로 환산되어, 기부천사 사이트에서 이 적립금을 현금처럼
  사용할 수 있습니다.
  1분을 채우지 못하고 통화가 종료되어도 통화시간은 1초 단위
  로 모두 누적되며, 사용자의 기부로 모여진 금액은 각종
  공공단체 및 구호기관에 기증됩니다.

  개인의 통화요금이 아닌 각 통신사에서 수익의
  일부를 기부하는 시스템으로 운영되는 '기부천
  사' 앱은 **play스토어(구 안드로이드 마켓)**에서
  '행복에너지 기부천사'라는 이름으로 검색하여
  다운받아 사용하실 수 있습니다.

"나눌수록 행복해지는 기부문화"
이제 **도서출판 행복에너지**와 함께하세요.

행복에너지 기부천사
앱 다운로드 - QR코드